掌勺千金

上

風文創
1120

江遙 著

目錄

序文

江遙

寫這本小說其實是我醞釀已久的。

我平常喜歡看古代言情小說，偏愛種田文和救贖文，喜歡看家長裡短、細水長流的日子，也喜歡看女主角救贖男主角，男主角成長後大殺四方的劇情。

在閒暇時間裡，我喜歡做飯和看美食影片，這就讓我升起了寫一篇種田美食文的想法。

我喜歡的女主角有個特質，她們或多或少，帶著我的性格特徵：隨遇而安，吃穿不愁便萬事大吉，有點小追求卻又很佛系，所以我筆下的女主角在穿越到古代後，才能很快適應生活，並選擇靠美食發家致富。

我小時候在農村長大，即便長大來到城市生活，靈魂深處總是帶著對家鄉的眷戀。儘管有些記憶已經模糊，但寫起農村生活時，腦海裡便自然的浮現出一些畫面。

西南的農村女人是很直爽潑辣的，所以有了文裡的婆婆陳氏和二嫂柳氏；西南的男人是很疼老婆的，所以有了能上考場、能下廚房的男主角。

對於男主角陸予風的刻畫，帶了一些我理想對象的影子，外表溫柔，內心沈穩，能幹且有志向。他對女主角的愛是複雜的，前期是感恩，後期是愛慕，兩人的感情沒有轟轟烈烈，更多的是細水長流。

而女主角對男主角的想法從前期的想抱大腿，到後期的願意留在陸家與之共度餘生，就我個人觀點而言，是對男主角長期以來的溫柔體貼和愛護的一種肯定與回應。

文中的反派戲分不多，但也算齊集了反派人物的特性，我這個人寫文有個要求，必須是爽文。

我不看虐文，也寫不出虐文來，反派必須下場淒慘才行，這也算我對自己風格的一個定義，可以虐男主角，可以虐反派，但我的女主角不能受一點欺負。

當然啦，作為一篇種田美食文，美食自然是必不可少的。

每個人對美食的定義不一樣，因為我是西南人，偏愛麻辣口味，一些路邊攤不起眼的炸洋芋、涼麵、涼皮，在我眼中都是美食。我平常愛吃的菜色，比如粉蒸肉、口水雞等都被寫了進來，再就是現在各個美食街上都會有的小吃，奶茶、酸辣粉、缽缽雞等。

此外，文裡還有一個與我記憶裡與農村美食聯繫密切的情景——酒席。

在我們西南地區叫這「壩壩席」，是一種由來已久，至今仍然風靡的慶祝方式。童年的記憶裡，除了過年，最期待的應該就是去吃席了，一些經典的菜式仍讓我記憶深刻。

女主角成為酒席掌勺的大廚這並不是我開文前就設定好的，是我寫著寫著，突然想到此事。小時候很嚮往掌勺的師傅那麼厲害，可以做出那麼多美味的菜來，透過對女主角辦酒席的描寫，也算是全了我一個童年期待。

最後這篇文也是有缺憾的，有的地方寫的時候沒有仔細推敲，許多想寫的情節也因為一些原因而沒有呈現。

但落子無悔，我會繼續努力，希望以後能寫出越來越有趣的故事，帶給讀者更好的閱讀體驗。

第一章

清明過後，天氣漸暖，正值播種的季節。

陸家小院，結滿蜘蛛網的屋簷下，江挽雲正坐在小瓦爐前，一手拿著破扇子搧火，一手捏著鼻子，琢磨中午吃什麼。

藥罐子裡的黑色汁水咕嚕咕嚕的沸騰著，氣味刺鼻難聞，飄得滿院子都是。

江挽雲看著牆角那堆已經有些爛了的白菜，嘆了口氣，擱下扇子起身。

她提了兩棵白菜，剝掉外面的爛葉子，拿去井邊打水洗了洗，而後進廚房，將白菜切碎煮白菜粥，準備再炒點酸菜下飯。

這個家很窮，距離揭不開鍋已經不遠了。

她打開櫥櫃看了看，只有一堆舊碗筷和小半罐鹽巴，還是便宜的粗鹽。她燒火熱鍋，再將切碎的酸菜倒進去翻炒，好在酸菜本身味道就挺濃郁，下飯還是可以。

這時院子裡有了響動，一個人走進了廚房。

江挽雲回頭看是婆母，道：「娘，飯馬上就好了。」

本來家裡做飯是幾個媳婦輪著來的，但她不下地，午飯通常是她做。

婆母陳氏侷促的搓了搓手，猶豫了一番才開口道：「挽雲啊，娘想跟妳說一件事。」

「啥事啊？」江挽雲將酸菜盛出來，倒水進鍋裡洗鍋。

陳氏看著江挽雲麻利的動作很是欣慰，這個兒媳婦以前是富貴人家的小姐，剛嫁到陸家時，什麼也不會做，又哭又鬧了好長一段時間，如今倒是懂事了，兒子知道了一定很高興。她抹了抹淚，哽咽道：「今天風兒他爹去跟族裡借錢，族裡的人都說沒錢了，還讓我們別管風兒了，可他是我身上掉下來的一塊肉啊，我哪能看著不管。挽雲，這個樣子，妳看，能不能……」

江挽雲停下動作，擰眉道：「娘妳有話直說。」

陳氏道：「這段日子咱們為風兒治病，可以說是掏空了家底，他大哥、二哥也有自己的小家，如今我們是沒有辦法了，妳看能不能找妳娘家那邊借點……」

若不是實在沒有法子，她一個做婆婆的，哪有臉跟兒媳婦開口，向親家借錢。大兒子、二兒子兩家又出錢又出力，時間長了難免有意見，這才在風兒成親後就鬧著要分家。他們做爹娘的，也不能太偏心小兒子，萬一日後小兒子沒了，他們還要指望大兒子、二兒子養老送終。

江挽雲倒沒有太驚訝，只搖頭道：「我父親已經不在了，現在家裡是繼母作主，她巴不得我過得不好，想來找她借錢也會各種推脫。」

「我……嗚嗚嗚……我苦命的兒啊。」陳氏聽了悲從中來，坐在凳子上直抹淚。

江挽雲見不得人在自己面前哭，將飯菜放在托盤裡，安慰道：「娘，妳就放心吧，相公的病我來想辦法，怎麼說我也不會這麼早就守寡的。」

陳氏聞言，淚眼婆娑的看著她。「妳？妳怎麼，妳不是……」

江挽雲道：「過去的事也就過去了，我如今也想明白了，日子還得過不是？鬧來鬧去也沒用，不如想法子解決眼下的困境。」

陳氏沒想到她能想開，擠出一抹笑來，感動的站起身，拉過江挽雲的手拍了拍。「好孩子，真是苦了妳了。」

江挽雲不動聲色的抽出手，道：「到午時，差不多該吃飯了，我就先去餵相公了。」

「好，妳去吧。」陳氏擦乾淚，收拾了一下心情，打起精神準備餵豬。

豬是家裡僅剩的值錢東西，可得好好伺候著。

江挽雲進了屋後把托盤放桌上，看向炕上，見自己的相公陸予風還保持著原樣躺著。

他的臉幾乎瘦得只剩一張皮，臉色蒼白，嘴唇發青，呼吸微弱，與活死人無異。

但即便瘦得脫了形，還是可以看出他深邃的眉眼輪廓和高挺的鼻梁。陸家一家人的基因都不錯，個個都是高個子、濃眉大眼的，若是陸予風沒病，應是他們家最好看的。

江挽雲嘆了口氣，將藥罐裡的藥倒進碗裡，端進來放桌上涼著。

她坐下來，琢磨著接下來該怎麼辦。

這已經是她穿越來這個小說世界的第五天了。

這是一本科舉文，名為《青雲路》，講的是男主角陸予風生於鄉野，年少成名，十四歲就考中秀才，但在所有人都以為他要成為少年舉人的時候，他卻得了重病，命不久矣。

江挽雲穿成了陸予風的原配——一個本地富商的女兒，富商當初看陸予風有前途，就想辦法與陸家訂了親，沒想到陸予風卻病了。後來富商過世，原身的繼母以「信守承諾」為藉口，逼著她嫁給陸予風，實則是想讓原配夫人的女兒一輩子被毀。

原身不樂意，滿心不滿和委屈，嫁過來後在陸家作天作地，後跟人私奔，最後被情郎賣進青樓，下場淒慘。

而後來陸予風遇見心地善良的女主角，時來運轉，逐漸振作起來，不但病好了，科舉後更是扶搖直上，最後官拜一品。

江挽雲穿越來時，正趕上原身攪得全家雞犬不寧時。

陸予風是家中么兒，他大哥、二哥都已成親，兩對夫妻本就因為這段日子以來給陸予風治病，花了許多錢而心生不滿，這下終於忍無可忍，鬧著要分家。

不過陸父和陸母陳氏不同意，父母在不分家是老祖宗留下來的傳統，提前分家，那就是對外表示自家家庭不和，是要招人非議的。

這事好歹被壓下去了，不過陸家如今只是貌合神離，尤其是有原身這個「攪家精」在，兩個嫂子心裡有氣，分家不過是早晚罷了。

前幾天江挽雲一邊打算以後該怎麼辦，一邊做些小工藝品去街上賣掉換點錢，同時還要學著照顧陸予風這個病人。

屋裡還貼著囍字，窗戶上貼著紅色的窗花。

原身的嫁妝是她親生母親留下來的，但也被繼母剋扣了大半，只剩一些家具、被面、衣服首飾等小東西。

成親時陸予風還勉強能醒一會兒，這半個月來，他基本上已成天昏迷著，全靠江府當時送的藥吊著。

畢竟成親不到一年女婿就死，對於江府來說也不太光彩，原身繼母不想讓旁人覺得她是心狠手辣，推繼女下火坑的人，就送了些續命的藥。

如今藥吃完，江府撒手不管了，陸予風是死是活，都得看自己造化了。

江挽雲回過神來，見藥差不多涼了，下了炕，將陸予風的頭抬起來，用枕頭墊上，而後端著藥碗吹了吹，用勺子小心的給他餵藥。

這是一個小說世界，而陸予風是男主角，若是他死了，這個世界說不定會崩塌。反之她要是「洗心革面」好好做人，日後陸予風功成名就，興許自己還能混個不錯的結局。

再說了，她心軟，總不能看著眼前的陸予風不管。

陸予風的吞嚥功能已經很弱，藥灌進去也順著嘴角流下來，只有小部分進了肚子。江挽雲沒辦法，只能用碗挨著他的下嘴唇，嘴角流出來的藥又流回碗裡。

雖然有點噁心，但反正他都不省人事了，這藥多金貴，可不能浪費了。

江挽雲耐心的一點一點把藥餵完了，給他擦了擦嘴，又去打水來給他擦身子。

她前世曾伺候過臥病在床的父親，這些事做起來不算生疏。

她穿越前，照顧陸予風是陳氏的活兒，那時候原身每日只會穿衣打扮和抱怨生活。

陸予風的病到底是什麼，她沒學過醫並不懂，原書中也沒有具體描寫，只知道突然就病了，而後越來越嚴重。

聽陳氏他們提起過，大夫說省城有一男子得了類似的病，後被人治好了，但那家人是富貴人家。就算陸家找到了治病的人，也付不起治病的銀子。

好在雖不能根治，但用藥拖一拖還是可以。但陸予風現在喝的藥五百文一劑，煮一鍋可以喝兩天，尋常家庭哪裡負擔得起？

也難怪族裡的人都勸他們放棄了。

其實直到現在，她都還沒見過醒著的陸予風，從原身的記憶裡可以得知，他是一個有些沈悶的人，興許是病痛折磨，就算醒來也不怎麼說話。

哪怕原身對著他又罵又叫，說他是病癆子，咒罵他怎麼不早點死，他也一言不發。

江挽雲將碗拿出去洗，此時大嫂和二嫂已經端著飯碗在吃飯了。

現在是農忙季節，他們基本要中午和天黑才回來，原身不會幹活，便在家裡做飯。

大嫂王氏見了江挽雲，主動打招呼道：「挽雲餵完藥了啊？予風今日可好些了？妳快些來吃飯。」

江挽雲停住腳步，淺笑道：「吃了。他還是那樣子，不好不壞。大嫂、二嫂，今日的飯菜可能入口？」

原身雖然也曾學著做飯，但從小被人伺候慣了，沒把鍋底燒穿、廚房點燃就算好的了。二嫂柳氏一貫看不慣原身，覺得她明明已經嫁到陸家，江家明擺著是把她趕出來了，還拎不清自己，擺譜給誰看呢，搞得家裡雞犬不寧的，實在讓人厭惡。

但伸手不打笑臉人，柳氏冷淡道：「還成。」

她們對她也沒抱多大希望。

幹活費力氣，中午一般要吃點飽肚子的才行，但陸家米缸空空，能吃點稀飯已算不錯。

王氏招呼道：「三弟妹快些吃吧，一會兒就沒了。」

柳氏瞪了王氏一眼。

江挽雲笑著回道：「行，現在去。」

說實話她並不討厭陸家人，雖然他們吵著要分家，但說到底親兄弟明算帳，他們為陸予風付出的已經夠多了。

當初陸予風剛得病，兩個嫂子都忍痛拿出自己的嫁妝和私房錢出來，只是這病就是個無底洞。

江挽雲是死過一次的人，她前世是個美食網紅，為了出名，每天熬夜拍影片剪影片，結果猝死。所以她現在心態很好，只要人健康就是最好的事了。

當下最要緊的事應該就是賺錢，賺錢給陸予風買藥，帶他去省城治病，賺錢給自己買大房子。

說起來最好的方法應該就是重操舊業，把她美食網紅的能力運用在這個時代。做美食，她還是挺有自信的。

吃了飯洗了碗，江挽雲回屋裡，她準備下午上山去看看，有沒有野菜、蘑菇什麼的，拿去集市換點錢，再不濟也能撿點柴火去賣。

總之不能讓陸予風的藥斷了。

「我下午要上山，晚點回來，希望下午不要下雨。」她一邊換衣服一邊道。

可能是因為前世做網紅，總對著鏡頭自言自語的原因，也可能是在這個陌生的世界太孤獨的原因，她只有對著陸予風說話，才能讓自己心情不那麼壓抑，管他聽不聽得見。

而且不是常聽說，對於植物人這類的病人，要在他耳邊多講話嗎？

江挽雲收拾好，就揹著背簍出門去了，她沒有留意到的是，在她關門的一剎那，陸予風的手指動了動。

第二章

陸家所在的地方叫桃花灣，後山是遍地的桃花樹，山裡桃花開得晚，清明節時候正是賞花的最好時節。

江挽雲穿著布鞋，好不容易才爬上山。

她穿過桃花林，往深山裡走去，這塊地兒一直都有村人活動，倒不算危險，再看更深處的原始森林，那就不敢再往前了。

她手上拿著一根棍子，邊走邊探路，看那些草木下面有沒有蘑菇，更要防著踩到蛇蟲鼠蟻。

走了一會兒到了一大片竹林裡，如今正是吃竹筍的季節。

江挽雲放下背簍，挑選了正脆嫩的竹筍，雙手抱住，左右搖晃，而後一擰就斷了，為了保持新鮮度，筍子先不去殼。

她很快拔了滿滿一背簍，手心被筍殼撓得紅腫難忍，只能默默念叨著，為了錢為了錢。

她咬牙一口氣揹起背簍，懷裡還抱了幾個筍子，艱難的下山，好不容易走到陸家院子，差點全身一軟跪滑下去。

她將背簍放在地上，人也在地上坐了好一會兒才爬起來，扶著門框起身去洗了手和臉，又將瓦爐點燃溫藥，再打開門鎖進去看了看陸予風。狀況沒變，呼吸平穩。

「今天撿了很多竹筍回來，明兒個上街去，我先去剝筍殼。」

她一邊說話一邊換了鞋子，將髒鞋子丟在屋簷下，又把中午剩的稀飯熱上，再找了個大盆子和菜刀，坐下來開始剝筍。

陸予風的藥只夠吃明天一天了，她明天必須上街一趟。

正剝著呢，院門開了，柳氏扛著鋤頭回來了。

陸家只是普通的農戶，家裡有一排土平房，一間堂屋，兩間臥房，三間廂房和廚房。

陸家二老有一個女兒，三個兒子，女兒已出嫁，大兒子、二兒子都已經娶妻生子。

長子陸予海有兩個兒子，大的十二歲，在鎮上一家木匠鋪當學徒，小的七歲，在家幫著打豬草和餵雞。

次子陸予山有一個閨女，今年六歲，天天跟著她堂哥瘋跑。

陸予風是老么，是被視為最有前途的，他還在村裡私塾念書時就被老秀才稱為神童，直呼「此子絕非池中物」，之後去了鎮上的學堂，再到縣裡的書院，都是碾壓同窗的存在。

再後來他就病了……

柳氏掃了一眼院子裡，看見江挽雲身邊堆成一堆的筍殼，愣了一下。

這是江氏拔回來的？怎麼可能！

柳氏在心裡尖叫。

但她表面不動聲色的放下鋤頭，悄然無息的靠近，她要看看江氏是否在裝模作樣。

結果，只見江挽雲左手拿筍，右手剝殼，唔嚓一聲就剝了下來，動作麻利，完全不像第一次做這事的人。

怎麼可能！

柳氏站在原地，不能接受這個現實，江挽雲卻早就察覺到她了，笑著將兩個大筍子提到她面前道：「二嫂，看這筍子怎樣？」

這是楠竹筍，長得肥肥胖胖的，沒剝殼的有一個白菜大。

柳氏還沒回過神來，愣愣點頭。「好。」

江挽雲把筍子放她懷裡道：「那二嫂拿去嘗嘗。」

柳氏趕緊伸手接住，像抱著兩個燙手山芋一樣，表情十分精彩。「給、給我的？」

怎麼可能！

這真的是江氏？柳氏凝神，直直的盯著江挽雲。

江挽雲道：「我下午上山拔回來的，二嫂若要吃的話，記得先焯水，免得發苦。」

「啊，哦……」柳氏整個人都傻了。

她抱著筍子往廚房走，走了幾步才回過神來，回來湊近道：「妳有什麼要求？說吧。」

黃鼠狼給雞拜年，絕對沒安好心。

「我們都是一家人，我哪有什麼要求。」江挽雲笑咪咪道。

柳氏狐疑的看著她。

江挽雲道：「今晚該二嫂做飯了？娘他們該回來了。」

柳氏一看天色，確實不早了，只有收起心思做飯去了。

筍子他們平日裡也吃，但這東西直接炒又苦又澀，焯水後味兒也一般，只有曬乾了燉著吃還可以。

江挽雲抱著另外四個筍子跟著進廚房，柳氏已經熱好稀飯了。

「還有四個筍子，我先放這兒了。」

柳氏正將筍子切成片，倒進鍋裡焯水，頭也不回道：「行，放那兒吧，待會兒我會跟他們說。」

今晚炒個筍子，弄點鹹菜，煮鍋番薯稀飯就差不多了。

江挽雲湊近道：「二嫂準備怎麼炒？」

柳氏看了她一眼，不自在道：「和往常一樣啊，算了，跟妳說了妳也不懂，妳又不會做飯。」

江挽雲說：「我會啊，做飯是江家女子必學的技能，跟女紅一樣重要，這樣才能在婚後為夫君做可口的飯菜，增進夫妻感情，所以我父親在世時，請了大廚來教我們做飯。」

她一本正經的忽悠了一通，成功把柳氏說得心裡一動。

大廚教出來的，做飯技術肯定比普通人好了不知道多少倍。不過她素來討厭江挽雲，冷著臉道：「妳會做飯那是妳的事，快出去，莫要礙著我了。」

江挽雲看出來柳氏就是嘴硬心軟的人，笑道：「二嫂先別趕我走，我恰好知道一個辦法能將筍子炒得好吃。」

柳氏頓住，問道：「什麼辦法？」

江挽雲看了看廚房問：「家裡可有泡菜？」

柳氏道：「就在屋後，妳要吃嗎？裡面的蘿蔔都泡了幾個月了，吃了酸掉牙。」

他們平日裡就是泡菜和鹹菜輪著吃，用來配稀飯，早就吃得倒胃口了。

江挽雲搖頭。

「若要將筍子炒得好吃，先焯水，而後切點肉片進去，再放泡菜，大火爆炒，以酸辣來掩蓋筍子的苦澀。」

柳氏聞言皺眉道：「家裡油都吃不起，哪來的肉片，泡菜倒是不值錢的，我去抓點？」

江挽雲又道：「還有一種吃法，將筍子切塊做成泡菜，很是酸脆可口，再用來炒菜更加下飯。」

柳氏腳步一頓。

「對啊，這倒是個好主意，這兩個筍子太大了，一次吃一個就夠了，那另一個我泡罈子裡去。」

此時天色漸晚，家家戶戶都炊煙裊裊。

江挽雲先回屋給陸予風餵藥，她點燃了油燈，就著昏暗的燈光將陸予風的頭抬起來。這小子，別看這麼瘦了，腦袋還不輕。

「要是你病好了，還指不定重成啥樣呢。」

她將藥吹涼，一點一點給陸予風餵進去。

餵完端著托盤出去，見堂屋裡陳氏、陸父和陸予海、陸予山兩家人都上桌吃飯了，她也拿了碗筷上桌。

兩個在外瘋跑的孫子孫女也乖乖坐好，陳氏分飯，一人一碗稀飯，幹活的稀飯濃稠點，沒幹活的只有幾粒米和番薯。

只是今晚令他們驚訝的是，這炒筍子居然沒有意料之中的苦澀味，反而酸辣爽口。

「娘，今晚的筍子好下飯啊！」

「加了泡菜的，好吃，明兒再做。」

「明天我也去拔筍子！」

「你拔什麼拔，深山老林的，我看你就是不想打豬草……」

江挽雲一邊吃飯一邊想，看來這個時代的人的口味與現代人一樣，那她就放心了。

回了房間後，她將門鎖好，把小匣子抱到桌上開始數錢，只剩一百多文了，這是她這幾天做手工活、賣蘑菇野果賺的。

江府雖然很有錢，但江父去得突然，原身沒有同胞兄弟，家產肯定是留給繼母生的兒子的，繼母早就討厭原身了，才將她嫁給已經命不久矣的陸予風。

她的嫁妝除了兩個人蓋的被子和簡單的家具，就是幾件原身親生母親留下來的料子做的衣服，以及一些並不貴重的首飾。

不過這幾件衣服即便款式很低調樸素，料子卻也不是普通人家穿得起的，賣了應該值一點錢，但賣了她穿什麼呢？

她視線落在陸予風身上。

穿他的，他應該沒有意見吧？

次日一早，江挽雲先給陸予風擦了擦身子，餵了藥之後，換上他的舊衣服，將自己的衣服放進背簍裡，上面蓋上布就出發了。

今天是趕集的日子，陳氏也準備一起上街。

農忙時節，要去割點肉，吃了油水，才有力氣幹活。就算家裡沒錢也得割啊，把雞蛋賣了，多少割點。

雞是大家一起餵的，肉也一起吃。

江挽雲沒去過鎮上，原身去過幾次，她雖然沒什麼錢，但那時候剛成親，陸家是收了些禮金的，她就纏著陳氏要錢，陳氏不給她就哭鬧。

今日趕集，柳氏私下已經和陳氏交代了幾次，不管三弟妹怎麼鬧，都不能心軟給她錢。

從桃花灣到鎮上要走半個時辰，也可以出兩文錢坐牛車，會快幾倍。

陳氏是捨不得的，江挽雲更捨不得。

但陳氏是做慣農活的，走起來輕輕鬆鬆，江挽雲就不行了，昨天揹了筍子，今天全身疼得不行，走到鎮上時已頭暈眼花，腦子發懵，背上都汗濕了。

不過陳氏覺得她很厲害，這個小兒媳婦以前去鎮上，坐牛車還挑三揀四，現在居然能走這麼遠了。

可見環境能改變一個人，這話不假。

來趕集的人很多，附近幾個村的人都來這裡買賣，江挽雲和陳氏打了個招呼後，兩人就分開走了。

鎮子不大，可以賣東西的當鋪就兩三家，江挽雲找了一家看起來裝修最豪華的當鋪，把原身僅剩的一點首飾和幾件衣服都當了。

從當鋪出來後，她走在青石板鋪的街上，路邊的小攤全是叫賣聲。

她停住腳步感覺有些餓了，在內心算了一下，她現在怎麼說手上也有三兩銀子了，買點吃的也不過分吧。

賣麵條的老闆熱情的笑道：「小娘子餓了吧？要不要來碗麵？」

江挽雲順勢在麵攤的小板凳上坐下。

「一碗素麵吧。」素麵三文，炸醬麵五文，肉絲麵要八文了。

她實在饞了，這三天都吃稀飯，感覺肚子空空。

「欸，好哩！」老闆熱情的抓了麵條下鍋，老闆娘麻利的打了一碗調味料，麵條燙好，倒入碗裡，再撒上蔥花和鹹菜就端上來了。

江挽雲將麵條攪拌均勻，嘗了一口感覺味道一般，道：「大娘，你們這攤子的攤位費是多少啊？」

老闆娘是個愛嘮嗑的，道：「三十文錢一天，那邊還有個空著的，原來在那兒的李老頭是賣包子的，前兩天中風了。」

江挽雲心裡一動，道：「大娘，實不相瞞，我想擺攤子補貼家用，好讓家裡的日子過得好些，妳覺得擺攤難嗎？」

老闆娘也有閨女，見眼前這個姑娘這麼年輕，卻這麼懂事，連忙道：「這有啥難的？妳去這條街的最東邊有個攤子，有兩衙役在那兒，交了錢，這個攤子就歸妳使了，交幾天用幾天。」

江挽雲謝過了她，吃了麵便往老闆娘說的地方走，果真見到兩個衙役，交了九十文錢，準備先擺三天試試。

而後去藥鋪，將陸予風需要的藥買了，五百文一帖，可以喝兩天，買了兩帖，花去一兩銀子。

她又去了糧食鋪，買了幾斤麵粉、糯米，再去雜貨鋪買了各種香料、調味料，乾香菇、乾木耳、玉米粒之類的，最後割了幾斤肉，花了幾百文錢。

今天賣衣服和首飾的錢一下就去了一半。

東西裝了滿滿一背簍，差點把她壓趴下。

陳氏已經在約定的地方等著她了，見了她背簍的東西嚇了一跳，下意識摸了摸自己的兜裡，錢還在，她差點以為江挽雲偷了銀子呢。

「挽雲，妳哪來的錢買這些？還買這麼多，天兒熱，要放壞的。」

陳氏只買了一些米麵和一斤肥肉，以及一些鹽巴之類的調味品，花了快一百文，再多就不敢花了。

她往江挽雲的背簍裡仔細一瞅，簡直驚掉下巴，這、這麼大一塊肉？

「挽雲啊，雖說妳娘家有錢，娘不該管著妳花錢，但是咱們家目前的情況……」陳氏憋不住還是開口了。

江挽雲氣喘吁吁的將背簍放下來，而後把手伸進背簍掏了掏，掏出一塊肉來，估摸著有兩斤左右，用竹條穿了個洞，打結起來方便拎著。

她將肉遞給陳氏道：「娘，這肉是買給家裡人吃的，前些日子給你們添麻煩了。」

不光是為原身的行為道歉，她還有一個目的，畢竟決定以後要出來擺攤了，那陸予風總要有人看著，自己也要一直生活在陸家，抬頭不見低頭見的，打好關係準沒錯。

陳氏一瞬間沒反應過來，這是三兒媳能說得出來的話？

怎麼可能？

她盯著江挽雲看了又看，怎麼也不能將她和從前那個宛如潑婦一樣的人聯繫起來。

江挽雲大大方方任她看。「娘，再不走就趕不上牛車了。」

陳氏回過神來，接過江挽雲的肉，笑道：「妳有心了，娘哪會跟妳這個小輩計較，買這肉花了不少錢吧？」

不管怎麼說，如今的兒媳婦總比以前好，去深究太多也無用，她打量了江挽雲全身，道：「妳將妳原先的衣裳賣了？」

以前的江挽雲上街，哪日不是打扮得花枝招展的，就算沒有太多首飾，那幾件陪嫁的衣服總是要穿出來撐場面的。

江挽雲又將背簍揹起來，喘了口氣道：「嗯，都賣了給相公買藥，我還租了個攤位，準備明天來擺攤賣吃食，到時候還要麻煩娘你們幫忙看著點相公。」

陳氏道：「成，妳放心吧，我讓傳林和繡娘看著點。」

傳林是陸予風大哥的小兒子，繡娘是二哥的女兒，平日裡除了餵雞、打豬草和撿柴也沒啥事，還不到下地的年紀。

因為揹了東西，江挽雲決定坐牛車回去，還幫陳氏的車費也付了。

車上坐了許多大丫頭小媳婦，皆好奇的打量江挽雲，竊竊私語，還有些不敢靠近她，畢竟原身在村子裡的名聲可不怎麼好。

更有甚者傳出江挽雲是與人私通壞了名聲才被迫嫁給陸予風的，不然哪個閨女會看上一個半死不活的男人。

江挽雲淡定的坐著，隨著牛車的搖搖晃晃而昏昏欲睡。

太陽快升到最頂上了，一路走來，兩邊都是農田和村莊，地裡都是勞作的人，一壟壟秧苗翠綠可人，隨風輕動。

也有人問陳氏陸予風的身體怎樣了，陳氏神情黯然道：「就那樣，隨天意吧，日子不還得過嘛。」

其他人聞言又看了看江挽雲，有惋惜的，有可憐的，也有幸災樂禍的。

江挽雲神情不變，在腦子裡琢磨著明天擺攤賣的東西。

到了村口的大榕樹下，大夥兒紛紛跳下牛車，三三兩兩歸家做午飯去了。

陳氏主動將江挽雲背簍裡的一些東西分擔出來幫忙揹，道：「天兒不早了，咱們得趕緊回去，中午加餐，好久沒吃番薯飯了，正好將妳買的肉炒了。」

江挽雲也不拒絕，道：「下午我要用廚房來準備明天出攤的東西，可能會費些柴火。」

「柴火又不值錢，用完了叫傳林他們去山上撿……」

兩人說著剛踏進院子，只見傳林蹲在屋簷下，見了他們進來，眼睛一亮，噌的一下站起身跑過來。

「奶，三嬸！妳們可回來了！三叔剛才醒了！」

江挽雲和陳氏一聽說陸予風醒了，皆頓了一下，面露喜色，放下背簍就要進屋去看。

傳林急忙道：「等等，我還沒說完呢！三叔方才是醒了，我扶著他解了個手，他喝了碗水就又睡下了。」

「他可說哪裡不舒服？」

傳林搖著小腦袋。「沒有，還能自己走路，說話也清楚。」

「那就好、那就好。」陳氏聞言鬆了口氣。

江挽雲問：「他有沒有問起我們去哪兒了？」

傳林想了想。「沒問，但是三叔看了一個箱子幾眼，還問我裡面是不是空的。」

江挽雲心裡咯噔一下。

那個衣服箱子，她早上找衣服出來，因為趕時間好像沒有蓋上，陸予風知道那是她平日裡放衣服的地方，如今空了……他會不會以為她捲鋪蓋逃跑了？

原書劇情可不就是原身趁著陸予風病重，偷了家裡銀子和情郎私奔了嗎？

他會不會覺得自己拖累了家裡人不說，而後又被媳婦拋棄而心灰意冷，放棄求生慾啊？

江挽雲從自己的發散思維中回過神，從陳氏手裡接過她幫忙揹回來的東西，道：「娘，麻煩妳將肉切好醃製上，我等會兒來炒菜吧。我先去看看相公的情況，順便把他的藥熬上。」

陳氏道：「成，聽二兒媳婦說妳的廚藝好，今天可要露一手了？」

傳林看著陳氏手裡提的一大塊五花肉和肥肉，驚喜的叫道：「中午有肉吃了！」

陳氏笑道：「這塊大的是你三嬸買的，這塊小的是用雞蛋換的錢買，雞是你餵的，你等會兒多吃點。」

傳林眼睛盯著肉都移不開了，聽陳氏這麼說又不好意思道：「給爺爺和爹他們多吃點，他們幹的活兒多。」

他們家已經幾個月沒吃過肉了，上次吃肉還是元宵節，如今都清明節了。

陳氏提著肉進廚房去了。江挽雲把背簍提進屋裡放下後，去看陸予風的情況。

他平躺在炕上，被子蓋得好好的，呼吸均勻，臉色看著也比前幾天好點，但好像比以前更瘦了，臉頰和眼窩都有些凹陷下去。

江挽雲算了算，陸予風有三、四天沒吃過飯了。

也不知道現在是昏迷著還是睡著了，待會兒給他煮點瘦肉稀飯試試。

她揭開被子的一角，伸手進去摸了一下他的手背，感覺有些冰涼，再摸摸臉也涼涼的，她趕緊把他的手搓了搓，又將自己的被子也搭他身上。

把藥拿出去熬上後，江挽雲來到廚房，陳氏已經切好了肉，還燜了番薯飯。

江挽雲讓傳林和繡娘去拿一點曬乾的大蒜和老薑來，再去地裡掐點蔥。

「肉我切好醃上了，妳看還有啥需要幫忙的？」陳氏將砧板洗好立起來晾乾。

江挽雲洗了手，笑道：「沒事了，娘妳先休息吧，等等幫我燒火就行。」

她看了看陳氏切的肉，是大片大片的。這年頭家裡窮，吃肉都是切成片，一人分一片，多的就沒有了。也不流行炒肉，那多浪費油啊，肉通常都是要拿來燉馬鈴薯、白菜、粉條或是蘿蔔之類的，大家可以多沾點油水。

江挽雲思索了一瞬就決定做粉蒸肉，剛好家裡還有很多馬鈴薯和番薯，她上午還買了糯米的。

第三章

江挽雲揀了幾個馬鈴薯和番薯，洗淨去皮，切成塊，和肉一起倒進盆子裡醃製入味。

再準備一碗米、半碗糯米，洗乾淨瀝乾水分後倒入鍋裡炒，先大火把水分炒乾。

「娘，現在要大火。」江挽雲繫著圍裙，袖子高挽，纖細的手臂抓著鍋鏟，雖然灶臺很高，但她炒得遊刃有餘，動作十分麻利。

「好，要啥火直接說。」陳氏往灶膛裡塞了幾根乾柴進去，火很快熊熊燃燒起來，映得半邊牆都是紅色的。

江挽雲將米炒乾，到微微發黃後，便倒進舂缽裡，搗碎成粉末。

「聞聞，香嗎？」

她將舂缽端給旁邊剝大蒜的傳林和繡娘聞，兩個小傢伙都露出笑容。「好香啊！」

繡娘怯生生的問：「三嬸，妳要拿這個做什麼吃的啊？」

她以前很怕三嬸，感覺一不小心就會惹三嬸不高興，但昨天娘說三嬸變了，今天還買肉給他們吃，她也覺得三嬸好像變了。

江挽雲道：「做粉蒸肉，吃過沒？」

繡娘搖頭，傳林叫道：「我吃過！在隔壁辦酒席的時候！」

江挽雲點點頭。「那你們可要嘗嘗我做的有沒有你以前吃過的好吃。」

這倒是提醒了她，有廚藝在身的話，除了擺攤開店，還有一個賺錢的法子，就是在鄉間辦酒席。

想到這裡，她一邊將剛碾碎的米粉倒進醃好的肉裡，加入調味料攪拌，一邊問陳氏。「娘，妳可知道咱們這附近接席面的活兒是怎麼收費的？」

陳氏想了想，道：「你們二哥成親時請的是隔壁村的劉三虎，他以前跟著他爹幹，他爹去年癱了，現在他單幹，收的是八十文一桌，菜要主人家自己買。」

說起家長裡短的事，陳氏彷彿找到了自己擅長的領域。可惜陸予風和江挽雲成親時就比較低調，只拜了堂，請了親戚吃了頓飯，沒有錢擺宴席。

「王麻子的技術好些，幹了幾十年了，這些年老了幹不動，接得也少了。李四柱做的味兒不錯，但他收費高，辦一桌得八十五文。鎮上就這幾個出名的席面師傅，其他的沒怎麼聽說過……」

江挽雲聽陳氏講完後，問：「這麼說，現在席面師傅還挺緊俏的？」

陳氏道：「那可不嘛，尤其是過年那幾天，都趕著在正月成親遷居的，要提前一、兩個月預訂呢。」

江挽雲將均勻裹上米粉的番薯和馬鈴薯先鋪在蒸籠裡，而後將肉蓋在上面，上鍋大火開始蒸。

廚房是有三口鍋的，一口大鍋炒菜，一口大鍋煮豬食，一口小鍋平時蒸米飯、燒熱水。

米飯已經好了，小鍋裡蒸粉蒸肉，江挽雲算算時間差不多後，將剩下的馬鈴薯切成絲，在水裡洗一遍瀝乾。

她讓陳氏去幫忙看看院子裡熬的藥如何了，自己則將鍋洗了擦乾，待鍋燒熱後，放入幾片肥肉煉油。

傳林和繡娘自覺的來幫忙燒火，兩個小腦袋湊在一塊兒，期待三嬸會做什麼好吃的。

說起來江挽雲很慶幸這是一個架空的時代，辣椒和花椒、八角之類的調味香料都還算齊全，只是應用沒那麼廣。

鍋裡肥肉已成油渣，鍋底是一汪油，她將油渣用筷子挾起來，吹了吹，餵給兩個小孩一人一塊嘗嘗。

「好香呀！」

油炸可是比肉還香的東西，兩個小傢伙慢慢的品嘗著，都捨不得很快嚥下去。

江挽雲笑道：「將火燒大，要下菜了。」

她將蒜末和生薑、乾辣椒、花椒丟入熱油裡，激起一陣嗆人的氣息，用鍋鏟翻炒兩下，倒進馬鈴薯絲。

熱火烹油，這是江挽雲做飯時覺得最紓壓的時刻。她很喜歡做飯，很享受做飯的過程，也很享受別人吃她做的飯的情景。

快速翻炒著，待所有馬鈴薯絲都裹上油，倒一點清水進去防止沾鍋。

此時院子裡也有動靜了，幾個下地幹活的人扛著農具，光著腳回來，一進院子就聞見一股肉香。

香味裡還夾雜著花椒、大蒜、辣椒的香味，瞬間勾起了他們幾個月未開葷的饞蟲。

「娘！妳做了什麼？隔一里地都能聞見了！」

陳氏從堂屋裡走出來，道：「哪是我做的，今兒是老三媳婦做飯，做的粉蒸肉，肉也是她買的。」

柳氏聞言道：「欸，她說在江府受過大廚指點，還是真的？」

其他幾個人沒回話，他們的關注點都在粉蒸肉上。

天，那可是好久好久之前，在宴席上吃過的。

自從陸予風病了，他們也不怎麼吃席了，一是沒錢隨禮，二是有傳言家裡有病人，去參加婚禮啥的不吉利。

且這肉還是江挽雲買的。

他們不會聽錯了吧？

「她哪來的錢買肉，娘，妳給的錢嗎？」

陳氏道：「是我們以往小心眼了，她把嫁妝裡的衣服賣了，換了銀子給予風買藥，還說要去擺攤賺錢。想她也不過十六歲，又是在富貴人家長大的，乍一來到我們這種窮人家，換誰也受不了不是？」

王氏點頭。「是哩，總要讓她適應下，也是我們做大哥大嫂的太小心眼了。」

柳氏沒說話，顯然她是拉不下臉的，從前她與原身的矛盾最多，就差挽起袖子掐架了。

幾個人正洗著手，江挽雲已經把馬鈴薯絲炒熟了，放入調味料，再倒一點醋進去，翻炒幾下，醋溜馬鈴薯絲起鍋。

家裡人多，又都是能吃的，她炒了滿滿兩大盤，再將灶膛裡的火熄了。揭開蒸籠蓋子，瞬間熱氣上湧，整個廚房院子裡都是粉蒸肉的香味。趁熱撒一把蔥花，直接將整個蒸籠都端上桌。

兩個小傢伙已經擺好桌子盛好飯了。

精米他們也不常吃，只有農忙時候才能吃一、兩回，光是白飯配鹹菜就算是好伙食了。

江挽雲端著蒸籠邁進屋裡，笑道：「粉蒸肉來啦！」

剛起鍋的粉蒸肉，熱氣騰騰的，金黃軟糯，上面點綴著蔥花，下面是厚薄均勻的肉片，最下面的是吸飽湯汁的番薯和馬鈴薯。

江挽雲給的兩斤肉加上陳氏的一斤肉全用上了，再加上半盆番薯和馬鈴薯，滿滿一大蒸籠，足夠一家人飽餐一頓。

因是她買的肉，陳氏雖覺得太奢侈，但也不好打擊她的積極性，也就咬牙隨她去了，家裡人確實該開開葷了。

肉。

「怎麼這麼香啊，我聞著比席面上的還香。」陸予海坐在王氏旁邊道。

傳林在王氏另一側，規矩坐著，爺和奶沒發話，他們都不敢動筷子，眼睛卻離不開粉蒸肉。

「席面上的哪能跟自家比啊？都是番薯馬鈴薯多，肉少，一人一塊，誰要是多吃了一塊還要打起來。」柳氏哼了一聲。

上次她去吃酒席，那家主人家小氣得要死，扣肉切得薄薄一片，她一不小心把兩塊看成一塊，另一個沒挾到肉的可把她好一頓罵。

「來，弟妹，坐這兒，傳林坐邊上去。」王氏笑著對江挽雲道。

江挽雲也不客氣，端了碗飯去坐下了，陳氏入座，與陸父坐在上席。

「吃飯吧。」陸父首先拿起筷子。

他是一個沈默寡言的鄉下漢子，一輩子面朝黃土背朝天，曬得皮膚黝黑，頭髮花白，再加上身材高大，家裡人都怕他。

雖然他平日裡沒什麼存在感，但在大事上具有絕對話語權，吃飯也是要他開口了才能動筷子。

陸父和陳氏先挾菜。以前吃飯，是陳氏來分，幹活多的多吃，幹活少的少吃，吃多少肉多少飯都是有要求的。

雖說陳氏算是和藹的婆婆，但王氏和柳氏也不敢托大。

「今兒菜多，隨便吃吧。」陳氏說著，給陸父先挾了兩塊五花肉，又給傅林和繡娘兩個孩子一人挾了一塊肉，再給江挽雲挾了兩塊。「挽雲妳多吃點，來家裡這些日子苦了妳了。」

「謝謝娘。」江挽雲深知和陳氏打好關係，就是在家裡立足的基礎。

其他人也開始動筷子，軟軟糯糯的五花肉，軟軟綿綿的馬鈴薯和番薯，筷子一插進去就化了一般，放進嘴裡，只覺比聞起來要濃郁數倍的肉香和甜香，與佐料的香味混合在一起，在舌尖迸發開來。

傅林已經顧不得燙了，直呼道：「好吃好吃。」

江挽雲做菜，油和調味料給得足，粉蒸肉的粉也炒得香搗得細。

馬鈴薯絲切得粗細均勻，脆而不生，微酸開胃，讓人吃了一筷子還想再吃。

江挽雲一邊吃一邊想，或許擺攤還可以加個炸洋芋，路邊攤經典小吃啊。

「原來有錢人每天吃的菜都這麼好吃啊。」繡娘仰著小臉道，她以前只以為，有錢人吃的肉多，但像炒馬鈴薯這種，每家每戶做的味道都差不多。

說不上來為什麼，總覺得三嬸做的菜要好吃很多。

「三嬸要是去開店，一定可以賺很多錢。」傅林道。

說到這事，陳氏道：「明日你三嬸要去擺攤，你們兩個除了成天瞎跑也沒啥事幹，去給你三嬸幫忙。你三叔的話，哪個在家做飯，哪個看著點。」

繡娘眼巴巴道：「跟著三嬸是不是每天都可以吃好吃的了？」

柳氏輕瞪了她一下。「就知道吃，那是要賣錢給妳三叔買藥的。」

江挽雲道：「下午我就要來試做，準備明天賣燒麥和炸洋芋，來幫我燒火的就可以隨便吃。」

「燒……燒什麼？」

江挽雲看他們疑惑的表情，尋思莫非這兒還沒燒麥這種食物出現？

「就是外面是麵皮，裡面是糯米飯糰的小吃。」

其他人還是搖頭，江挽雲心裡一喜，看來她的生意又成功了一步。

吃了飯，下地幹活的去歇息了。陳氏洗碗，江挽雲把瓦爐的火熄滅，倒了藥到碗裡端進屋。

「相公吃藥了。」她嘗試著叫了幾聲，沒動靜，確定陸予風又昏迷了，便照樣把他頭墊起來，吹了吹藥，用勺子餵他。

但今天不知怎的，以往還能餵進去一點，現在是一點也進不去，他嘴巴閉得緊緊的。

江挽雲只有放下碗，一隻手去扳他的嘴，另一手用勺子頂他的嘴唇，但這人跟故意的一樣，硬是弄不開。

怎麼回事？

江挽雲放下勺子，兩隻手一起來，又捏嘴又捏下巴的，感覺他的牙齒就是閉得死死的。

「相公、相公吃藥了！把嘴張開！」她湊近陸予風耳朵叫了幾聲，沒用。

不是說昏迷中的人對外界聲音也有一定感應嗎？

倒是在廚房洗碗的陳氏聽見聲音，擦了擦手趕來。「出什麼事了？我在廚房都聽見動靜了。」

江挽雲道：「相公嘴巴張不開，以前餵藥他能自己嚥一點的，有過這種情況嗎？」

陳氏回想了下。「沒有啊，是不是頭沒墊好？」

江挽雲搖頭。「墊好了。」

她琢磨了一下，突然想到，陸予風是不是自己潛意識裡不願喝藥，一心求死？

也是，病了這麼久，媳婦還逃跑了，人財兩空，想來也是放棄掙扎了吧。

但是你不能死啊，你是男主角啊！

「這可怎麼辦啊？」陳氏已經眼眶紅了，撲上來握著陸予風的手。「風兒，風兒，你醒醒，我是娘啊！」

江挽雲回想起前世照顧臥病在床時的父親曾學到的一些知識，其他科學的喚醒方法目前無法辦到，只有靠聲音和按摩來喚醒了。

她走上前，一把將被子給掀了。

陳氏嚇了一跳，呆愣的看著她。「挽雲妳幹麼？」

江挽雲在陳氏狐疑的眼神下，摸了摸陸予風的胳膊和大腿小腿，感覺他全身都是冰冷僵硬的。

先前給他蓋的被子似乎沒什麼太大作用，這是什麼怪病？

「娘，相公的身子好冷。」

陳氏也摸了摸。「怎麼這麼冷？外面有太陽啊。」

江挽雲道：「把炕燒起來吧，我來給他按摩，總不能這麼冷著。」

陳氏連忙跑出去抱了木柴進來，塞進炕洞裡，點火燒炕，很快，江挽雲感覺床鋪已經熱起來了。

她掀開陸予風的衣服，只遮住重要部位，而後在手心倒點白酒，開始給他按摩，同時讓陳氏在陸予風旁邊叫他。

「娘，妳一直和他說話，興許他能聽得見。」

陳氏擦乾眼淚，用溫柔的語氣叫道：「風兒，你醒來看看娘啊，娘在這兒……」

慢慢的，陸予風的身子有點暖和，也沒那麼僵硬了。替他穿好衣服，蓋上被子，江挽雲再給他的臉頰和脖子搓熱。

這次來餵藥，明顯感覺他的嘴唇鬆開了，用了許久時間才將藥餵完。

陳氏鬆了口氣，方才她真的嚇壞了。

江挽雲給陸予風擦嘴，把他的頭擺好。

陳氏感覺自己的心還揪住，哭道：「是我這個做娘的沒用，治不好風兒就罷了，還要看著他……」

江挽雲安慰道：「娘莫要責怪自己，你們已經為相公付出很多了，只怪世事無常。」

陳氏抹著淚出去了。

江挽雲守了陸予風一會兒，感覺他狀態又恢復到了從前，便把炕洞裡的火熄滅。

不行，得早點賺錢，早點把陸予風的病治好她才安心。

忙完這邊，她先將糯米洗乾淨後用涼水泡上，再將昨日換下的髒衣服洗了晾曬好，看了看天色，準備開始調餡料了。

如今是三月，只有十幾度，燒麥做出來放一夜也不會壞。

她找了個大盆子，將上午買的菜裝進去。豬肉、香菇、胡蘿蔔、玉米粒、青豆等，裝了半盆。

在井邊洗好後，拿進廚房開始切，又叫傅林和繡娘幫忙削馬鈴薯皮。其他人早就下地去了，陳氏在洗全家人的衣服。

她已經和陳氏說了，家裡的馬鈴薯她按市場價買。

午後的陽光暖洋洋的，照進廚房裡安靜又祥和。

江挽雲先將麵團揉好醒發，把餡料切碎，放上調味料攪拌均勻。再把麵團擀成薄片，用手指捏成荷葉狀，把剛才的餡料包裹進去，捏成燒麥的樣子。

她先包了十幾個，蒸了一籠。

在蒸燒麥的時候，她把馬鈴薯切成條，而後找了個大碗，倒進蒜蓉、薑末、花椒粉、胡椒粉、芝麻、辣椒粉，把油燒得冒煙，舀起來潑在碗裡，一碗萬用辣椒油就做好了。

這可是炸洋芋的靈魂所在。

接著將馬鈴薯條倒進油鍋裡炸，這油是用肥肉煉的，香得很。也沒炸太多，只一小盆，瀝乾油後，倒進盆子裡，撒蔥花、鹽，舀幾勺子辣椒油，端起盆子晃動，直到所有的馬鈴薯條都裹滿佐料。

兩個小的已經等不及了。

那油潑辣椒的香味太吸引人了，即便中午吃得飽飽的，他們還是感覺自己饞得要命。

江挽雲給兩人一人分了半碗。

傅林和繡娘像得到了寶貝，小心翼翼的用筷子挾起一塊放進嘴裡，好吃得瞪大了雙眼。

馬鈴薯還可以這麼好吃？

「好好吃啊！三嬸，明天擺攤賣這個嗎？」

江挽雲笑道：「賣，到時候你倆一起去嗎？」

傅林和繡娘都點頭。

江挽雲想了想，道：「但是家裡的雞還要人餵，我一個人也照看不了你們兩個，要不明天傅林跟我去，後天繡娘跟我去怎麼樣？」

兩個小孩子想了想，很認真的點頭。

此時暮色漸沈，家家戶戶都開始做飯了。

陳氏剛把豬草剁了，端進來倒進大鍋裡開始煮。

江挽雲將一層蒸籠端下來，揭開蓋子，燒麥鮮香撲鼻，她拿到大盤子裡，裝了滿滿一盤子，還壘起來了。

「嘗嘗這個，叫燒麥，燒菜的燒，麥子的麥。」她給了兩個小傢伙一人一個。

熱呼呼，軟糯糯的，晶瑩剔透，上面米粒飽滿，下面鼓鼓囊囊，看著就讓人想咬一口。

她又給了陳氏一個，陳氏趕緊擦了擦手接過來。「我又不是小孩子了。」

江挽雲笑道：「妳嘗嘗嘛，給我提提意見。」

那邊兩個小孩已經開始叫道：「好吃好吃！比包子好吃！」

陳氏很認真的咬了一口，點點頭。「好吃，這得費不少力氣吧。」

江挽雲搖頭。「挺快的，跟包包子差不多，這兒還剩十幾個，還有半盆馬鈴薯，晚上煮點稀飯就好了。」

陳氏笑道：「又吃了妳一頓了，後面叫他們補上，那我去淘米。」

江挽雲要了點米來，切了點瘦肉，給陸予風煮了碗瘦肉粥。

用小爐子將水燒開，下白米，煮得米粒開花後放瘦肉，待煮得濃稠，撒點鹽巴和蔥花，盛出來放屋裡涼著。

陳氏已經站在屋簷下招呼大家吃飯了。

炸洋芋裝了兩個大盤子，燒麥一個大盤子，一碟鹹菜和一鍋番薯稀飯。

陸家人對江挽雲的手藝有了瞭解後，現在看桌上的東西已經感覺成竹在胸了，肯定會很好吃。

江挽雲笑道：「這是明天擺攤要賣的，大家幫我嘗嘗有沒有需要改進的地方。」

第四章

陳氏給每個人分了兩個燒麥一碗稀飯。

「我覺得不用改！三嬸做的東西是最好吃的！」傅林先一步發言，惹得眾人都笑話他。

「現在三嬸倒是叫得順口了，以前誰叫壞女人的。」柳氏說完之後覺得自己失禮，看了江挽雲一眼，見她沒有在意才鬆了口氣，補充道：「小孩子就是吃了誰的東西就跟誰親。」

傅林哼了聲，往嘴裡塞了塊馬鈴薯。「那是我以前誤會三嬸了。」

倒是王氏開口道：「這燒麥做得好看又好吃還管飽，弟妹準備賣多少一個？」

江挽雲對比了一下包子的價格道：「四文錢一個吧，這個成本比包子高些。」

王氏表情微動，道：「我覺得這能賺錢，到時候我們都來給弟妹幫忙，賺得也更多。」

此言一出，在座的人神色各異。

雖說王氏的話表面是大家一起努力可以賺更多錢，但也難免讓人想到她是不是想借此學手藝為自己謀利。

陳氏是知道這個大兒媳婦的，雖然表面上和和氣氣，但背地裡小心思多著呢，若是讓她把法子學去了，準會教給她娘家兄弟。

「大家都去擺攤的話，家裡活兒可怎麼做得完啊，再說了，弟妹那是得了大廚指導的，我們這笨手笨腳的哪裡學得會。」

王氏聽出柳氏的言外之意，有些不高興道：「二弟妹可別這般小看自己。」

柳氏正要回話，陳氏輕咳一聲，語氣低沈道：「都吃飯了。」

陸予山也在桌底下拉了拉自己媳婦的衣服，示意她別說了，柳氏這才作罷，岔開話題。

「弟妹明天能搬得動這麼多東西嗎？要不讓妳二哥幫妳挑街上去再回來幹活。」

江挽雲道：「明天東西不多，我能挑的，明兒我再去街上看看能不能租個手推車用。」

一般的手推車一天只要十文錢，若是生意好，租來就可以賣更多了。

說到這裡她倒是想起了一事，道：「大哥、二哥能不能明日幫我做一些竹籤，用來戳洋芋吃的，嗯……竹籤的話按市場價收費吧，我也不是很懂具體多少。」

現在沒有免洗碗，炸洋芋只能用油紙包了，那就需要少倒些湯汁進去。

柳氏道：「哪需要妳給錢啊，不過小事一樁，吃了妳兩頓了，幫這點忙是應該的。」

江挽雲謝過後，心裡想，她確實沒看錯人。

柳氏雖然脾氣火爆性子急，但其實心直口快是個好相處的，反而是王氏表面笑咪咪的，實際並不好接觸。當初原身和柳氏鬧矛盾，吵得家裡雞飛狗跳的，王氏卻誰也不得罪做壁上觀，待到柳氏提出分家，又出來推波助瀾。

王氏有兩個兒子，不得不早點為自己的小家考慮。

吃了飯後，江挽雲進屋給陸予風餵稀飯。

碗裡的稀飯溫熱，吃著正好。江挽雲將他頭墊好，用勺子舀了小半勺，像餵藥那樣餵到他嘴裡。

好在陸予風這次表現良好，稀飯進了嘴裡，慢慢的嚥了下去。

江挽雲很高興，能吃東西，至少不至於餓死，她看著他這瘦骨嶙峋的身體，真是害怕他啥時就掛了。

餵了飯又餵藥，餵完藥把碗洗了，再打水來給他擦身體。

江挽雲感覺自己心累了，前世伺候臥病在床的父親那是盡孝，報答養育之恩，現在這算啥？這又不是她正兒八經的夫君。等他病好了，一定要讓他照價賠償。

吐槽歸吐槽，她還是很仔細的給他擦好了身子，而後自己洗漱一番，再將陸予風的舊衣服剪短改了一下給自己穿，做完這些後終於可以躺進被窩。

她真的累了，好累，這具身體太弱了，要加強鍛鍊，還要改善伙食才行。

一覺睡到大天亮，江挽雲是被傳林的拍門聲叫醒的。

「三嬸，該起床了！」

她睜開眼有點迷糊，扭頭看見陸予風的臉，才反應過來自己已經穿越了。

「欸！來了來了！」江挽雲掀開被子下了床，套上衣服一邊梳頭一邊開門。

門外傳林已經收拾妥當，揹著小背簍，興致勃勃的等著。

「三嬸快些，奶蒸了番薯在鍋裡。」

早晨的院子裡很忙碌，大人小孩都忙著洗漱吃早飯。

江挽雲趕時間，也懶得給陸予風擦身了，洗漱後嘴裡叼著番薯就開始裝東西。

一個籮筐裡放小鐵鍋、小瓦爐和木炭，另一個籮筐裡裝著包好的燒麥和一些雜物，上面用油紙蒙住。

另外還有一個背簍，裡面用油紙墊著，裝著炸好的馬鈴薯，到時候用調味料拌拌就行。

至於傳林的背簍裡裝的是相對較輕的蒸籠和辣椒油。

江挽雲先揹上背簍再挑起擔子，感覺上倒不是很重，但路程遠，幸好她早有先見之明，在衣服裡縫了厚厚的肩墊。

不過她到底高估了自己，一路走走停停，差點沒要了她半條命，終於走到了鎮上。

她等會兒一定要去租個推車。

傳林雖然年紀小，但從小就是在鄉野間跑習慣的，走這點路程不在話下。

兩人出發得早，如今才不過卯正左右，正是上工的時候，雖然今天不趕集，但街上人也不少，距離此處不遠就是一個碼頭，每天都有許多人來來往往，裝貨卸貨。

這個鎮子雖不大，但連接水路和陸路，是重要的中轉站。

整條街上幾乎都是擺攤的，賣吃的，賣布的，賣胭脂水粉，賣小玩意兒的。江挽雲和傳林到的時候，多數攤主已經擺好了。

放下擔子和背簍，江挽雲揉了揉肩膀，不敢耽誤，與傅林一起將東西擺開。

她讓傅林拿著盆子去後街的水井打盆水來，自己則把瓦爐架上，倒進木炭生火。

傅林很快把水打回來了，江挽雲把水倒進鍋裡開始燒水，用剩下的水洗了手。

又把小蒸籠擺鍋裡，把燒麥一個一個擺好，一共擺了四層，一層六個，她這次出來一共帶了八十個燒麥，多了也挑不走，準備今天先試試看。

蒸燒麥的同時，把馬鈴薯倒進盆子裡，倒入自製的辣椒油和蔥花、鹽巴攪拌。這洋芋炸的時間不長，還很生脆，主要是吃調味料的香味，即便冷了也很好吃，但畢竟條件有限，要是複炸一次會更脆。

為了防止盆子放在地上不乾淨，他們還帶了竹子做的馬紮和三腳架來，把盆子放在三腳架上，人坐在馬紮上歇歇。

很快燒麥的氣味竄出來了，江挽雲揭開蓋子看了下，差不多好了，她用筷子挾了一個出來給傅林。「餓了吧，墊墊肚子，等會兒咱們去吃麵。」

「我不餓，留著賣錢吧。」傅林搖頭道：「為什麼還沒人來買我們的燒麥啊？」

他眼巴巴的四處張望，見其他攤子都開張了。

江挽雲道：「咱們來得有點晚，許多人都吃過早點了。再加上是新擺攤的，很多人都固定吃那幾家，沒事，再等等。」

她旁邊的攤子是個賣胭脂水粉的小哥，看一個年輕少婦帶一個男娃擺攤，不由得多看了他們幾眼，道：「你們賣的是什麼，聞著倒怪香的，這盆子裡是什麼，洋芋嗎？」

江挽雲站起身，揭開蒸籠蓋子道：「這是我一個遠房親戚教我的，京城出名的小吃，叫燒麥，燒火的燒，麥子的麥，吃著有烤麥子的香味，裡面加了糯米、豬肉、香菇、胡蘿蔔、青豆、玉米，可以吃飽還可以吃好。」

她故意大聲說道，還把京城兩個字咬得很重，瞎編一通，成功吸引了包括賣胭脂水粉的小哥在內的圍觀群眾。

她長得好看，方才已經有許多人暗戳戳的打量她了，只是看她這麼年輕，又是第一次擺攤，不敢嘗試她賣的東西如何。若是難吃得很，豈不是浪費錢，這裡的人誰的錢不是辛苦掙來的？

如今聽她說是京城流行的小吃，有人問道：「妳去過京城嗎？這味兒正宗不？」

「貴不貴啊？咱們小地方的人窮不比京城，吃不起貴的。」

江挽雲笑道：「我沒去過京城，可我親戚去過啊，他說了，這燒麥可是下至平民百姓，上至皇親貴族都喜歡吃的，可以做早點，也可以拿來做宴席麵點，你們看這顏色和形狀，可不誘人？」

她用筷子挾起一個給大夥兒看，再把燒麥剝開，露出晶瑩剔透的麵皮裡包裹著的軟軟糯糯醬黃色米粒，米粒之間夾雜著肉末、玉米粒、青豆等，看著顏色搭配十分和諧。

當下周圍的人就感覺有點心動了，至少看著是很好吃的樣子。

聚集的人也越來越多，好奇的張望著這裡發生了什麼事。

江挽雲又大聲道：「再來回答方才有大哥問貴不貴的問題，本來定價是四文錢一個的，因這燒麥做法複雜，用料充足，不像包子是發麵，這裡面可是實實在在的糯米和肉，吃了抗餓。不過今天是第一次擺攤，感謝大家照顧生意，所以只收三文錢一個。」

說罷她將剝開的燒麥給了圍觀的兩個小孩子一人一半。「來，你們嘗嘗味道如何？」

兩個小孩子都只有四、五歲，吃了之後很誠實的回答。「好吃！」

半個不夠吃，拽著他們的父母要求買更多。

江挽雲乘機將那盆炸洋芋端起來，道：「這是用了獨家秘方調味料拌的炸洋芋，保證你們沒吃過。今天燒麥一次買三個以上的，送半份炸洋芋，這單買炸洋芋要五文錢一份。」

這下大部分圍觀的人都心動了，紛紛掏錢開始買燒麥，有便宜誰不占。

「我要三個！」

「我先來一個試試，好吃再買。」

「要一份炸洋芋……」

江挽雲負責收錢和包炸洋芋，傳林負責包燒麥，忙得團團轉。上面一籠空了，馬上擺上沒蒸的，放到最底下一層去蒸。

最先買到燒麥的人嘗了一口，瞬間感覺這是他吃過最好吃的早點！

米粒裡充盈著肉餡滲出來的油脂，肥而不膩，與香菇、青豆、玉米等的香味結合，吃起來唇齒留香，一個不夠再來一個。

「好吃！給我再來三個！」

「比包子好吃嗎？」

「好吃多了，旁邊那家包子餡兒那麼少，又乾，吃多了噎得慌。」一個顧客直言不諱。

「這個炸洋芋也好吃，這調味料好香！」

「是嗎？給我嘗一根。」

有那護著自己好不容易搶到的燒麥和炸洋芋擠出來的人，一邊迫不及待嘗嘗是不是真如其他人說的那麼好吃，一邊討論道：「這個老闆好年輕啊，看著才十幾歲？」

「長得也漂亮得緊，那臉蛋水靈靈的。」

「漂亮又怎麼了，沒看人家梳著婦人髻嘛，名花有主了喔。」

來買燒麥的有附近的攤主，有逛街的鄉紳，有街道旁邊鋪子裡的掌櫃伙計，有剛從抵達碼頭的貨船上下來覓食的船工。

江挽雲帶來的八十個燒麥很快就賣完了，炸洋芋的盆也空空如也，有排隊了卻沒買到的顧客道：「怎麼馬上就要輪到我了卻沒了？」

「哎呀前面的人真是的，買那麼多做甚，吃得完嗎？」

「就是，方才我看見一個人買了八個！」

江挽雲笑道：「不好意思了，各位，今兒個第一天開張，帶來的食材少，感謝大家支持生意，明日我多準備一些，保管讓你們都吃上。」

有人問：「妳每日都來賣嗎？」

江挽雲說：「最近都會來。」

「以後還有優惠嗎？」

江挽雲回道：「有，雖然燒麥是四文錢一個了，但還是買三個燒麥送半份炸洋芋。」洋芋的本錢可比燒麥低多了。

得了回覆的人滿意的走了，江挽雲卸下笑容，鬆了口氣，一屁股坐在馬紮上歇息。

傅林也累得夠嗆，但他情緒很激動，眼睛都亮晶晶的，蹲在江挽雲的錢袋子旁邊道：「三嬸，咱們這麼快就賣完了，好像作夢啊。」

他還以為要賣一天呢，還是三嬸厲害，他都不好意思吆喝。

滿滿一袋子銅錢，他從出生開始就沒一次見過這麼多錢，雖說他知道這一共也不過幾百文，但這可是一上午就賺到了。以往奶奶和娘親只有在過年時候才會給每個孩子五文錢壓歲錢，平日裡買肉、買鹽巴，都是幾文幾文省著用。

「累了吧？」

傅林搖頭。「我不累，我寧願天天過這樣的日子！」

江挽雲道：「快晌午了，把東西收了吃東西去。」她站起身來，帶著傅林把東西都收回籮筐和背簍裡。

兩人挑著籮筐，揹著背簍在街上走著，江挽雲問傳林想吃什麼，傳林小聲道：「吃的要花錢，咱們回去吃吧。」

這孩子，是過慣苦日子了。

江挽雲道：「沒事，三嬸會掙錢，以後還會掙很多很多錢，不吃飽哪有力氣幹活呢？」

傳林用崇拜的眼神看著她。「三嬸說吃什麼我就吃什麼。」

江挽雲邊走邊看，見路邊有賣肉餅的，六文錢一個，便放下擔子要了兩個，又給傳林和繡娘買了兩串冰糖葫蘆，共花了十八文。

雖說她今天賺得不多，但能掙錢就是有盼頭的。她的思想一直都是賺了錢就要花，花開心了才更有動力去掙錢，當然，也不能亂花。

傳林小心翼翼的捧著肉餅嘗了一口，外面焦焦脆脆的，裡面是肉餡，但可能店家捨不得放油，吃著有點乾乾的。

江挽雲感覺味道還行，家常味道，只是這年頭香料調味料貴，尋常人家做菜只用鹽巴、醬油，最多加點辣椒。她捨得用調味料，火候、調味料比例都掌控得好，這才讓她做的菜感覺味道不同於普通人做的。

吃了肉餅，就著水袋喝了點水，江挽雲領著傳林去租推車。

兩人先來到一個偏僻巷子裡準備數錢，江挽雲將錢倒在自己的衣服下襬裡兜住，開始一枚一枚數。「二、四、六……」

傳林則在旁邊左顧右盼，見沒人留意到他們才放心。

數到最後一共是二百八十二文，她粗略估計了下成本，麵粉用得不多，買菜和調味料那些算進去，大概花了一百文，賺了一百多文，與她估計的差不多。表面上看燒麥工序繁瑣，用料扎實成本高，實際上並不比包子高太多。

「來，這些給你。」她數了二十個銅板遞給傳林。「你的工錢。」

「啊？」傳林嚇了一跳，連連後退。「不要！我不要！」

江挽雲笑道：「為何不要？你今天可幫了我不少忙，這是你應得的。」

傳林把頭搖得像撥浪鼓。「不要，妳留著給三叔買藥。而且我爹說了，我已經長大，該為家裡出一分力了，我不要。」

況且二十文太多了，到碼頭上給人卸貨或者幫別人家蓋房子這種粗重工作，一天最多才三、四十來文，這年頭普通百姓除了種地，沒有多的經濟來源。

江挽雲故作惋惜道：「若是你不收，那我也不好意思再叫你來幫忙了，不叫你幫忙我一個人又忙不過來，那沒辦法，只有少賣點少賺點了，唉。」

「啊……」傳林一聽，糾結了起來，半晌道：「那……給我五文吧，五文就夠了。」

「十文，就這樣，若是不收便是不給我面子了啊。」江挽雲把他的手拉過來，把十文錢塞他手上，傳林這才作罷，將銅錢小心的放進自己胸口的袋子裡。

這可是他賺的第一筆錢呢。

兩人從巷子出來後就去了木匠鋪，木匠鋪有推車出租，有點類似現代的板車，直接買要一兩銀子，租的話每天十文錢，需要按手印並交五百文押金。

租了推車就方便多了，籮筐背簍都放上去還有挺大的空間，兩人又上街買了許多食材，見太陽已經快到頭頂了，便推著車往回走。

回去因為沒有負重，還可以借推車省力，走起來速度至少快了一倍，趕在午時時分就到家了。

進了村子，遇見陸陸續續扛著鋤頭回家吃午飯的村民，他們見了江挽雲和傅林兩人推著推車，紛紛圍上來看。陸家都窮得叮噹響了，怎麼還有錢去買推車？

「傅林，你家買了推車啊？」

他們或是不想，或是不敢和江挽雲搭話，只有對傅林提問。

傅林老實道：「是我們租的，用來擺攤。」

周圍人聽了紛紛側目，沒聽說過陸家誰有擺攤的手藝啊，莫非是最近新拜師的？

「擺攤賣什麼？」

「賣吃的，我三嬸做的。」傅林一臉驕傲。

大夥兒不信，怎麼可能，江挽雲會做吃的？還願意擺攤？陸家的事他們不是沒有耳聞，若說江挽雲把陸家拆了倒還可信，若說她要幹活，那絕對是天方夜譚。

周圍人紛紛用異樣的眼神看著江挽雲，有尖酸的婆娘道：「她擺攤賣吃的？傅林你可要提醒你奶他們當心點，別是她為了騙錢打的歪主意！」

傅林一聽這話可不樂意了。「才不是呢！三嬸不是那樣的人！」

旁人道：「她以前做了啥事你忘了嗎？聽說大戶人家的女兒從小就會耍心眼。」

「是啊，你三叔都病成那樣了，指不定她把錢騙了就跟野漢子跑了！」

這都是看熱鬧不嫌事大的，巴不得別人家過得不如意才好。

傅林張口就要反駁。

「咳咳！」江挽雲突然咳嗽一聲，道：「該回家吃飯了。」

她才不想把時間浪費在和這些人扯皮上，她好累，還想回去睡個午覺呢。至於陸家人到底會不會覺得她是在耍心眼使手段，她相信日久見人心，她做好自己該做的就行了。

「哼！不跟你們說話了！」傅林氣鼓鼓的抬頭怒視他們。

「哎這孩子，好心提醒你還不愛聽……」

但江挽雲和傅林都不理他們，推著推車快速走了，這些人討了個沒趣就散開了。

第五章

回了陸家院子，王氏已經把飯燒好了，其他幾個人也剛到家，正在打水洗手。

見了江挽雲兩人回來，都圍過來看他們租的推車。

「怎麼樣？今天生意好嗎？」陳氏先問道，其他幾個人也豎著耳朵聽著。

不過他們方才看了，帶去的盆子背簍都是空的，想必生意不錯。

傅林昂著頭驕傲道：「生意可好了！那些人都搶著買，還有人排了很久的隊，卻沒買到呢。」

陸家人一聽生意好便放下心來了，陳氏道：「燒麥和洋芋都賣完了？」

柳氏問：「賣了多少錢？」

傅林道：「賣完了，賣了兩百多文，三嬸說賺了一百文。」

「這麼多！」幾個人都吃驚了，他們知道做生意有賺頭，但沒想到一次能賺這麼多，比去給人蓋房子還要賺得多。

不過他們也看見了，這錢也不好掙，需要頭天把食材準備好，第二天一早就出發趕去鎮上，且最重要的是要有手藝，又會招攬顧客，一般人是幹不來的。

傅林把自己懷裡的十文錢摸出來，交給王氏道：「娘，這些是三嬸給的工錢，妳幫我保管。」

王氏看著手裡的銅錢，表情微變，道：「你怎麼能收你三嬸的錢。」

江挽雲道：「傳林幫了我很多忙，這是他應得的。」

她眼神含笑看著王氏，王氏與她對視一眼，莫名感覺到一股寒意。

莫非三弟妹看穿了她的打算？

昨晚睡前她跟傳林說，讓傳林好好表現，討他三嬸的喜歡，他三嬸做吃的時候他跟著學著點。以江挽雲的廚藝，從她指甲縫裡漏點出來，旁人學到了，也能擺個攤子賺錢。

但現在三弟妹卻要給工錢，這不明擺著要把傳林當外人？

其實江挽雲根本沒那個意思，王氏自己心虛罷了。

陳氏道：「挽雲賺的錢，她自己留著，風兒的藥不能斷，家裡能幫襯著就幫襯著點。」

見其他人都沒意見，她道：「那便先吃午飯吧。」

午飯是王氏做的，炒了前天的竹筍，燜了一鍋雜糧飯，裡面有白米、高粱、玉米、馬鈴薯，雖然王氏做飯的手藝一般，但大家勞作了一上午，還是把飯菜吃得乾乾淨淨。

吃了飯江挽雲照常給陸予風餵藥，她一邊餵藥一邊觀察陸予風的樣子，發現他今天的氣色好了許多，眼下的烏青都少了。

難道是病情好轉了？

江挽雲餵完了藥後，給自己擦了擦身子，換了身衣服坐在床上，把錢袋子的錢倒進大罐子裡，塞進櫃子裡鎖上。

接著又替自己肩頸按摩一番，緩解肩膀的疼痛，而後躺下過沒一小會兒就睡著了。

她作了個夢，夢見自己回到了做美食網紅之前，在夜市擺攤賣燒烤，一群小混混突然過來把她攤子掀了，而這群混混領頭的居然長著陸予風的臉。

她被嚇醒了，發現自己被被子纏住，難怪會作惡夢。

推開門出去，院子裡靜悄悄的，只有繡娘在編花繩。今天天氣很好，天空藍藍的，幾朵白雲打著卷。

江挽雲把前天削好的竹筍搬出來，把砧板也拿到院子裡，在太陽下面切筍子，把竹筍剖開，切成細條。

她準備把竹筍曬乾，過年過節拿出來燉肉，可香了。

「謝謝三嬸的糖葫蘆。」繡娘笑得像花兒一樣燦爛，端著小板凳坐在她旁邊。

江挽雲見了她瘦得尖尖的下巴和細細的手腕，忍不住捏捏她的臉道：「吃了要漱口，免得壞了牙齒。」

「嗯，知道了。」繡娘美滋滋的舔了一口糖葫蘆，又甜又酸。

江挽雲的刀功很好，切的速度很快，切出來的筍條粗細一致，看起來賞心悅目。

午後的陽光照下來，在春天裡不算熱，反倒是全身都暖烘烘的。傅林也睡醒了，揉著眼睛出來看她在幹麼。

切好筍子後，倒進大鍋裡焯水去苦味，撈出來晾乾，放太陽下曬。

又將明天要賣的燒麥和炸洋芋的食材準備好，如今有推車了，明天至少可以再多帶一百個燒麥去，所以她今天花了更多時間準備。

只是不行，這樣賺錢速度還是太慢了，賣燒麥和炸洋芋只是一時之舉，每天賺個幾百文已算頂天了，何況剛開張生意好，後面顧客吃膩了，銷量肯定會下降。

陸予風的藥兩天就需要五百文，她還要攢更多的錢，帶他去省城治病才行。

她想了想，倒是從中午作的夢裡獲得了靈感。

以前她賣過燒烤，如今也可以試試，夏天快到了，還可以同時賣點清涼解暑的小甜品。但賣燒烤需要訂製燒烤架之類的，也不是短時間能賣。

她看了看食材，準備明天賣捲餅。

捲餅用的麵粉多，她索性把剩下的全用了，為了吸引顧客，還用菠菜汁和胡蘿蔔汁做了橙色、綠色和白色三個顏色的餅，麵皮擀得薄薄的，在鍋裡攤好。

餡料準備了胡蘿蔔絲、肉末、韭菜、雞蛋碎、鹹菜末。分別炒好，用大碗裝著，再調製秘製醬料即可。

於是今天晚飯就是每人一個捲餅、一個燒麥，配一碗稀飯。

江挽雲給自家人做的捲餅自然比賣給別人的要大，料也是包得扎扎實實的。賣的捲餅就是要做到要大不大、要小不小，讓客人吃一個不夠還想再吃第二個。

「這是啥做的，還有三個顏色哩？」柳氏洗了手，鄭重的坐下，她現在都還能回味起昨天吃的燒麥的味道。

三弟妹做的，那肯定很好吃，這要放外面攤子上，得賣七、八文吧，又有菜，又有肉，還這麼大個，看著又好看，花花綠綠的。

江挽雲將醬料擺上桌子，餅事先已經捲好了，裡面也放了醬的。「綠色的是揉麵時加了菠菜汁，黃色的是加了胡蘿蔔汁，若是想吃更鹹的，可以再加點醬汁。」

「阿娘，妳等會兒吃這個，這是我捲的。」繡娘指著最邊上那個賣相差一點的，不好意思道。

但在柳氏眼裡，這就是一個完美的捲餅！是她閨女給她捲的！

「我家繡娘真懂事，明兒跟三嬸上街可不要亂跑，也不要搗亂，多幫妳三嬸幹活。」柳氏的想法很簡單，繡娘今年六歲多了，尋常人家的女孩子也開始學做飯了，與其跟著她學，不如跟著江挽雲學，手藝好，以後也好嫁個好婆家。

傳林也道：「爹爹，娘，你們吃這兩個，這兩個是我捲的。」

陸予海樂呵呵的答應，王氏卻心裡感覺有點悶，也不知為啥，看江挽雲如今得家裡人的喜歡，她便想起以前陳氏果斷拒絕她娘家堂妹和陸予風婚事的事。

陳氏笑罵道：「你們兩個小白眼狼，只知道給親娘捲，我這奶奶就沒有份是吧。」

陸予山忙打圓場。「我這做親爹的也沒輪上啊。」

柳氏白了他一眼。「你一幹活就知道偷懶的，你配讓閨女給你捲嗎？」

說話間，每個人都分到了一個捲餅和一碗稀飯、一個燒麥，兩個小孩子吃不下那麼多，都把燒麥讓出來，一個給陳氏吃，一個給陸父吃。

捲餅的皮兒擀得很薄，邊緣微焦脆，裡面裹著的餡料都沾著醬汁。醬汁乍一吃微甜，卻又帶著微辣，鹹香四溢，與胡蘿蔔絲的清甜交融，每口能吃到多種食材的味道，又帶著肉汁的香氣，十分具有滿足感。

再配上稀飯，幾口喝下去，頓覺勞作一天的疲憊都消退了。

辛苦種地，不就是為了有口吃的？

陸家幾人都吃得很快，吃罷洗碗的洗碗，餵豬的餵豬，洗澡的洗澡。

陸予山拖了一根竹子來，丟在地上，拿了一張條凳擺好，把去了枝椏的竹子放條凳上劈開，分裂，斬斷。

柳氏站在旁邊道：「三弟妹，快來看看妳要多長的籤子。」

江挽雲正在給陸予風熬藥，聞言走過來看了看，笑道：「要兩種長度的，一種大概手指長吧，用來吃洋芋，一種要胳膊這麼長，比短的那個粗一點，我準備拿來串食材。」

陸予山應道：「曉得了，放心吧。」

他往常有空時也會做一些竹製品去賣，這點小活兒還是簡簡單單的。

江挽雲謝過他，把先前煮的瘦肉稀飯餵給陸予風吃，然後再餵藥。

令她驚喜的是，陸予風的吞嚥功能也好了不少，讓她餵飯的時間縮短了。

次日一早，江挽雲起了個大早，她將東西都裝上車了，天才微亮，其他人才起床。

「弟妹這麼早就走啊？」柳氏連忙給繡娘紮頭髮。

江挽雲道：「是啊，去得早才能趕上他們吃早點的時間，早點賣完早點收攤。」

她說著想起一件事來，對柳氏道：「二嫂，麻煩妳幫我留意下附近村子有沒有要辦酒席找不到席面師傅的，我想去試試。」

辦一次席面需要兩天，雖然很累，但一次就能賺至少一兩銀子，比擺攤來錢快多了。

「啊？妳還會辦酒席？」柳氏驚得瞪大眼睛。

江挽雲點點頭，她前世的父親就是一個辦酒席的大廚，她也是從小耳濡目染，才選擇了美食網紅的職業。

柳氏可不信這是江挽雲在江府學的，勸道：「弟妹，雖說我知道妳急著賺錢，但是辦酒席太累了，一個人要弄十幾桌菜……」也不光是累，搞砸了還會被主人家打罵。

江挽雲笑道：「放心吧，我自有分寸。」

柳氏看她那樣子，心裡也沒底，道：「那我幫妳留意下吧。」

待所有的東西都放好，江挽雲推著推車。繡娘在後面跟著，見江挽雲流汗了，也來幫忙推車，兩人用最快的速度趕到了鎮上。

此時天已經亮了，上工的伙計工人，去學堂的孩子，開門營業的掌櫃，紛紛路過這條街道，尋覓想吃的早點。

有昨日吃了燒麥的人已經等不及了，見到江挽雲來了，道：「快些開賣吧！吃了還要上工呢！」

江挽雲抹了把汗，笑著說：「諸位稍等，馬上好了。」

她趕緊生火開始蒸燒麥，同時另一個瓦爐上放上小鐵鍋，開始攤餅。

很快燒麥的蒸籠上開始冒熱氣了，江挽雲的捲餅食材也擺好了。

她道：「捲餅六文錢，任選一葷兩素。再加一樣葷菜兩文，素菜一文。」

綠色、橙色、白色的薄餅，醬料、胡蘿蔔絲、馬鈴薯絲、肉末、韭菜末、雞蛋碎、鹹菜末，一字排開，色彩誘人，看著就讓人覺得六文錢很值。

「我要一個燒麥、一個捲餅。」

「我要三個燒麥！」

江挽雲讓繡娘裝燒麥和收錢，自己則忙著捲餅，忙活了一上午，還不到午時，就全部賣完了。

賣完最後一個燒麥，江挽雲和繡娘開始收拾東西，清點銅錢，一共收了四百五十二文，賺了兩百七十文，這樣看來，每天賺的錢勉強能夠付陸予風的藥費了。

但她覺得這還遠遠不夠。

江挽雲照樣數了十文錢給繡娘，領著她去吃東西，買了明天擺攤所需的食材。

待她推著車剛要走出鎮子的時候，一個聲音突然叫住了她。「江挽雲！」

她停下腳步，愣了下，誰會指名道姓的叫她，莫非是原身娘家人？

順著來人聲音的方向看過去，卻看見一個穿著白色錦衣，束著玉冠，手上拿著摺扇的年輕男人迎面走來。

此人身材一般，長得也算俊美，只是江挽雲看著他的打扮總覺得有些不倫不類，用力過猛的感覺。

「你是……」她一時半會兒沒反應過來對方是誰。

男人表情僵住，有些惱怒道：「我是誰妳不記得了？我！周安！」

他瞪著江挽雲。「才幾日不見妳就不記得我了？妳這幾天忙啥呢，好些天沒見了。」

江挽雲將這人的臉打量了一番才反應過來，心裡咯噔一下，好傢伙，這人居然就是原書裡和原身私奔的情郎。

周安是本地一個員外的兒子，雖長得人模狗樣，但本性好吃懶做，父母死了後一直靠吃祖業過日子。原身剛嫁到桃花灣時，受不了陸家的苦日子，娘家也回不去，她只能日日到鎮上閒逛，遇見了同樣無所事事的周安。

周安好美色，見了原身便心動了，原身也想被人關心疼愛，再加上周安出手也挺大方，兩人迅速勾搭在一起。

原書裡，原身偷了家裡的銀子和周安跑了，誰知周安沈迷賭場，很快將祖業敗光，還將原身賣進了青樓。

江挽雲只想好好賺錢，對原身的爛桃花沒有興趣接管，當下就對周安冷了臉，道：「你是誰？我認識你嗎？」

她回憶著，幸好她穿越得早，原身還沒有和周安有太大牽扯，也沒送什麼定情信物。

周安幾日不見佳人正心癢癢，他們往日都是約在茶樓見面的，誰知突然有一天她就不來了，今天再見，她卻推了一個小吃攤，還帶了個孩子。

原身告知他的身世半真半假，只說自己是家中不受寵的女兒，父親死了，被繼母塞給一個將死之人沖喜，並把陸家人都描述得很可怕，說自己受盡欺負。

周安看江挽雲的現狀，原本的懷疑都沒了，這一身灰衣，素面朝天，推著推車，可不就是受苦了。還有那個小孩子，肯定是婆家人派來監視她幹活的，所以她才假裝不認識他。

周安心疼死了，瞅了瞅江挽雲，又瞅了瞅繡娘，從懷裡摸出錢袋子，倒了幾十文錢給繡娘。「小孩，拿著錢去旁邊等著。」

但是繡娘警惕又害怕的看著他，搖搖頭。「不要。」

江挽雲倒想看看這人想做什麼，況且錢不要白不要，道：「繡娘，妳把錢收了，去那邊的涼茶鋪坐著等會兒，嬸子一會兒就過去啊。」

繡娘為難的看著她，但見江挽雲神色從容，便接過錢走了。

江挽雲冷下臉看著周安道：「你想說什麼直說吧。」

周安看她這樣子，感覺自己白心疼了，她不應該委委屈屈對自己訴苦嗎？

「妳為何這麼多天不去茶樓與我相見？我日日去等妳，妳這推的什麼？陸家人讓妳一個婦道人家出來擺攤賺錢？」

江挽雲看著他，心裡很清楚，雖然現在的周安看著對她很好，但這都是假象，因為他還沒得到她。就像許多渣男一樣，追求時總是百般討好的，原身那時正是感覺人生灰暗之時才被他誘騙，待他遇見困難的時候，就會毫不猶豫將她賣進青樓。

「我與你有過什麼嗎？」她想了想。「前些日子我心情不好，你幫助了我，請我吃了幾次飯，我很感謝你。但如今我相公病重，我不能放著他不管，你若是想要我賠你吃飯錢，那你開口就是，只是我希望我們以後不要來往了。」

她如今沒有其他辦法，只有與他講清楚，若是兩人能就此斷了那最好，若是他還糾纏不休，她就索性來個死不認帳。

周安不可置信的看著她，這是江挽雲？怎麼可能？

她分明又虛榮又貪財，若不是看上她那張臉好看，他也不會去討好她，可如今臉還是那張臉，卻感覺像變了個人一樣？

「妳在說什麼？妳意思是我們只是朋友？」

簡直放屁！

江挽雲說：「是啊，我有夫君，你有妻妾，我們不是朋友是什麼？哦，你不想與我做朋友了？那正好，我也每天很忙的，實在沒空再與你去吃茶了。」

她說著覺得自己好像渣女啊，但周安也不是什麼好人，她只有臉皮厚點才對自己有利。

「呵，妳莫不是腦子糊塗了，跟著我吃香的喝辣的有什麼不好，妳要留在陸家幹這種我家丫鬟都不會幹的活？當初是誰說等妳那病癆子相公死了就跟我走的？」

周安氣得臉都紅了，摺扇在掌心拍得啪啪響。

江挽雲臉不紅心不跳，道：「不是我說的。」

是原身說的。

「妳！」周安瞪著她，差點抬手給她一巴掌，但他好歹忍住了，語氣軟了下來道：「妳是不是有什麼難處，陸家人欺負妳了？他們打妳罵妳了？妳害怕？」

若是其他女人，他早就沒有耐心了，偏這女人長得美不說，這脾氣還挺對他胃口，他非要得到她不可。

江挽雲道：「周公子，我說了，我現在只想好好做陸家的媳婦，你不要再找我了，若是再糾纏不休，我就要翻臉了。」

周安臉色一陣紅一陣白的看著她，諷刺道：「呵，妳還翻臉？妳怎麼翻臉？妳靠啥？靠妳那要死了的男人？」

江挽雲見周圍已經有人在打量他們了，不願再多說。「那我就狀告你騷擾民婦，你看著辦吧，我要回家了，麻煩讓讓。」

「喲，妳這個臭娘兒們，妳狀告我？妳以為衙門的人沒事幹了會理妳？」周安覺得更搞笑了，但下一刻他就笑不出來了。

江挽雲道：「我是跟衙門沒關係，但不要忘了我夫君是誰，他在書院認識的好友正是縣太爺的兒子，你自己掂量掂量吧。」

她推起推車就走，並叫了一聲。「繡娘！走了！」

繡娘一直看著這邊，聽見江挽雲叫喊，馬上跑了過來，還用敵視的眼神看著周安。

周安有些害怕了，他知道江挽雲的男人陸予風是誰，當初院試第一，紅榜榜首在衙門外面貼了許久，他老爹還在世的時候曾拿他和陸予風對比，說他連陸予風的半分都比不上。

這樣的人，認識什麼縣太爺的兒子，是完全有可能的。

他看著江挽雲的背影，心裡像吃了秤砣一樣堵著，難道真這麼被這臭娘兒們戲耍了？

第六章

「三嬸，那是什麼人啊？」繡娘忍不住問道。

江挽雲道：「一個不相干的人，沒事，不必理他。他給了幾十文？」

繡娘將一把銅錢抓出來給江挽雲看。「三十五文呢，出手真大方。」

江挽雲一眼掃過，道：「那就用這錢買吃的去。」

「好啊！」繡娘眼睛一亮，雖說前天才吃了粉蒸肉，但長期不吃肉饞，突然吃了一頓肉更饞，恨不得天天吃肉才好。

白得來的錢，早點花了才好。她們方才已買了明天要用的食材，如今倒是可以加餐了。

江挽雲看著繡娘瘦瘦小小的樣子一陣心疼，她才六歲，正是長身體的時候，得多吃點有營養的東西，老是吃稀飯和水煮菜可怎麼行。

「妳想吃什麼？」江挽雲調轉方向，向賣吃食的街道走去。

繡娘想了想，道：「三嬸做的都好吃。」

江挽雲看了看路邊的蔬菜，道：「家裡還有木炭嗎？」

「有，去年冬天爹爹和大伯砍樹燒的，取暖沒用完，還有一袋子呢。」

江挽雲笑道：「那今晚就試試燒烤。」

她買食材時就找鐵匠訂做了想要的燒烤架，正好還有陸予山給她做的竹籤，今晚先練練手，之後也可以拿來擺子賣了。

她買了許多的蔬菜，再買了幾條小魚，兩斤五花肉，總共花了四十幾文。擺在推車上，兩人趕緊往桃花灣走，到家時柳氏已經將午飯做好了。

今天吃炒酸菜加番薯飯，不過因為江挽雲用肥肉煉了油放在罐子裡，今天的酸菜炒出來要好吃許多，裡面還加了油渣，勉強算葷菜了。

柳氏還挾了一盤筍子泡菜出來，切成小塊。

番薯飯裡三分之二是番薯，米飯很少，但在陸家已經算很好的伙食了。

吃了午飯，江挽雲給陸予風餵了藥，柳氏走過來對她道：「三弟妹，妳讓我打聽的事兒還真有眉目了。」

江挽雲頓了一下才反應過來啥事，道：「二嫂找到需要席面師傅的人了？」

柳氏興奮道：「我今兒回來路上遇見我娘家的姊妹了，她也嫁我們村，我就和她說起這事。她說剛好她娘家要辦酒席，原本定的酒席師傅被人高價截胡了，正愁著是不是去更遠的地方找人呢。」

江挽雲問：「嫂子可有推薦我？」

柳氏壓低聲音道：「我沒直說是妳，我說是妳的話她肯定信不過。反正她也沒見過妳，我只說妳是我認識的人，從縣城回來的，父親曾經是酒樓大廚。」

江挽雲笑道：「還是二嫂聰明。」

柳氏驕傲道：「那可不，只要妳有手藝在，說啥她都會信，她讓我明天帶妳去她娘家試試菜呢，會先給三十文紅包。」

江挽雲點頭。「成，謝謝二嫂了，晚上我來做飯吧，妳可要多吃點。」

柳氏一聽江挽雲要做飯，立馬精神了。「妳要做什麼？我給妳打下手。」

「做燒烤。」江挽雲把上午買的菜搬進廚房，有藕、韭菜、蘑菇、五花肉，再加上自家的白菜和馬鈴薯，以及幾條小魚，食材還是挺豐富的。

柳氏主動將削皮洗菜的活兒攬過去，江挽雲則是切菜、醃製，而後兩人一起穿串。串好的串兒整整擺了一笸箕，切菜的時候，也順便把明天需要的燒麥、炸洋芋和捲餅的食材準備了。

兩人忙活了一下午，待傍晚時分才歇下來。

「哎喲可累死我了，怎感覺比下地還累呢，果然擺攤的錢也不是好掙的。」柳氏坐在板凳上，咕嚕咕嚕灌水。

她奇怪的看了眼江挽雲，怎麼三弟妹好像不累一樣。

江挽雲累是累，但她喜歡做飯，每次做飯都感覺精力充沛，她很享受這個過程。

太陽已經西斜，柳氏招呼著傳林和繡娘把曬乾的衣服收進來，再把今兒的雞蛋撿了。

江挽雲先進去給陸予風翻了翻身，再出來時，柳氏已經把雜物間的一袋木炭拎了出來。

「弟妹妳看看，這個行嗎？」

江挽雲聞言走過去瞅了一眼，見麻袋裡的木炭塊頭大，烏黑發亮，是好木炭，正適合燒烤，笑道：「我正想要這種呢，那把東西都搬外面來，今晚在院子裡吃吧。」

江挽雲和柳氏抬桌子，兩個小傢伙幫忙搬東西，很快院子裡就擺好了。

此時正值傍晚，天空一片火紅色，下地的人陸陸續續扛著鋤頭回來。

陳氏等人一進院子就被這陣仗嚇到了。「怎麼了這是要擺攤啊？」

他們放下鋤頭去打水洗手時，柳氏高聲道：「弟妹說這叫露天燒烤。」

可不就是又燒又烤嗎？

江挽雲見人回來了，便把洗好晾乾的燒烤架擺好，點燃下面鋪好的木炭，用小扇子搧了搧，待大部分木炭都紅了，給燒烤架刷油，而後擺上串燒。

陸家人都圍過來看，只江挽雲熟門熟路的刷油、翻動。這烤肉醬是她特製的，混合了多種香料，刷在食材上，紅亮亮的，滋味與蔬菜和肉類是絕配。

經過高溫炙烤，夾雜著辣椒、花椒、胡椒和各種食物被烤熟的氣味飄散開來。

香飄滿院。

離天黑不遠了，她可得趕快，先熟的蔬菜撒上辣椒孜然粉，再刷油，翻烤兩下，放在盤子裡，緊接著放上新的串兒開始烤。

好在她的燒烤架做得長，一次可以烤二十幾串。

「好了，快趁熱吃。」

隨著江挽雲的招呼，傳林先跑過來，端了盤子到吃飯的桌上去。

先上的是蔬菜，烤得焦黃的馬鈴薯片、藕片，清甜的韭菜、白菜、蘑菇，焦脆的年糕、饅頭，每一串都裹著調味料，看得人食指大動。

方才烤的時候他們就被香得不行，如今終於吃上了。

「這種吃法倒是新奇，我覺得味兒好得不得了，比炒著吃好吃多了。」柳氏嘗了一口烤馬鈴薯片，又嘗了一口烤饅頭，一時間分辨不出哪個更好吃了。

「我覺得這醬料好吃。」陸予山接話道。

「想不到三弟娶了媳婦，我們也跟著沾光了。」

這時江挽雲又端上來一盤烤肉和烤魚。

「三弟妹妳也快些吃吧。」柳氏站起身。「我來幫妳烤，我看著還挺簡單的。」

王氏見柳氏往燒烤架邊走，她也坐不住了，站起身。「是啊，三弟妹快吃，我和妳二嫂來就行，哪能讓妳一個人忙活。」

江挽雲見她倆主動，笑道：「成，我教妳們。」

她拿了串五花肉在旁邊，邊吃邊指導。柳氏和王氏一人站一邊，一人烤肉一人烤菜，操作不難，她們很快便學會了。

「嗯～～這味兒真香死了。」油滴落在木炭上激起一陣濃香，柳氏趕緊把油刷開，防止再濺下去，那可太可惜了。

江挽雲道：「肉可以烤久一點，焦脆最好；菜的話烤熟就行，久了會老。」

王氏問：「訂做這架子花了不少錢吧？」

「也沒多少，就兩百文，可以用許久的。」

王氏又道：「若是我的傳福能有妳這麼好的廚藝就好了，他現在跟著木匠學手藝，雖說包吃包住，但沒有一分錢拿，逢年過節還要買東西孝敬師父，還得再過幾年才能出師。出師了也沒本錢自己開鋪子，也就還是留在木匠鋪幹活……」

柳氏平日裡最聽不得王氏絮叨這些，誰家的孩子學手藝不吃苦的，錢有那麼好賺嗎？況且現在說這些，不就是眼紅三弟妹的手藝嘛。

柳氏便道：「那妳讓傳林給三弟妹當徒弟啊，他也七歲了，讀不了書就趁早學點啥。」

柳氏心直口快，說話也沒留意王氏的心情。

他們這兒的孩子四、五歲啟蒙，有條件的家裡都會把孩子送去私塾，過一、兩年後，若是覺得讀書不行，或者花費太大，要麼送去學手藝，要麼在家開始種地。

雖然陸家出了陸予風這麼個文曲星，但其他孩子實在不是讀書的料，念了兩年後才勉強會寫自己和爹娘的名字，讀書像讀望天書，上課打瞌睡，下課就精神。

再加上後來陸予風病了，家裡更沒有錢，傳林便也不讀了。

村裡還有人傳風言風語，說正因為陸予風讀書厲害，把所有的氣運都花光了，才會倒大楣一病不起。

當然這話被陳氏聽到後，拉上兩個兒媳婦就和對方大吵一架，對方理虧，後面就沒人再敢提了。

如今聽柳氏這麼說，王氏不樂意了，不就是說她兒子笨嘛，那柳氏還生不出兒子呢，繡娘都六歲了，也沒見肚子有動靜。

她臉色沈了下來，沈默的做著手上的活兒，一言不發。

江挽雲裝作沒看見兩人之間的不對勁，笑道：「好啊，我還挺喜歡傳林的，踏實勤快，以後讓他跟著我，我還白撿一個幫手。」

王氏聽了瞬間一喜，看著江挽雲的眼神無比炙熱。

江挽雲又道：「繡娘也是，我都會盡心教的，學不學得成就看他們自己了。」

柳氏喜道：「妳放心，我一定會讓她好好聽話，妳讓幹啥就幹啥，她做得不好妳直接上手教訓，我絕不多說一句。」

王氏附和。「我也是，弟妹妳儘管教育。」

江挽雲吃完最後一口肉串，道：「他們兩個都很聽話。」

王氏轉了轉眼珠，有些小心的問：「弟妹，妳……不準備走了？」

王氏說這話的原因是，原身幾乎天天咒罵繼母，咒罵老天對她不公，咒罵陸予風無能，說自己一定會離開陸家這個鬼地方。

但是陸家人也不當回事，並不覺得她會逃跑，畢竟這年頭戶籍是很重要的。她的戶籍在陸家，跑出去就是黑戶，況且江家也不會接納她的，她不會那麼傻。

以至於在原書裡，原身被周安哄騙說他有辦法幫忙解決戶籍問題，她才跟著他跑了。

江挽雲笑道：「走？我能走哪兒去？我覺得這兒挺好的，只要我們努力賺錢，將來不愁沒有好日子過。」

這個大餅畫得王氏和柳氏聽了都很開心，看江挽雲也越發滿意了。

三個人合力，很快的，百來串的肉菜都烤完了，陸父還找了白酒出來，和兩個兒子喝了兩杯，一家人吃到月上中天才撤了桌子。

餵豬的餵豬，洗澡的洗澡。

江挽雲則是把煮好的稀飯端進去餵陸予風，幾天過去，他瘦得更厲害了，臉上只剩一層皮。

江挽雲給他餵了藥和稀飯，又打熱水來擦身。

若不是知道他是男主角，她可能會害怕，害怕哪天早上醒來就發現他沒氣了。

待她賺了錢，讓他把病治好，她就要離開了，也算是報答了他給自己一個重生機會的恩情。到了那時候，原書女主角也應該已經出現了。

至於她本人，只要不作妖，和陸家搞好關係，待陸予風他日金榜題名，自己也可以沾沾光。

次日一早，江挽雲帶著傳林去擺攤，回來前就沒再買食材了，並提前和一些來了兩、三次的熟面孔客人說了明天有事不來擺攤。

吃罷午飯，柳氏已經穿戴好自己走親戚才穿的衣裳，還搽了點口脂，提著籃子，裡面放了江挽雲給她準備的燒麥和捲餅，還有自家雞下的蛋。

她已經跟陳氏申請了回娘家一趟，陳氏得知是要帶江挽雲去試菜，沒有猶豫就同意了。若是能做席面師傅，那賺的可比擺攤多得多了。這附近那幾個師傅，哪個不是做一天休三天，家裡卻蓋了青磚大瓦房，修了大院子買了牛車。

江挽雲戴上竹編的遮陽帽，籃子裡放上自己常用的調味料瓶，與柳氏一塊兒出發，走了一段路後來到村口，有個年輕女人已經等著了。

她是柳氏娘家村子裡嫁過來的，兩人從小就要好，她姓孫，住在村東，陸家在村西，平日裡不常碰面，倒還沒見過江挽雲的樣子。

柳氏在路上就叮囑江挽雲，不要說漏嘴了，要說自己是縣城回來的酒樓大廚的女兒。

孫氏在樹下踮著腳往這邊看著，看到柳氏來了一喜，再看她旁邊的江挽雲頓覺心涼涼。這麼年輕？

柳氏領著江挽雲走過去，笑道：「淑芬啊，席面師傅我給妳領來了，人家可是縣城回來的，上午才來桃花灣，咱們快些走吧。」

孫氏打量著江挽雲，細看這不滿二十吧，這麼小怎麼做席面師傅？即使她父親是大廚，不代表她的技術好啊，柳氏莫不是哄騙人的？

柳氏看孫氏的眼神就知道她不相信，早有準備，道：「妳別看她年輕，技術可好著呢，妳不信？這不是要試菜嘛，試試不就知道了？這一時半會兒妳也找不到席面師傅不是？」

見孫氏還在猶豫，柳氏道：「怎麼了，妳還不相信我？」

江挽雲笑道：「嫂子好，我姓江，我父親在酒樓幹了二十年，最近家裡祖母去世才回來鎮上守孝，我五歲開始就跟著父親學廚，別說是普通的宴席，就是達官貴人家的宴席我也能辦，只要你們有足夠的幫忙人手就是。」

孫氏見她這麼自信，道：「妳保證不會搞砸？」

江挽雲篤定道：「我保證。」

孫氏這才點頭。「成吧，先試試再說，只要辦得好，紅包肯定是不少的。」

她氣得牙癢癢，自己祖母六十大壽，本來都訂了席面師傅了，誰知另一家突然死了人，沒有預定，仗著與師傅沾親帶故又肯出高價，就把人挖走了。

其他席面師傅也排滿了，她娘家人很生氣，說要找個手藝好的，把宴席辦得風風光光，挫挫那家人的勁兒。

三人沿著山路走了半個時辰，到了山另一邊的杏花灣。進村不久就路過一戶人家，用籬笆圍起來的院子裡擺了許多的桌椅板凳，堂屋裡設著靈堂，外面擺著花圈等祭奠用品。

孫氏道：「就是這家人，前天走了個老婆子，出殯日子是大後天，正席是後天，剛好與我們撞上了。」

江挽雲一眼掃過去，並沒有害怕，前世她跟著父親去給很多辦喪事的人家辦酒席，見過許多次了。她數了數桌子，共有八張，若是吃兩輪席，也就十六桌。

十六桌並不算多，她父親還辦過四十桌的。

而且這個年代的菜式肯定不如現代的複雜講究，做起來也簡單許多。

「請的李四柱是吧？他收八十五一桌？」柳氏一邊瞅一邊問。

孫氏不屑道：「可不嘛，就他收得最高。我父親和伯伯說，祖母六十大壽，不能捨不得花錢，要請最貴的才有面子，可我吃過他做的席，也就那樣。」

幾人說著，又走了會兒就到孫家了。

孫家人多，四兄弟還沒分家，院子也修得大，並排有一間堂屋，六間廂房，四間後面擴建的屋子，桌椅板凳已經借來了，擺了一院子，足足有十五張。

「爹，娘！我把席面師傅請來了！」

第七章

孫氏昨兒就回來一趟，給家裡人通了氣，說自己婆家那邊有人認識其他的席面師傅，今天來家裡試菜。

因為明天晚上就要吃席了，後天白天是正席，所以今天已經陸陸續續把菜買回來。

孫家親戚多，為了給孫母辦六十大壽，孫家殺了一頭豬，早大半年前就抓了很多雞仔餵養著，正夠現在吃。又讓賣魚的送了幾十條大草魚來餵在水缸裡，周圍的鄰居也來幫忙，好不熱鬧。

這個時代能活到六十歲就不錯了，過了這個大壽，興許就等不到辦七十歲了。

孫氏先幫江挽雲和柳氏安排著坐下，自己則跑去找在忙活的父親。

孫家人見了兩個年輕女人來了也沒太在意，以為是哪個親戚，畢竟他們姻親很多，再聽孫氏說找到席面師傅了，趕緊圍過去看。

柳氏看著院子裡的情況評論道：「孫家在杏花灣也算大戶人家了，家裡四個兒子都很爭氣，女兒也嫁得好，淑芬的姑姑就嫁到鎮上去了。」

她又道：「李四柱是不是這些年名氣大了就張狂了？也不看孫家有多少親戚，得罪了孫家，以後生意起碼少三分。」

江挽雲笑道：「嫂子覺得我一桌收多少合適？」

柳氏琢磨了一下。「有收七十文的、有收八十幾的，妳收七十五？」

江挽雲道：「我覺得收七十就夠了，孫家親戚多，還能給我宣傳一下呢。」

柳氏點點頭，正待說話，孫氏已經領著幾個人過來，有孫家的幾個兒子和媳婦，還有孫氏這一輩的。

他們都是認識柳氏的，所以眼神都落在江挽雲身上，有的皺眉，有的擔憂。孫氏的父親孫老大還是保持著待客之道。「這位小娘子，請問妳真的是席面師傅嗎？」

江挽雲站起身，笑道：「是的，家父曾是縣城天香樓的廚子……」

她面不改色的胡扯了一通，孫家人見她這麼自信，原本的懷疑也淡去幾分，還有些激動的請她試菜。

露天廚房已經搭好了，用磚頭砌的灶，大鍋子和大蒸籠、大木盆、案板，一疊一疊的碗筷，一應齊全。

這個時代的酒席不像現代的酒席，東西都由廚子帶來，而是主人家自己準備，幫廚的人也是自家人，席面師傅只出個技術和指揮。

其實很多菜自己在家也能做，但是會的沒那麼齊全，且味道也不如廚子做得好。

江挽雲說：「尋常的菜我都會做，你們點三個吧。」

孫家人商量了一下，準備點一個涼菜，兩個熱菜，具體什麼菜，讓江挽雲自由發揮，做最拿手的。

江挽雲繫上圍裙，看了看食材，涼菜決定做一個口水雞，熱菜做一個粉蒸肉，一個煎全魚。

孫家的四個媳婦都來打下手，江挽雲讓一個人殺雞，去毛，掏空內臟備用，一個人切五花肉洗好醃製，一個人清理魚，另一個人準備需要的蔥、薑、蒜、香菜、乾辣椒、芝麻等調味香料。

她自己則先炒白米，準備做蒸肉粉。

柳氏見江挽雲準備做粉蒸肉就放心了，她的粉蒸肉自己可是親口吃過的，絕對有保證。

柳氏趁著江挽雲做菜，先提了自己的東西回娘家去了。

江挽雲按先前的做法，先將粉蒸肉拌好醃料，放蒸籠裡蒸，再將處理好的雞焯水，放進大鐵鍋裡開始煮，這兩道菜都需要時間，處理完後才把魚給劃刀花，抹上鹽巴。

孫家人一直看著她，見她行動不急不緩，胸有成竹，若不是看外表，還真像一個辦酒席多年的老師傅。

「我看著她很厲害的樣子。」

「我覺得也是，這架勢。」

「她的調味料要用那麼多嗎？那個煮雞的鍋裡放的是什麼，好像樹葉一樣。」

「不知道啊，可能是人家獨門的配料。」

江挽雲這邊已經把調味料準備好了，在鍋裡燒起熱熱的油，待冒出白煙的時候，用大勺子舀起來，潑在配好調味料的碗裡，瞬間嗞的一聲，被熱油炸開的辣椒、花椒和蒜蓉香氣撲面而來。

「那我們開始煎魚吧。」

雖然煎魚用沒有小刺的魚更好，但目前只有草魚，也就將就著用吧。

江挽雲輕輕鏟動魚翻面，翻過來的一面呈現黃褐色，劃刀花的地方皮已經收緊了，露出裡面雪白的魚肉。

待另一面也煎好，將魚輕移到一邊，在鍋底的油裡倒入準備好的調味料炒香，再倒點自己調的糖醋汁，炒香後把在湯汁澆在魚上，稍微收汁，就可以裝盤了，最後撒上一點蔥花點綴完成。

魚做好時粉蒸肉和雞肉也差不多了，先將雞肉撈出來放涼，雞皮煮得橙黃，碗底鋪上黃瓜、豆芽，放上切成小塊的雞肉，淋上自己做的蘸水，口水雞完成。

「這是口水雞，這是粉蒸肉，這是年年有餘。」江挽雲將三個菜擺在桌上。

「你們都嘗嘗看味兒如何。」孫老大發話，幾個弟弟和弟媳都靠過來拿筷子。

不管如何，這菜的賣相是很不錯的，不比酒樓差。賣相好才有面子，江挽雲的菜已經成功一半了。

孫氏在一邊緊張的看著，人是她帶來的，若是菜做得不好，耽誤時間，她也要被娘家人數落。

柳氏已經從自己娘家回來了，很是淡定道：「這菜看著不錯吧。」

孫氏踮著腳，恨不得自己先嘗嘗，但她不能越過輩分，只能等叔叔、嬸嬸先吃。

「好看是好看，就是不知道味道如何。」

粉蒸肉自是不必多說，軟軟糯糯，鹹淡適中，米香肉香結合，馬鈴薯和番薯吸飽了油脂和湯汁，五花肉肥而不膩，入口即化。

「這粉蒸肉好吃吔！感覺用料和以前吃的差不多，卻又更好吃，說不上是為啥。」

「是不是調味料放得多，火候把握好？」

「反正我覺得好吃。」

幾個人吃了紛紛讚揚，孫氏放下心來了，幾人又開始嘗煎魚。外皮焦香，裹著湯汁，裡面的魚肉雪白細滑。

「我嘗著有點酸又有點甜，好吃。」

「糖醋的嗎？這魚肉好嫩。」

「好像一點腥味也沒有，這是怎麼處理的？」

幾人嘗了一口，不約而同又挾了幾筷子，一條魚都快被挾光了。

江挽雲在醃製魚的時候打了雞蛋清進去讓魚肉更嫩滑，又加了白酒和老薑去腥，若是能有檸檬就好了，去腥更徹底。

此時孫家人已經完全放下先前的年齡偏見了，看江挽雲的眼神都帶上了尊重。

孫氏提著的心也鬆了下來，看了一眼柳氏胸有成竹的樣子，道：「妳為什麼一點也不擔心啊，妳是不是提前吃過她做的菜？」

柳氏一噎，翻了個白眼。「那不廢話嘛，不靠譜的人我會介紹給妳嗎？」

孫氏聞言，很是感動道：「今天真是多虧妳了，不然我們就得去請酒樓裡的大廚來了，一桌沒一百文根本請不動。」

一桌多了二十文，再加上頭天晚上和第二天中午都要吃席，那就是大概五十桌，一來一往，就得多花一兩多銀子。

只剩最後一道口水雞了，孫家人問：「為何叫口水雞？」

聽起來怪怪的。

江挽雲道：「這個菜很下飯，光是看著、聞著就讓人流口水了，所以叫口水雞。」

孫家人覺得有理，一眼看去，雞肉泡在紅亮亮的辣椒油裡，上面點綴著蔥花香菜，辣椒油裡是大把的辛香料，確實讓人流口水。

還是每個人都挾了一塊雞肉，蘸了些紅油湯汁，一口進嘴裡，辣椒蒜蓉嗆辣的香氣直沖腦門。

這個時代的人不善於使用調味料，普通家庭做飯只用鹽巴、醬油，偶爾才放點辣椒、花椒、大蒜之類的。

江挽雲今天用的調味料是自己帶來的，她前世來自川渝，做菜都偏重口，後來又自學了其他地區的菜系，融會貫通後才掌握將不同食材使用不同手法，把味道發揮到極致的技術。

這雞肉並不是老母雞，都只有幾斤重，肉都挺嫩的，與調味料的味兒結合，酸辣爽口，使人胃口大開，忍不住再來一口。

「這個真是絕了！比清燉的雞好吃太多了！」

「好下飯，這調味配得好棒！」

「我感覺吃了整個嘴巴裡都是蒜香味兒。」

待最後一道菜吃完，孫家人對江挽雲的手藝已經滿意得不得了。不愧是大廚的女兒，技術確實好，但是價錢會不會也更貴？

孫老大搓搓手，有點不好意思道：「師傅，妳看妳這一桌收多少？」

江挽雲解下圍裙，笑道：「七十文一桌。」

孫家人都感到不可思議，他們本來已經準備好了至少八十幾文一桌，誰知才七十文，他們這裡最低就七十文。

孫老大問：「七十文幾個菜？」

江挽雲道：「一般是十二個菜，你們想加的話，十五個以內都算七十文。」

這年代大家都沒啥錢，做酒席只要有雞鴨魚肉就算齊全了，再隨便來幾個菜，湊齊十二道，多了主人家負擔不起。

「太好了、太好了！」孫家人很是激動，孫大哥的娘子塞了個紅包過來道：「今天辛苦小師傅了，晚上吃了飯留下來住還是回家？住的話我們有空屋的，回去的話讓我兒套了牛車送妳。」

江挽雲肯定不留下來住，但回家的話豈不是暴露了她是陸家人？

柳氏趕緊過來道：「她住我家，我跟她一塊兒回的，明早我跟她再過來。」

柳氏親親熱熱的挽著江挽雲的胳膊，孫家人認為她們關係好，也不再多問，讓兩人快去吃飯，天兒快黑了。

院子裡都是來幫忙的鄰居和自家人，簡單擺了幾張桌子，炒了幾個菜，江挽雲和柳氏吃了飯，孫氏的大哥就用牛車送她們三個回桃花灣。

臨走之前江挽雲又列了個單子，讓孫家去買她需要的調味料和食材，這都是應該的，每個席面師傅需要的東西都不一樣。

天色已經暗下來了，夜風吹著人有點涼。

孫氏笑得合不攏嘴。「我娘家人一開始還數落我呢，結果吃了妳做的菜後，眼睛都瞪得老圓。」

柳氏吹噓道：「那可不，換作以前，這菜只能在縣城大酒樓裡才吃得到，一桌沒有兩、三百文下不來吧？」

孫氏道：「我娘家這次可是下血本了，妳沒瞧見，那幾大水缸的肉和魚，我叔叔幾家一家出了三兩銀子，禮金估計只收得回四、五兩……」

江挽雲靜靜的聽著她們說話，她在腦子裡算著帳，一桌七十文，五十桌就是三兩五百文錢，只需要花三天時間，可比擺攤賺得多多了，只是也更累一些。

牛車只用了一刻鐘就到了桃花灣，分別將孫氏和柳氏、江挽雲送到家後，孫氏的大哥就回去了。

柳氏道：「孫家給了妳多少紅包？三十文？我覺得妳那三個菜，五十文都值。」

江挽雲道：「摸著不像三十文，不過咱們也不是為了賺這點小錢，目光要長遠。」

柳氏聽了點頭。「妳說得有道理，攢了銀子，就可以早點帶三弟去省城看病了。」

剛走進院子，就見陸家人正在吃晚飯，傳林見她們回來，捧著碗站起身道：「二嬸、三嬸，妳們可回來了。」

陸家其他人也看過去。

柳氏主動道：「成了成了，三弟妹如今也是席面師傅了！」

她大步走進屋吹噓起來。「你們知道一共多少桌嗎？」

陸予山道：「二十桌？」

普通人家辦席面二十桌已經算挺多了。

柳氏搖頭。「算上頭天晚上的，共五十桌！」

不同的情況席面也不一樣，成親是只辦中午，喪事是只辦出殯頭天晚上，祝壽是頭天晚上加第二天中午。

陸家人震驚了，看江挽雲的眼神帶著一種人不可貌相，海水不可斗量的意思。

江挽雲把錢袋子拿出來，遞給陳氏道：「這是今天的紅包，娘明天拿去買點肉給家裡人吃，大家幹活累，兩個孩子也在長身體，需要補補。明天後天我都不在家，還要麻煩你們照顧下相公。」

陳氏推辭了一下，最後接下了，和藹可親道：「放心，風兒交給我就是。」

柳氏道：「娘，我也要去！弟妹人生地不熟的，我要陪著她。」

陳氏白了她一眼。「就數妳會偷懶，那妳去吧。」

上午擺攤，下午做飯，江挽雲一邊揉著痠痛的胳膊，一邊進屋給陸予風餵藥。

「明天後天我要去給人家辦酒席……」她簡單的告訴了他一下，又端了水進來給他擦身子。

「你怎麼又僵著身子了？」

突然她感覺不對勁，難道又犯病了？

想到上次他餵不進去藥，全身冰涼的情況，她不敢耽誤。一把掀了被子，把白酒倒手心就開始給他按摩，從胳膊胸口肚子到大腿小腿，再翻過來按摩背上。

「陸予風？陸予風？」她一邊按摩一邊叫他。

按摩了一通，她自己倒熱出一身汗。江挽雲給他蓋好被子，出去洗漱一番回來，伸手摸了摸，沒那麼僵硬了。

「你可真是難伺候。」她嘀咕了一句，躺下沒一會兒就沈沈睡去。

次日一早，天剛亮，江挽雲和柳氏吃了早點，孫氏已經坐著她哥的牛車來接人了。

孫氏往陸家院子裡瞅了瞅，忍不住問：「江師傅她睡哪兒，你們家的屋子沒空的吧？」

柳氏眼珠子一轉，道：「我男人在廚房打地鋪，她和我睡。」

陸予山正在喝粥，聞言哎喲叫了一聲。「真不是人過的日子啊，昨晚廚房有隻大耗子，差點把我腳後跟咬了！」

孫氏看他耍寶，也沒多想，道：「咱們趕緊走吧。」

江挽雲和柳氏坐上牛車，路上遇見同村的，不過她戴了草帽，還垂著頭，也沒人認出她來。

很快到了孫家，院門大開，門口停著幾輛牛車，上面堆著各種新買的食材。孫家嫁出去的女兒也回來了，院子裡人更多了。

江挽雲一到，孫氏的娘就迎上來。「哎喲江師傅來了，快請快請。」

她領著江挽雲來到露天廚房，指著屋簷下的東西道：「妳要的東西今兒早上我們就買回來了，妳看看有沒有缺的。」

江挽雲看了看，一時半會兒也看不出什麼差的，只不過她今天還帶了一些香葉、八角、桂皮來，這些東西現在不流行，雜貨鋪都沒賣，是她去香料店找來的。

今天來幫忙的人更多了，殺雞的殺雞，洗菜的洗菜，天不亮就開始忙活了。

見了江挽雲，他們紛紛議論著，有人吹噓著昨天江挽雲做的菜有多好吃，有人不相信她這麼年輕能當席面師傅。

江挽雲假裝沒聽見，繫上圍裙，戴上袖套，再戴上頭巾，防止頭髮掉進菜裡，洗了手就開始準備了。

第八章

她早就在腦子裡安排好了流程，一步一步有條不紊的進行。

上午主要是殺雞、切肉、殺魚，中午隨便吃點，下午開始下鍋焯水，把涼菜做出來，扣肉和粉蒸肉開始上鍋蒸。

她指揮得當，孫家媳婦和幫忙的女人也都是幹活的好手，很快的，一盆一盆處理好的食材都擺好了。

來吃晚飯的客人都陸陸續續來了，牛車、馬車停滿院子外面，桌上擺著瓜子花生，人們高談闊論著，待太陽西斜，噼哩啪啦的鞭炮震天響，人們陸陸續續開始入席了。

今晚是二十桌，十五道菜，明天中午是三十桌。

「聽說孫家找了一個新的席面師傅。」

「真的？以前都是那幾個人做的，我都吃膩了。」

「真的，妳看，那個炒菜的女人，就是她。」

「這麼年輕？看著沒二十吧？」

「聽說啊，可是從城裡請回來的，原先定的席面師傅不是被別人搶了嗎……」

客人一邊嗑瓜子一邊議論著，江挽雲則手拿著大勺子，面前是三口鍋，一口鍋炒素菜，一口鍋燜鴨子，一口鍋炒肉。

旁邊兩個人幫忙翻炒，她主要是控制火候和配材料。

主人家讓上菜了，江挽雲開始指揮上菜的嫂子們行動。每人一個大托盤，上面擺著六個盤子。

上菜的人穿梭在桌子之間，高喊道：「菜來嘍！」

先上的是涼菜，涼粉、涼麵、口水雞和油炸小酥肉。

孫家算大戶，家裡有木匠、有瓦匠，田地也多，家底自然豐厚些，又是打算大辦一場，肉是少不了的。

涼麵、涼粉都是江挽雲讓人去市場上買的，與口水雞用的是同樣的調味料，只是食材不同，味道也不同。

透明的涼粉，黃燦燦的麵條，橙黃的雞肉，泡在紅亮亮的湯汁裡，上面點綴著蔥花、香菜、芝麻，色香味俱全。

小酥肉焦焦脆脆，外酥內軟，帶著花椒的香麻，外殼不乾不硬。

負責上菜的嬸子還大聲道：「這是口水雞，我們席面師傅的特色菜！看著就讓人流口水的菜！」

客人們紛紛拿起筷子品嘗起來，菜一入口就覺得眼前一亮，馬上又伸筷子挾。

有人感嘆。「這調味真是絕了！不愧是城裡請來的師傅啊！」

「太好吃了，我要去打飯，太下飯了！」

四個菜很快被吃完了，緊接著下一個菜又來了。

「粉蒸肉來啦！」

菜一上桌大家也是立馬就伸筷子開挾，你一塊、我一塊，連馬鈴薯、番薯都一掃而空。

緊接著來的蔥爆豬肉，本來該是蔥爆牛肉的，但牛肉在古代不是隨便能吃的，江挽雲就改成了豬肉，但味道差不了太多。豬肉嫩滑入味，與大蔥、辣椒互相搭配，簡直下飯神器。

「這名兒取得好，蔥爆豬肉，聽著就能感覺到是大火爆炒的。」

「有錢人吃飯就是講究，我有次去鎮上的酒樓，裡面的菜名取得跟花兒一樣。」

「梅菜扣肉來啦！」

「黃酒燜鴨來啦！」

兩盤菜幾乎一起上，江挽雲和另外幾個嫂子迅速洗鍋開始做下一個菜，端著空托盤回來的嬸子笑道：「這菜一上去就快被挾完了，還催我們快點呢。」

另一嫂子道：「他們吃這麼快？沒吃過飯啊，鍋都冒煙了！」

「別廢話了，快些洗鍋！」

做飯的地方氣氛熱火朝天，吃飯的人也熱火朝天，大家都趕忙往自己碗裡挾菜，生怕慢點就沒了。

孫家老大領著媳婦和幾個弟弟、弟媳，一桌一桌的敬酒。

「感謝各位來給家母祝壽，大家吃好喝好啊！」

客人也站起來與他碰杯。

孫老大很滿意，看大家吃得那麼盡興，感覺自己面子上有光。

梅菜扣肉是五花肉，入口即化，鹹香逼人，黃酒燜鴨裡煮了許多酸蘿蔔，還加了桂皮、香葉、八角，鴨肉不但軟爛脫骨，還帶著酒香，沒有一點鴨肉的腥臭味。

「這鴨子怎麼做的，居然沒什麼鴨毛味，我自己弄著臭死了！」

「這裡面好像加了什麼香料，好香。」

「這師傅手藝真不賴，我也想找她辦酒席了。」

正說話間，下一個菜來了。「糖醋煎魚！」

「蒜苗小炒肉！」

「熗炒大白菜！」

「三鮮肉湯！」

終於最後一個菜上完了。

桌上的客人都埋頭苦吃，江挽雲等人卻歇不了，桌子不夠，所以這是第一輪的，等他們下席了還要再來第二輪。

大鍋裡已經燉上了鴨子，蒸籠也冒著白煙。

江挽雲感覺自己胳膊都要抬不動了，她坐在板凳上捏著手臂的肌肉。

終於，桌上的菜一掃而空後，客人們紛紛摸著自己的肚子下席了，負責收桌子的嬸子們趕緊把桌子收拾了，而後快速洗碗。

在旁邊坐著等候吃第二輪的人早就望眼欲穿，看桌上人吃飯，只感覺自己口水直流。

「他娘的有這麼好吃嗎？」

「這真是吃得精光啊。」

「反正我看著好吃，不行我受不了了，他們能不能快點下席？」

過了會兒，桌子收拾完畢，剩下的人終於坐下了。

「我早就看上那個口水雞了，看著就流口水。」

「這大廚哪兒請的？除了粉蒸肉、扣肉啥的，都是新鮮菜式。」

「不知道啊，等會兒問問孫老大，下個月我家老娘六十，我也想請她來辦。」

「這手藝收費應該挺貴吧。」

在他們討論的時候，剛下席，吃得肚子圓滾滾的人也在激情討論著，有的還跑去露天廚房看江挽雲她們做菜。

「我的乖乖，這席面師傅這麼年輕？」

「她怕是大有來頭吧，孫家是怎麼請到人的？」

「這真是我吃過的最好吃的席面，一對比，就感覺以前吃的那些都清湯寡水的，沒有滋味。」

「孫家真是下血本了，殺了一頭豬，我感覺這頓的油水都夠我一個月不吃肉了。」

江挽雲見第二輪坐上了，便站起身來開始炒菜，涼菜那些都是早就備著的，只需要炒幾個炒菜就行。

傳菜的大嬸又開始穿梭在桌子之間，露天廚房這邊熱火朝天。

孫家人很是驕傲的站在大門口送走第一輪的客人，這些人走前都不忘誇讚幾句今天的席面辦得好，孫老大聽了心裡高興，默默決定給江挽雲包個大紅包。

晚上江挽雲是在孫家歇息的，她沈沈的睡了一覺，第二天天不亮又爬起來了。

今天中午是正席，來的人更多，菜也要多幾個，江挽雲決定加個辣椒木耳炒肉、馬鈴薯絲、紅燒肉。

沒辦法，食材就這些，複雜的大菜是做不出來了，只能想辦法把豬肉做出新花樣。

做席面師傅確實賺錢，但這勞動強度也不是一般工作能比，費神費力。

江挽雲強撐著把第一輪最後一鍋菜炒完，抹了一把額頭，全是汗水，她癱坐在凳子上歇息。

原身的身體也太弱了，還需要多鍛鍊才行。

這時一個女人湊過來，對著江挽雲打量了一番，突然尖叫起來。「是妳！江挽雲！」

江挽雲心裡咯噔一下，抬頭看去，見一個年輕婦人震驚的看著她。

她在腦子裡搜索了一下，記起來了，這人是趙氏，就住在陸家隔壁。最重要的是，原身與趙氏曾鬧過矛盾。

她就知道，兩個村子離得近，她肯定要被人認出來。不過那又怎樣，她已經接了活兒，做了菜，還怕啥。

趙氏像是被燙了腳一樣跳起來，大叫道：「大家不要吃了！」

吃得正香的人都停下筷子看過來，趙氏聲音尖利道：「這個女人不是好人！她肯定在菜裡下毒了！」

趙氏這一嗓子喊了，在場的人都懵了，有的人嘴裡還塞著飯菜，筷子啪的掉在地上。有的表情呆滯沒反應過來，有的嚇得尖叫，反應劇烈的直接站起來乾嘔了。

孫家人也沒想到會出這種情況，連忙跑過來主持局面。

「大夥兒冷靜點！沒有下毒、沒有下毒！」下毒了還得了，這可是孫家主辦的。

孫老大看著趙氏，聲音冰冷道：「妳說我們下毒，到底什麼居心！」

他並不認識趙氏，親戚太多了，趙氏的丈夫和孫家是遠親。

孫家人紛紛憤怒的看著趙氏。「妳憑什麼說我們下毒？」

江挽雲也站起身來，表情鎮定，皺眉道：「妳說我下毒有什麼證據？」

趙氏其實方才也是情急之下想出了這句話，現在冷靜了一點後，她有些六神無主，但她的目的沒變，不能讓江氏好過。

因為江氏從前與她吵嘴，兩人打了起來，江氏抓傷了她的臉，現在臉上還留著疤痕，她絕不能嚥下這口氣。

她指著江挽雲道：「諸位聽我說，這個人，她根本不是什麼大廚的女兒，你們都被她騙了！」

客人們頓時議論紛紛起來，孫家人道：「妳說她不是大廚的女兒？那她到底是誰？」

趙氏冷笑道：「她就是桃花灣陸家新娶的媳婦江氏。陸予風你們知道吧，以前念書很行如今卻癱床上的那個，這女人是縣裡嫁來的，是個攪家精，鬧得陸家不得安生，還天天詛咒陸家人早點死！」

聽了趙氏的話，客人們看江挽雲的眼神都變了。

陸予風誰不知道，出了名的神童，他後來一病不起，讓人很是惋惜，但所有人以為他活不久的時候，他居然還成親了，娶了一個縣城來的女子。

關於這個新媳婦的傳言也是傳遍了附近幾個村，如今這臭名昭著的人就站在自己面前，在場的人紛紛露出不可思議的表情。他們怎麼也無法將這麼能幹又有禮的人，和傳言中的江氏聯繫起來。

孫家人的臉色都變難看了，好好的壽宴居然鬧這麼一齣，他們居然請了一個風評不行，私德有虧的人來辦酒席。可想而知，這事兒以後絕對會成為在場的人茶餘飯後的笑料。

「妳真的是陸家的媳婦？」孫老大臉色沈沈的看著江挽雲。

其他人更是憂心自己會不會真的中毒了。

江挽雲面色平靜，絲毫不慌道：「是，對不起騙了你們，我確實不是大廚的女兒，但我父親在世時，曾請了省城的大廚來教導我，我的廚藝如何，你們自可分辨。」

在場很多賓客都是昨天來吃過的，也有昨天沒來，但是聽來過的人吹噓過的。

孫家人聽了，認可這話，又問：「那妳為何隱瞞身分？」

江挽雲看了趙氏一眼，笑了笑。「因為像她這樣的人太多了。」

趙氏一聽，瞬間像被踩了尾巴，尖聲道：「我說的都是實話，妳別想狡辯了！誰知道妳是不是在陸家日子過得不如意，跑出來故意整點事噁心旁人？」

江挽雲直視趙氏道：「那妳可錯了，我沒那麼閒。我隱瞞身分，是想要順利的接到這個活兒，免去很多麻煩。而且我是正兒八經試菜，得到認可後才開始做席面的，我賺錢的目的只是為了給我相公買藥。」

「妳……」趙氏被江挽雲一番話說迷糊了，一時間無法反駁，只能硬著頭皮道：「狗改不了吃屎！妳以為大家會信妳嗎？」

江挽雲無語，懶得和她廢話了，道：「耽誤大家用飯的時間我很過意不去，我很感謝孫家仁善，給了我一個機會，既然她說我下毒，那我就每樣現在吃一口便是。」

她走上前去，客人們紛紛不自覺後退。江挽雲拿了雙乾淨筷子，隨便找了一桌，在眾目睽睽下，每道菜都吃了一口。

「真吃了啊？」

「真的真的，嚥下去了。」

「我就說嘛，我們無冤無仇的，她為什麼要害我們。」

「為給夫君治病，這麼年輕就這麼能吃苦，實在是個好孩子。」

「以前那些流言，說不定是傳來傳去跑偏了。」

賓客見江挽雲吃了之後都放下心來。

「怎麼樣？還有什麼要說的嗎？」江挽雲站直身子對趙氏道。

趙氏語塞，她的相公見勢頭不對，連忙出來拉住她。「妳這婆娘，多喝了幾杯就發酒瘋啊，還不跟老子回家去！看我不好好收拾妳！」

他向孫家人賠禮道歉。「表叔，實在對不起，我回去一定好好管教婆娘。」

孫老大一言難盡的看著他，念在親戚的分上，不想把事鬧大，只能吞下這口氣，揮揮手道：「算了，小事，大夥兒快些吃飯吧，一會兒菜要涼了。」

客人都心有餘悸的坐下，雖然好心情被破壞了，但嘗到菜品後又變得興奮起來，開始一邊吃一邊討論，氣氛逐漸熱絡。

趙氏則是被自己相公拽著往外走，飯也不吃了，丟不起人。

江挽雲對孫家人行了一禮道：「實在抱歉，因為我的原因給你們帶來麻煩，我願意將工錢打個折扣，每桌五十文吧。」

孫老大道：「不用不用，妳的誠意我們已經收到了，況且妳是為夫君治病，是個重情重義的。」

他媳婦也道：「好孩子，妳看著還沒我小女兒大，卻要來幹這麼累的活兒，苦了妳了。予風我們是認識的，他和我的姪兒在鎮上學堂時，還是同個夫子的學生。」

江挽雲有些不好意思的笑了笑，一時間不知道說啥好了。

孫老大媳婦又道：「今兒的事別放心上了，過去的事就過去了吧。」

江挽雲點點頭，笑道：「好，謝謝伯伯嬸嬸，我去準備炒菜了。」

待江挽雲走後，孫老大媳婦才嘀咕道：「這麼守禮懂事的，怎會是傳言那般。我看這趙氏也真是，不分場合瞎鬧，你那個表姪，看著也是不成器的，以後還是少來往了。」

孫老大深以為然。

江挽雲撐著疲憊的身體把第二輪的菜做了，而後跟著做飯的嬸子們吃飯，專門留了一席出來給她們。

孫家已經燒了大鍋的熱水給做飯的人洗漱，江挽雲被孫老大媳婦叫去洗澡，而後催著快睡覺。

江挽雲又累又睏，這兩天天不亮就起來了，幾乎連軸轉，這一覺睡到下午吃飯，孫家人叫她起來吃了飯後，她又繼續睡，待第二天早上才醒來。

在孫家吃了早點，孫老大的姪子套了牛車送她和孫氏、柳氏回桃花灣。走之前孫家將工錢結了，共三兩五錢，還包了個紅包，估摸著有一百文。

昨天有許多桃花灣來杏花灣吃酒席的人，回去之後就把江挽雲的事傳播了出去，當然這次說的都是好聽的，如今江挽雲在村人眼裡，已經是一個重情重義的好媳婦。

陸家人上午在地裡，其他村民紛紛來打招呼，從他們的閒聊間，也多少知道了昨天發生了什麼事。

王氏笑道：「真是有驚無險，還好三弟妹口才好，才沒讓那趙氏得逞。」

陸予山道：「隔壁那婆娘就不是個安分的，這種攪家精娶回家就倒楣！」

此時的陸家，陳氏正坐在院子裡洗衣服，傅林和繡娘在餵雞。

「奶，今天三嬸和娘會回來嗎？」繡娘眼巴巴問道。

陳氏道：「應該是上午回來的，等等吧。」

這時從遠處的大道上駛來一輛馬車，馬車直接到了陸家門口停下，從車上下來一個年輕男子。

男子手持摺扇，身著錦服，大步走在院子外，道：「這是陸家嗎？」

陳氏抬頭一看是不認識的，道：「誰啊？」

男子冷笑了一聲，道：「我是江挽雲的情郎！」

「你胡說什麼呢！」陳氏一聽，唰的一下站起身。

傅林和繡娘還沒聽明白男子說的是啥，陳氏就大步走到院門口，表情難看的盯著來人。

「你方才說什麼？說清楚。」

來的男子正是周安，他回家之後越想越氣，感覺自己被江挽雲這個臭娘兒們玩弄了。當時江挽雲說她的夫君認識縣太爺的兒子，現在想來，他就是被嚇到了沒有反應過來。

周安讓下人去打聽了一番，發現自從陸予風病了以來，最初還有人探望，最近這段時日根本沒人再來，一個病癆子，又是農戶子弟，誰還會記得他。

所以根本就不用怕啥啊！

聽說這兩天江挽雲不在家，正好，他今天就直接來了桃花灣，準備把她偷漢子的事公之於眾，讓陸家宗族把她浸豬籠！

周安昂著下巴，不屑的看著陳氏道：「就妳一個老婆子在？其他人呢？」

陳氏警惕的看著他。「關你何事？」

周安冷笑，摺扇在手心裡拍了拍。「叫陸家人出來，我要讓你們知道，你家新娶的媳婦偷漢子的事！」

陳氏又驚又怒，但是她也並未信周安的話，此人突然如此行徑上門，她更多的是覺得自家受到了羞辱。

「你有話就直說，沒話就快滾！什麼登徒子！」

陳氏說著，順手把院門旁靠著的扁擔抄起來，橫在周安面前。

周安看這婆子這麼凶，自己這細皮嫩肉的可不能挨打，退後一步道：「江挽雲是妳家三媳婦吧？」

陳氏道：「是又如何？」

周安道：「我方才說了，我是她情郎。她說她相公久病不起，命不久矣，她孤獨寂寞，還說陸家窮得要死，她吃不飽穿不暖，要找像我這種有錢人才行。」

若說以前的江挽雲，陳氏是會相信的，但如今的江挽雲又能幹又孝順，對陸予風也好，陳氏根本不信他說的話。

「少他媽放你娘的屁，別擱這兒滿嘴噴糞，我陸家的媳婦我們自己清楚，快滾！」

陳氏手裡的扁擔狠狠的拍打了一下院門，一聲巨響嚇了周安一跳。傅林和繡娘也反應過來，居然是來污衊三嬸的，兩人從雞圈旁邊撿起壘院子剩下的石塊就丟出來。

「打壞蛋！打壞蛋！」

周安被雞蛋大的石塊砸了幾下，痛得直叫喚，邊跳腳邊吼道：「好妳個死老婆子！我不忍看你們被那蕩婦蒙在鼓裡，好心來告知，你們居然如此無禮！」

在馬車旁邊等候的兩個下人見陸家人居然敢動武，連忙跑了過來，凶神惡煞道：「誰再敢動一下試試！」

第九章

傳林和繡娘都被嚇到了，瑟縮的躲在陳氏身後。

不管是陸家人還是隔壁的都下地去了，若是這幾個人要強行闖入，這院門根本攔不住。

陳氏其實心裡也害怕，但她不能露怯，強裝鎮定道：「你這後生好生無禮，有你這般上門侮辱人的嗎？」

周安感覺自己才是委屈的那個，叫道：「我說實話妳又不信！活該妳兒媳婦紅杏出牆，妳還裝聾作啞！我問妳，她是不是前段時間經常去鎮上，是不是經常買吃的穿的，那都是老子出的錢！妳若不信，妳可以去鎮上的酒樓茶館打聽打聽，是不是見過她跟我在一塊兒！」

陳氏聽他這麼一說，一回想，好像半個月前還真是這樣。

這在家發發脾氣是一回事，偷漢子又是另一回事了。

陳氏心裡咯噔一下，有種不好的預感。

周安得意洋洋。「怎麼樣，是不是想起來了？像她這種不知羞恥的女人，你們……」

「周安！」這時一個女人的聲音突然傳來，打斷了周安的話。他回頭一看，見兩個女人從牛車上下來，揹著背簍大步走過來。

正是江挽雲和柳氏。

江挽雲老遠就見到幾個人在陸家門口，柳氏也在看是誰。待走近了，一看那身衣服，江挽雲就知道這是誰了。

周安居然跑到陸家來找事了！

在原書裡，原身跟著周安跑了，周安沈迷賭博輸光家業後只能乞討為生，後來受不了生活的打擊，整個人瘋瘋癲癲的了。

而這時候陸予風卻成了狀元郎衣錦還鄉，回家祭祖的路上，周安認出了陸予風，不知死活，腦子有泡一樣跑上去嘚瑟，宣稱自己和狀元郎共妻的「豐功偉業」，而後被官府的衙役失手打死了。

江挽雲走上前道：「你怎麼在這兒？」

周安看到江挽雲就氣得牙癢癢。「我怎麼在這兒？呵，我來揭露妳這個女人的真面目！讓大家都知道妳是我的姘頭！」

江挽雲推開院門，放下背簍道：「亂說話可是要負責的。」

周安笑了，這個女人看到他來居然不驚訝不害怕，還裝這麼鎮定，真是臉皮夠厚！

柳氏目光不善的打量周安。「就你？」

周安一愣，凶道：「就我什麼？」

柳氏卻不怕，諷刺道：「身高五尺？有我高嗎？怕是連我小叔子的肩膀都不夠，你身上抹的什麼？脂粉？你是女人嗎？這才四月，你拿什麼扇子？你體虛多汗嗎？」

周安一下說不出話來，周安的下人惱了。「臭娘兒們，我看妳找死！」

柳氏娘家有好幾個哥哥，都是大個子，這兩個人還嚇不到她。

江挽雲道：「你今天來找我是什麼事，說吧，找我要錢？」

周安感覺自己被羞辱了。「爺差妳那點錢？我就是要來告訴妳夫家妳這個臭婊子的真面目！妳不是很能戲耍別人嗎？妳有本事讓大家都知道妳做的那些破事呀！」

陸家人皆看向江挽雲，這時已近中午，陸陸續續有人扛著鋤頭路過，少不了停下來看熱鬧的，聽了周安的話皆議論紛紛起來。

尤其是趙氏，她昨天丟了好大的臉，回家被夫君一頓打，現在看見江挽雲還有點害怕，躲在人群背後偷看著。

她就說了江氏是個不檢點的，這下男人都找上門來了，看江氏還怎麼囂張！

江挽雲卻不慌張，道：「不就是我賺了錢沒給你分紅嘛，我相公還病著，藥不能斷，現在沒有多的錢給你，不是與你說了，日後連本帶息還你嗎？」

周安懵了，這女人在說什麼。

「妳在說什麼鬼東西？我說的是妳不守婦德，紅杏出牆的事！」周安吼道：「妳與我一同出入鎮上的茶樓、酒樓、首飾店，那些老闆伙計都可作證！」

江挽雲卻不怕，因為原身先前只是剛與周安勾搭上，並沒有太深入接觸，只一起逛逛街吃吃飯，周安這時候正是追求原身，被那種看得到得不到的心情，折磨得抓心撓肺的時候。

「周公子，你是不是誤會了？是你自己找上我說，因為我的父親是富商，我肯定也懂經商，你說你父親死了後你不會打理你家產業，所以找我一起做生意，你出錢我出主意，我們一起去酒樓、茶樓和店鋪，考察一下別人的生意，這也是紅杏出牆嗎？」江挽雲不急不慌的說道。

周安一臉癡呆。

江挽雲繼續道：「後來你我主意不同鬧翻了，但是你看在我可憐的分上借我錢讓我自己做生意。我如今剛擺攤幾天，勉強維持夫君的藥費，你就上門來找我要分紅，我沒有給你就肆意侮辱我。我、我一個弱女子，為了給夫君治病有什麼錯，你要這般對我，你非要我死了才能消氣嗎？」

她說著演技精湛的憋出淚水，眼眶紅紅，看得讓人心疼萬分。

江挽雲一邊拭淚一邊道：「早知今日，當初我就不該為了賺點銀子答應與你合作。」

陸家人也陸陸續續回來了，陸家院子周邊圍了一圈人。

陳氏道：「挽雲每日天不亮就去鎮上擺攤，晚上天黑盡了才睡下，這幾日還去當席面師傅，一心為了這個家著想，怎會是你說的那種人？」

周安這才反應過來這娘兒們不光騙他，其他人都被她騙了啊！

看她那張臉，長得如花似玉的，即使穿得灰撲撲的也難掩美貌，他當初就是被這張臉騙了，想不到竟是如此醜惡的心腸！

不行，他不能讓這事兒三言兩語就過去了。

周安飛速回想兩人的過往，道：「是，說過的話做的事沒人作證，但我送給妳的東西總不能抵賴吧，若妳我是合夥關係，妳會收我的東西？只要誰進去翻一下，必定能找到！」

周安覺得，江挽雲這種貪慕虛榮的女人，就算不知道因為什麼表面變了，但骨子裡不會變，他給她買的首飾那些肯定還在！

江挽雲道：「第一，我根本沒有收過你的東西；第二，我為什麼要允許別人去翻我的房間？」

是原身收的不是她收的，她說起來毫無心理壓力。何況那些首飾都典當了，死無對證。

「那妳就是作賊心虛唄？」周安瞪著她道：「妳說妳沒收過我送的東西，妳騙誰呢，妳以為會有人相信嗎？妳從前多愛打扮旁人又不是沒見過！」

圍觀的人紛紛想起曾經的江挽雲，確實……

這時，一間廂房的門突然嘎吱一聲被拉開了，離最近的陳氏和傅林、繡娘回過頭去看。

傅林震驚的高聲叫道：「三叔！你醒啦！」

一個高瘦的身影籠罩在屋裡的昏暗中，那人聲音有些低啞的開口。「我信。」

陸予風對自己過去這段時間的記憶是模模糊糊的。

他覺得自己一直置身於一片黑暗之中，偶爾能睜開眼，看到的是親人殷切的眼神，後來有女人在大聲叫著什麼，是他莫名其妙就娶回家的妻子江氏。

他成婚後只醒來幾次，但都未與江氏有過什麼交流，她就開始指著他咒罵。他覺得她說得對，他確實是一個只會拖累旁人的人，是一個應該早點死了的人。

後來他發現自己於黑暗中能感覺到有人說話，這個女聲很溫柔，很好聽，他感覺到有人給自己餵藥，還給他擦身子。

慢慢的，他能聽到的東西越發清晰了，他聽見她每天跟他說自己要去幹麼，自己今天做了什麼，聽著好像是在對他說話，又好像是在自言自語。

她說自己今天幹了多少活很累，他忍不住起了憐惜；她說自己今天賺了多少錢，他也為她高興；她說自己要賺很多錢，給他買藥，然後帶他去省城治病，那之後她就可以功成身退了。

前兩天她的聲音突然沒了，他忍不住想衝破黑暗，看看到底發生了什麼，可他每次掙扎都失敗，他好像被困在這團黑暗裡一樣。

直到方才他又隱隱約約聽到了她的聲音，像是有人在召喚他，他循著聲音而去，前面突然出現一道亮光……

陸家院子外，圍觀的人紛紛驚訝的看向陸予風，這人居然還能站起來？

不是說他已經癱了，命不久矣了嗎？哪怕娶了媳婦來沖喜也無濟於事。

怎麼，如今看著只是瘦了些，站得還直直的，不像是想像中的樣子。

江挽雲打量著陸予風，這還是第一次見他醒著的樣子，與原文裡描述得很一致，矜貴，孤高，即便身著粗布麻衣，也帶著一股配角沒有的氣質！

男主角的氣質！

她有些不敢看他，畢竟她的原身，是個惡毒女配，還曾經那樣羞辱他。

陸予風將門全部拉開，陽光照在他的臉上，他整個人皮膚蒼白毫無血色，下巴尖尖，眼窩凹陷，衣襟下的胸膛是凸出的肋骨和鎖骨。

「她是我的妻子，我信她便可。」

陸予風緩緩說著，眼神落在江挽雲身上，眸光微動，轉而看向周安道：「這裡是陸家，不是你隨意撒野的地方。」

周安驚訝的抬手指著他，叫道：「你、你什麼時候醒的！」

他就是打聽到陸予風昏迷多日了，想著江挽雲沒有靠山，只要他揭穿江挽雲的真面目，就可以借陸家的手讓江挽雲不好過。

誰知陸予風居然醒了！還明顯是護著江挽雲的。

想起江挽雲曾說的，陸予風的同窗是一些官家子弟……他腦子飛速轉動著。不過，陸予風都病多久了，這段時日都沒人來看望，他怕個啥？

周安瞬間挺直了胸膛。「你醒了也好，你的媳婦都紅杏出牆了，再不醒，說不定就要替別人養孩子了！」

陸予風手扶著門框，目光沈沈的看著他。

周安笑容逐漸得意。「不得不說你媳婦的手兒很軟，腰……哎喲！」

他話還未說完，突然感覺自己小腿上一陣劇痛，回頭一看，原來是江挽雲眼神冰冷的看著他，踢了他一腳。

「閉嘴，滾出去！」

在江挽雲眼裡，陸予風就是她辛辛苦苦呵護的小樹苗，在他還沒長大之前，她要保護好他，周安的話若是刺激到了陸予風，他又病情加重怎麼辦？

「妳這個臭娘兒們！居然敢踢我！給我把她抓起來！」周安氣得眉毛直跳。

他的兩個手下趕緊上前，捋著袖子就要準備幹架。

陸家人也不是那麼好欺負的，馬上拿起鋤頭、扁擔。

柳氏道：「幹麼幹麼？想打架啊？就憑你們三個？」

陸予海道：「這裡是桃花灣，陸家宗族在這兒，你想與我整個陸家作對嗎？」

旁觀者中有姓陸的都站了出來，氣勢洶洶的把周安三人圍住。

周安色厲內荏的叫道：「你們想幹麼？我可是亭長的表姪！」

「這位公子。」突然，陸予風低啞但並不氣虛的聲音傳來，所有人都看向他，陸予風一步一步，非常緩慢遲鈍的走出來，旁邊的傳林連忙過去扶著他，陸予山也走過去搭把手。

他的袖子裡空蕩蕩的好像只有骨頭一般，完全暴露在陽光下的面容更加白裡發青，幾個膽小的婦人見了都忍不住撇開了眼。

周安看向他，雖然陸予風的狀態看著有點可怕，但更可怕的是他看著自己的眼神，默然又帶著幾分……殺氣？

「我與她朝夕相處，她的吃穿用物我皆知悉，我說信那便證明她的清白，無須外人來多言，你若再不走，便讓人請你出去吧。」

周安簡直欲哭無淚，明明自己說的都是實話啊，都是江挽雲這個臭娘兒們蠱惑人心！

「你們若敢動我，亭長不會放過你們的！」

江挽雲道：「你說亭長是你表叔？你爹不過是亭長宗族裡一個旁系，隔了不知道多少代了，你以為他會管你嗎？」

前世周安敗光家業，淪為乞丐，而那家賭場，在陸予風成了狀元郎回家祭祖前，被縣令派人掃蕩了，查出來幕後的老闆就是青山鎮的亭長。

陸予風接著道：「強行入人家，非奸即盜，按我朝律令，當杖三十。」

周安看著江挽雲又看著陸予風，差點氣暈，兩個下人看著他，不知道該做什麼了，倒是趕緊拿個主意啊。

「我們走！你們給我等著！」周安說罷擠開人群拂袖而去。

好漢不吃眼前虧，走著瞧。

江挽雲這才鬆了口氣，她是真怕周安繼續糾纏不休，那可太頭疼了。

圍觀的人見沒熱鬧看了，也陸陸續續散去。

而這時傳林突然一聲尖叫。「三叔！」

江挽雲心裡一咯噔，扭頭看去，就見陸予風雙眼微閉，全身脫力的軟了下去，被陸予山架住。

「三弟！三弟！」

陸家的人都著急的圍過來，江挽雲衝過去一看，見陸予風的臉比方才更青了，額頭上、脖子上的血管鼓起來很是嚇人。

江挽雲道：「大哥、二哥，快去借牛車！請大夫來不及了，我們直接把人送醫館！」

怎麼會這麼快就發病？原書裡，陸予風這種情況是在原身與周安私奔後，他因沒錢斷了藥才出現的，後來他被送到醫館，遇見了心地善良的女主角得到了救治。

是被周安氣到了，還是劇情發生變動了？

中午時分，天兒已經有些熱了，黃沙飛揚的道上，行著一輛牛車，牛車上陳氏和江挽雲坐一側，陸予海和陸予山坐另一側。

中間躺著用毯子裹起來的陸予風。

四人皆焦急萬分，因陸予風的臉整個都青灰青灰的，透著死氣，呼吸也很微弱，全身僵硬。

陸予山道：「三弟這情況以前出現過，他剛得病那會兒就是這樣。」

陸予海也回想道：「對，兩年前，縣城書院傳信回來叫我們去縣裡，我和爹還有娘連夜趕去，就見三弟臉色發灰發青，身子僵硬的躺著。」

江挽雲問：「縣裡的大夫可有說是什麼病？」

陸予海報了個名字，江挽雲聽了便知道，這是原書作者杜撰出來的一種病。

既然是杜撰的，原文也沒仔細交代如何治療，只說男主角在醫館裡遇見了女主角，女主角其實是省城神醫的孫女，機緣巧合下，他們相愛了，男主即便窮得拿不出一個子兒，神醫還是救了他。

陸予海道：「大夫說這病只在醫書上記載，平日裡幾乎沒見過，他只能緩解。後來我們多方打聽，聽人說省城有個神醫會治這病，但神醫雲遊四方，診費至少五十兩，我們根本拿不出那麼多錢來。」

陳氏抹淚道：「我們陸家是造了什麼孽啊，要這麼對我的風兒！」

鄉間都是泥巴路坑坑窪窪的，牛車搖搖晃晃，江挽雲坐在牛車上，讓陸予風的頭睡在自己的腿上，免得他被磕到。

她其實現在也沒想通，為何陸予風會說信她，原身那樣待他，他還信，難道只因為在外人面前他們是一榮俱榮、一損俱損的夫妻關係嗎？

第十章

此時的陸予風又回到了那片黑暗中，但他似乎能感覺到自己身體的存在了，他聽到母親和兄長的談話，他感受到有人輕柔的抬起他的頭，還將他臉上的亂髮拂去。

江挽雲道：「此番出來，我將這些日子攢的銀子都帶上了，共有五兩多。」

陸家三人聽了都暗自驚愕，她半個月賺的錢，竟比他們半年攢的都多。

「挽雲啊……妳真的要將所有銀子都拿出來救風兒？」陳氏雖然同意江挽雲去擺攤，但也懷疑過她是不是想攢了錢遠走高飛。不過沒辦法，總比誰也不掙錢，讓予風在家等死強。

江挽雲回道：「夫妻本就是一體，相公若是出事，我也不會好過到哪兒去。我只希望盡我的力，早日治好他的病，為了相公也為了我自己。」

其實不用她插手，陸予風的病也會好，但她有私心，想讓陸予風日後當她是恩人。

江挽雲的一番話成功感動了陳氏等人，也感動了陸予風，他在黑暗中掙扎著，恨不得馬上醒過來。

江挽雲說：「對了，娘、大哥、二哥，我有個提議。」

「妳說。」陳氏收起情緒，認真的聽著。

「我這次去做席面師傅，三天就賺了三兩多的銀子，比擺攤多很多，我想著以後要多接活。」

「多接活太累了，妳身體哪受得了？」陳氏急道：「就算是李四柱他們，大老爺的，也是辦一次休息十來天的。」

陸予山以拳砸掌心道：「都是我這個做兄長的太沒用了，不能幫三弟。」

陸予海也嘆道：「還要弟妹一個女人去承擔這麼多，我實在愧為兄長。」

江挽雲看他們表現得如此兄友弟恭，倒也不說破他們，只道：「這沒關係，只是我多接席面，就沒時間去擺攤了。所以我想，待地裡的苗都種上，哥哥嫂嫂們也去擺攤，做些簡單的吃食，雖趕不上開鋪子賺得多，但也比苦力賺錢。我抽空教你們，你們去不同的地方賣不同的吃食，就可以招攬更多客人。」

陸予山和陸予海聞言都表情一頓，按捺不住的激動起來，他們想幫三弟是真的，但想學到賺錢的手藝更是真的！

陳氏也沒想到，江挽雲居然這麼大方說教他們就教他們了，本以為收了傳林和繡娘做徒弟已算是大方了。

「多謝三弟妹！」陸予山跟柳氏一樣是個爽快性子，立馬抱拳表示感謝。「我賺了錢一定分妳大頭！」

江挽雲笑道：「一家人不說兩家話，有苦大家一起吃，有錢當然要一起賺。家裡日子過得好了，相公知道了才會開心。」

有時候她都不得不佩服自己這張嘴了，是真的會哄人。
陸予山兩兄弟和陳氏都被感動得一塌糊塗的。
很快牛車到了鎮上，他們怕陸予風堅持不到縣城，決定先找鎮上的大夫瞧瞧。
鎮上的大夫只能治治普通的小病小痛，給陸予風抓了點補氣血的藥，又給他含了一塊蔘片，讓他們趕緊送人去縣城。
江挽雲早有所料，連換洗衣服都帶上了，租了一輛馬車，幾人把陸予風抬馬車上，連夜趕到縣城。
她雖知道陸予風不會死，但看他這情況，也不禁開始擔心起來了。
馬車搖搖晃晃，她全程抱著他免得他磕到，沒辦法，同情弱者是人的天性。
他們找的是兩年前為陸予風診治的劉大夫，他還記得陸予風，畢竟這病他此生也就遇見過一、兩回，何況陸予風曾經也算是縣裡學子中的風流人物。
他曾多次與好友提起這位年輕人，說不定早就病死了。想不到竟然拖了兩年還活著，倒也算奇蹟了。
劉大夫先為陸予風扎針，又開藥方，交給醫館的伙計盡快熬藥。
陸家人圍上來問：「劉大夫，予風怎麼樣了啊？」
劉大夫道：「看得出來，他被你們照顧得很好，我為他把脈和施針的時候，感覺到他的經脈已沒以前那般堵塞，情況較兩年前大有好轉。」

陳氏等人簡直不相信自己的耳朵。「劉大夫你的意思是，我兒有救了？」

「那他為什麼會暈倒啊？」

江挽雲也豎著耳朵聽著，覺得情況似乎不對勁。

劉大夫道：「他是不是暈倒前情緒過於激動？」

陳氏與兩個兒子對視一眼，結結巴巴道：「大、大概吧……」

陸予風是那種喜怒不形於色的人，從小到大也沒見他跟誰紅過臉，更別提情緒激動了，就算剛得病那幾個月，他也只是悶著不說話。

與周安對峙時，也沒見他有什麼不對。

他們將眼神轉向江挽雲，江挽雲也很懵逼，難道陸予風作為一個男主角，心理承受能力這麼差？聽說媳婦紅杏出牆就一激動從床上爬起來，而後又一激動暈了過去？

況且，她又不是女主角啊。

陸家人還是不相信，讓劉大夫再仔細看看，劉大夫無奈的又給陸予風詳細檢查一番，確定陸予風的病是真的比以前好多了。

「謝天謝地，謝天謝地！老天保佑，老天保佑啊！」陳氏就差跪下給老天磕頭了。

陸予山道：「定是三弟前些日子吃的藥有用！這還要多虧了三弟妹，是她娘家找的大夫開的藥。」

劉大夫聽了好奇道：「哦？竟有能治這病的大夫？」

江挽雲不解。

不對，根本不對啊，原書裡陸予風分明是吃了女主角她爺爺開的藥才好的，跟原身一點關係也沒有。

「劉大夫，我三弟什麼時候能醒？」

劉大夫道：「他這次暈倒，老夫認為主要是身體太弱又情緒波動導致，給他開幾帖藥，好好養養身子，觀察幾天看看。」

陳氏和陸予風的兩個哥哥都喜極而泣，彷彿一下卸下了身上的大山一樣。只有江挽雲一直在琢磨，如果劇情變動了，那接下來會不會發生什麼她意料之外的事。

劉大夫所在的醫館是縣城最大的，後院留給病人家屬居住的房間很多。這個時代裡，縣城也算是大城市了，很多人一輩子沒出過縣城，房費並不便宜。

住一晚上三十文錢，醫館提供住宿、小廚房、熱水、隨時召醫服務，簡直是現代醫院的前身，加上問診費、藥費，暫時先交了二兩銀子，銀子花得像流水一樣。

醫館的學徒和伙計幫忙把陸予風抬進房間，陸家幾人都一夜未睡，聽聞陸予風沒大事，心情放鬆下來，吃了點從醫館飯堂打來的飯後都感覺睏意來襲，紛紛洗了臉和腳躺下了。

陸予海和陸予山一間房，江挽雲和陳氏、陸予風一間房，陸予風睡床上，屋裡還有一張榻可以睡，兩人輪流照看著陸予風。

陳氏年紀大了，江挽雲讓她先睡，自己坐在陸予風床邊守著。

躺在床上的陸予風好像一個易碎的娃娃，不知道什麼時候就會出事，他的胸膛輕微的起伏著，嘴唇乾裂，翹起了絲絲死皮。

方才搬陸予風進來時，醫館的人都說他輕得嚇人，感覺像一堆骨架子。

不一會兒後，醫館的伙計送藥來了，藥是醫館幫忙熬的，但是會收加工費。不過總體來說，比住客棧方便划算，有利於從鎮上來縣城求醫的人。

給陸予風餵了藥，替他擦了擦臉，江挽雲坐下沒一會兒就睡著了。

日頭從東到西，暮色四合，天色漸漸暗下來。

從窗格中可以看到外面紅澄澄的天，門外的走廊上人來人往，偶爾還傳來小孩哭鬧聲，小廚房裡有人為搶做飯的位置吵了起來。

陸予風皺了皺眉，微微凹陷進去的眼睛緩緩睜開，他的眼睛逐漸聚焦，而後緩慢扭動頭顱，就見江挽雲趴在床邊睡著了。

她枕著自己的胳膊，頭髮散在脖領和被子上，身上還穿著他上次醒來看見她的時候穿的舊衣服。

她安靜睡著的樣子，與記憶中罵人的樣子大相徑庭，倒是很符合她在他昏迷時跟他自言自語的樣子，讓他感覺踏實又寧靜。

這是他的妻子？

一個人怎麼會突然變化這麼大？

他目光轉動，落在她的手指上，上面纏著紗布，是江挽雲在孫家辦酒席時留下的傷。

他在昏迷中，時而能聽見人說話，時而聽不見，後面他發現，似乎只有她在的時候，他才能感知外界。

她離開那兩天，他好像又一個人被困在黑色的泥沼，陷入了巨大的恐慌中，無時無刻不期盼著她快些回來，害怕她會不會一去不回，或者又變回曾經的樣子。

待他聽到她在那麼多人面前被人侮辱的時候，他也不知怎的就掙扎了出來，爬出那灘一直困著他的泥沼，睜開了眼。

他看著那個男人得意洋洋的污衊她的樣子，看著她鎮靜自若的與其對峙，他好恨自己無能，為何他會得這種病，為何他不能盡到一個丈夫該盡的責任。

他甚至連從屋裡走出門，就用盡了全部力氣，他一邊與那男子講話，一邊強撐著自己不倒下去。

他可真是無能啊。

陸予風費勁的撐著身子坐起來，想拿椅子上放著的衣服搭到江挽雲身上，卻沒想到自己根本使不上勁，胳膊一軟，上半身就趴了下去，歪倒在被子上。

這一動靜把江挽雲驚醒了，她睜開眼就見陸予風的臉貼在被子上，他微微喘息著，眉頭緊皺，眼神難堪。

江挽雲倒是沒在意那麼多，只是驚喜道：「你醒了！怎麼不叫我？娘！相公醒了。」

她也沒想著把他扶起來，只自己站起身來，開開心心的把位置讓出來給陳氏，他們母子許久未見，一定彼此很想念。「你們說說話，我去飯堂打飯。」

看著她毫不留戀的開門關門走遠，一氣呵成，陸予風呆了。

「風兒，你可算醒了，擔心死娘了，可有哪兒痛不？」陳氏快步走過來擋住他的視線，一陣噓寒問暖，成功轉移了他的注意力。

陸予風搖了搖頭，收回視線，在陳氏的幫助下撐起上半身。

「你大哥、二哥也累了一天一夜了，昨夜是他們輪著趕車的，就讓他們多睡會兒，就在隔壁房間。」陳氏站在床邊滿臉慈愛的看著他。

陸予風看了看屋內陳設，道：「我們在縣城醫館嗎？」

「是啊，早上到的。渴了不？娘去外面打水。」

陸予風靠在床頭，抿了抿乾裂的唇道：「娘，妳也累了，坐下歇會兒吧，我……有件事想問妳。」

陳氏依言坐下。「啥事？」

陸予風問：「縣裡的醫館要不少銀子吧？」

陳氏嘆氣道：「先交了二兩，後面肯定還要交，總共就帶了五兩來。這還要多虧了挽雲，若不是她掙的錢……」

陸予風眼眸轉動，若有所思道：「娘，妳細細與我說，我成親之後家裡發生的事……」

醫館飯堂的飯菜比外面便宜，畢竟住這兒的多是縣外來的人家，能省則省，於是打飯的隊伍排得好長。

江挽雲見狀頓住腳步，算了，這得排到啥時候，她索性出門買吃的去。

說起來，縣城還是原身的娘家所在呢，江家雖不是大家族，但在縣城還算排得上號，家裡主要做糧食生意的，在城裡和附近鎮上有幾個米行和一些鋪子。

只不過江母去得早，原身和外祖一家也不親，江父雖然疼她，但因為長期在外做生意，對她疏於關心和教育。繼母是個口蜜腹劍的，對原身實行捧殺手段，導致原身養成了乖張暴躁的性子。

縣城街上車水馬龍，比鎮上不知繁華了幾倍，臨近傍晚正是熱鬧的時候，街上的小攤準備賣了最後一波回家休息，大酒樓卻才剛開始晚上的營業。

她一個人在街上慢慢走著，鼻子聞著空氣中的氣息，耳朵聽著四周小販的叫賣聲，有馬車從街道中間駛過，帶著一陣風吹動酒樓外的旗幟。

江挽雲伸手摸了摸臉，竟摸到一滴淚水。

是原身的情緒。

原身生活了十幾年的地方，她哭著向她曾經從未放在眼裡的繼母求饒，求繼母放過她，不要把她嫁去桃花灣，但最後還是被人捆了手腳，塞進花轎裡了。

「挽雲？」

突然她聽到有人在叫她，是個男人的聲音。

她回過神來一看，旁邊的馬車窗簾被掀開，一個男子探出頭來。「挽雲，真的是妳？」

江挽雲反應了一下才想起來，這人是原身妹妹江挽彤的未婚夫，秦霄。

秦霄是江父故人之子，從小養在江家，他長相過人，學識出眾，做生意也是一把好手，繼母的兒子出生前，江父一直把秦霄當親兒子看待。

原身與江挽彤、秦霄三人一同長大，自然對秦霄心生愛慕，但江父卻為原身選了窮書生陸予風做丈夫。

江父死後，繼母的兒子年幼，秦霄卻在江家勢力頗大，加上江挽彤也心繫秦霄，繼母便撮合他倆訂親。

原身出嫁時，江挽彤曾得意洋洋的對她說：「恭喜姊姊要嫁人了，只是聽說姊夫身體不好，希望姊夫快快好起來，不然姊姊身上戴孝，可不能來參加我和秦霄哥哥的婚禮了。」

江挽雲思及此，抬頭看了秦霄一眼，冷漠的點點頭，抬腳準備離開。

原身娘家這一家的奇葩，她現在懶得打交道，待她有錢有勢了，再將原身的嫁妝討回來不遲。

「咦？」秦霄見江挽雲準備離開，叫道：「慢著，挽雲，妳見了我就這態度嗎？」

曾經她看自己的眼神總是帶著亮光，彷彿自己是她的世界裡最重要的人，怎麼如今連看都不看他一眼了？

再看她一身粗布衣服，頭上只有一支木簪子，肯定是在夫家受苦了。她一個人出現在縣城，莫非是從夫家逃跑回來的？

江挽雲疑惑的扭頭看他。「那要什麼態度？說聲妹夫好久不見？」

秦霄語塞，表情複雜道：「只是覺得妳變生疏了。妳怎麼回縣城了，是遇上什麼難事了嗎？走，上車，我正要回府，妳妹妹和母親知道妳回來了，肯定很高興。」

江挽雲表情淡淡道：「當初是誰說的，我父母都不在了，嫁出去之後，從此江家就不是我家了。」

秦霄更加尷尬。「挽彤她年紀小不知事，妳莫要……」

江挽雲懶得理他。「我還有事先走了。」

她說罷快步走入人流中。

後面的馬車已經開始罵他們堵路了，沒辦法，秦霄命車夫繼續前行，自己則琢磨起來，江挽雲這次回縣城要做什麼。

他和挽彤的婚禮是這個月初八，當初急著把江挽雲嫁出去，就是挽彤和江夫人覺得她會鬧事，加上陸予風可能快死了，再不嫁，到時候還要另外給江挽雲找夫家。

她莫非嫁人了還對自己念念不忘？

秦霄感覺自己喉頭一緊，心裡升起一股又煩悶又自得的情緒。

第十一章

江挽雲走在路上，轉了一圈後買了幾份生煎包，一袋糖炒栗子，幾個烤番薯，再轉了回去，在醫館附近的酒樓裡訂了幾個菜，讓他們送到醫館去。

留下房號付了錢，她抱著自己買的東西回了醫館。

此時天已經黑盡了，飯堂居然還有人在排隊，看來她出去買是明智的，只不過要多花點錢。

唉，又是錢，還不知道陸予風的病接下來要花多少。

她這次出去不光是為了買吃的，還順便看了看縣城裡有啥吃食，她以後肯定要把生意做大的。縣城裡雖然很熱鬧，但小吃也只是尋常的。

屋裡都亮上燈了，陸予山和陸予海在陸予風房裡與他說話，三兄弟也有許久未好好說過話了，陳氏在一旁坐著聽。

江挽雲抱著東西進去，陳氏站起身道：「挽雲回來啦？剛還念叨妳呢，快來坐。」

江挽雲把吃的放桌上道：「我點了酒樓的菜，一會兒就送來，先吃些墊墊肚子。」

她打開油紙包，食物的香味慢慢飄出來。給了陸予山和陸予海以及陳氏一人一份生煎包和烤番薯，她自己則開始吃糖炒栗子。

陳氏接過還熱呼呼的油紙包，為難道：「我們隨便吃點就行了，這些東西很貴吧……」

陸予海也道：「給我買兩個餅子就成了……」

陸予山倒是看得開，用籤子插了一個生煎包進嘴裡。「哎呀，今天三弟病好轉了，不是值得慶祝嘛，我都好幾年沒來縣城了，還是上次來接三弟回去的時候來過，沒顧得上逛逛。大哥，明兒去逛逛不？」

陳氏道：「你們是該先回去，地裡的活兒還要忙，我和挽雲照看著就行了。」

江挽雲剝開一個栗子先餵給陳氏嘗嘗，道：「不貴，難得來一次，錢花了再掙就好，過段時間我也要來縣城開店。」

他們在桌子旁你一言我一語的又吃東西又聊天，陸予風靠在床頭，表情嚴肅。他們是不是忘了自己了？

好在江挽雲想起了他，笑道：「相公身子虛，可不能吃這些不好消化的東西，我點了瘦肉粥的，待會兒就能送來。」

陸予山看了看陸予風，道：「三弟，莫要不高興了，待你身子好了，想吃啥就能吃啥。」

陸予風手指拽了拽被子，視線落在正在用牙咬板栗的江挽雲身上，不動聲色的看著她。

江挽雲正和板栗搏鬥，沒留意到他的目光。

很快酒樓伙計就把飯菜送來了，江挽雲給了小費後，把托盤端進來，一盤燒白、一碗雞肉、一個炒白菜，三碗米飯，一碗瘦肉粥。

「娘，兩位哥哥，快來吃飯，我去給相公餵稀飯。」

陳氏道：「我覺得吃完包子和番薯都有些飽了。」

江挽雲用小碟子分裝點菜，端了稀飯往床邊走。「飽了也要吃點啊，別給我多留，我還吃了那麼多板栗。」

陸予風靠在床上，看著江挽雲，有點不知所措。就、就突然當眾餵飯了？有、有點不好意思。

他本來想索性閉著眼睛，但是這樣是不是很不尊重她？睜開眼睛，那他該看哪兒？

她靠過來時，他感覺自己呼吸都放輕了，決定把眼神放在碗裡。

江挽雲先端了稀飯，舀了一勺餵給他。「啊——」

陸予風被子裡的手緊握成拳，麻木的張開嘴。

而後聽她笑道：「相公果然餓了，你們看他的眼睛都掉碗裡去了。」

陸予風感覺自己的耳朵都燒起來了，他道：「我自己吃吧。」

江挽雲搖頭，煞有介事道：「不成不成，你胳膊沒力氣，況且我每天都給你餵藥啊，我比較熟練。」

陸予風模模糊糊的想起來，她給自己餵藥餵飯的時候嘀咕的話，有時候她會說「乖，張嘴喝藥藥」，有時候又會說「吃了飯飯長胖胖，長胖胖後身體棒」，有時候可能餵不進去，她急了便用手扳他的嘴，「你不許咬我手啊」。

那時候他覺得聽她說話很有趣，現在要面對了，他卻不能接受，感覺渾身不自在。

看他那麼彆扭，江挽雲小聲道：「你扭扭捏捏做甚呢，不就餵飯嗎，我還給你擦過身子呢。」

陸予風一下就想起來了，整個人瞬間像煮熟的蝦米，臉頰通紅，想說什麼又說不出來，表情古怪的看著她，磕磕巴巴道：「多、多謝……」

陳氏端著碗走過來道：「風兒你快吃啊，吃了好讓挽雲去吃飯，一會兒你洗個澡吧，我等下去廚房要熱水。」

陸予風這才乖乖張口，就著江挽雲的手吃稀飯。他吃得很慢，江挽雲也很有耐心的慢慢餵他。

陸予海道：「娘，那我和二弟明日就回去了不？」

陳氏點頭。「成，馬車也要早點退了，一天要幾十文錢呢，到時候我們再雇個車回去便是。」

吃了飯後，陸予海和陸予山去租了浴桶要了熱水來，把浴桶洗乾淨泡上熱水。

陸予風已經好久沒好好洗過澡了。

劉大夫又過來查看了一下陸予風的情況，嘖嘖稱奇道：「老夫行醫多年，還未見過這麼神奇的事。」

陳氏緊張的問：「劉大夫，我兒怎麼樣了？」

劉大夫摸摸鬍子笑咪咪道：「情況比早上好些了，雖然老夫也不知道為何如此神奇，但可以肯定的是，只要這樣繼續下去，令郎的病會好的。現在最重要的是給他養好身子，他的身子虧得太厲害了，先住個七、八天，我看看他的情況後再回家不遲。」

得到了肯定後，陸予山和陸予海激動的拳砸掌心，在原地走來走去。陳氏驚喜的哭了出來，江挽雲也很高興，這樣她就可以少花銀子了。

陸予風感覺自己處在一種又高興又不可置信的情緒中，他下意識抬眼去看江挽雲。

江挽雲喜道：「那可得給相公好好補補！」

於是陸予海和陸予山歡歡喜喜的把陸予風抬進浴桶裡，江挽雲則和陳氏去小廚房，看看做飯的地方。

小廚房不大，只有五個灶臺，用一次要收十文錢，調味料和柴火是配備好了的。

「那明兒我就去買雞肉來燉湯給相公補身子。」江挽雲成竹在胸道：「保准把他當坐月子一樣養著。」

陳氏笑道：「他許久沒正常吃飯了，補太過了也不行。」

「成成成，明天就小雞燉蘑菇，後天排骨蓮藕湯，大後天玉米排骨湯……」

洗好澡的陸予風還不知道自己未來的日子要被各種補湯支配了，他正坐在床上，回憶白天和陳氏聊天得來的消息。

娘說，最初的江挽雲確實很刁蠻任性，鬧得家裡雞犬不寧，後來她突然就變好了，還誠懇的反思了自己以前的錯誤，並且變得能幹又重情重義。

問題是，一個人的本性真的那麼好改嗎？

他不信。

陳氏興許看出了他的想法，道：「你剛醒，別想那麼多，好好養身體。」她頓了下。「畢竟，好的總比壞的強不是？」

陸予風覺得他娘的話另有深意，但他暫時也未想清楚內情。

打了熱水洗漱完畢的江挽雲和陳氏陸續回房了。

晚上陳氏睡榻上，江挽雲和陸予風睡床上。

這還是他們第一次在清醒的狀態下躺在一起，況且以前是隔著桌子的，如今卻只有一條被子。

江挽雲很想叫陸予風睡榻上去，她和陳氏一起睡，但想著不能欺負病人，特殊時期，特殊對待，便心一橫鑽進了被子。

春天的晚上還有些冷，江挽雲這一身寒氣刺激得陸予風一個機靈，本就僵硬的身子更不敢動了。

江挽雲規規矩矩的平躺著，閉上眼睛。

陸予風僵僵硬硬的側躺著，氣都不敢喘。

陳氏道：「吹燈了啊。」

瞬間屋裡一片黑暗，只剩走廊上的燈籠散發的微弱光芒。

兩個人離挺遠的，江挽雲感覺自己手臂沒完全蓋住，露在外面吹風。而兩個人脖子之間空著的地方也颼颼漏風，於是她小心翼翼的挪動了一點身體進去。

陸予風瘦是瘦，可他暖和啊，她伸手把被子掖了掖，閉上眼睛。

沒事沒事，就當旁邊躺了個暖暖包，她如是想著。

陸予風全身緊繃著，很快就聽見她均勻的呼吸聲，他慢慢放鬆了身體，側過了身子。

他已經睡了太久，現在一點也不想睡，而且他很怕自己又一睡不醒，回到那片黑暗的世界裡去。

他借著微弱的光線看著她，心思千迴百轉。驀地，他鬼使神差伸出手碰了碰她的胳膊，軟軟彈彈的，不像他的胳膊只剩一層皮和骨頭。

她是真實存在的人，而且還是他的媳婦？

他一個人暗自琢磨著，也不知道琢磨了多久，旁邊的江挽雲翻了個身，伸出腿踢了他一下。

他被踢得猝不及防，感覺骨頭隱隱作痛，但她沒有絲毫要醒的跡象，他只好伸手把她的被子掖了掖。

江挽雲睡覺喜歡亂動，陸予風被她踢了好幾下，最後已經放棄掙扎，任由她把腿搭自己腿上。

次日一早，陸予風還未醒來，江挽雲就下床洗漱後出門去了，她今天要去早市。

鎮上是沒有早市的，只有大集，縣城就不一樣了，每日都像趕集一樣熱鬧。

踏著晨露出門，她向醫館伙計問路後就往集市走去，這時候的菜最新鮮，許多大戶人家採買的人也是這時候上市場來買菜。

江挽雲正在挑雞，她想買隻不大不小的正宗土雞來燉湯。

「夫人，妳看看這雞，都是鄉裡人自己養的，餵的是糠殼和菜葉，肉可肥呢。」

賣雞的小伙子憨笑著提起一隻母雞來，他身後是一個大鍋，煮著熱水，一個鐵桶裡是去雞毛用的松香，籠子裡關著十幾隻雞。

江挽雲看了看，道：「就這隻，麻煩幫我殺了處理好，整隻不要剁，我等會兒來拿。」

「欸，好嘞！」

就在江挽雲轉往其他攤子挑菜的時候，她身後不遠處有兩個人正鬼鬼祟祟打量她。

「看清楚了沒？是她不？」

「欸，看見了看見了，還真是她！難怪姑爺說遇見她了，她怎麼回來了，快回去告訴夫人小姐！」

江挽雲買了雞和幾樣菜，又買了幾副碗筷，再買了包子燒餅，共花了一百來文，提著東西回醫館時，陸予風也醒了，正坐在窗前看一本傳記。

醫館裡也有許多書供病人解悶的。

他今天氣色好了許多，頭髮也紮起來了，從側面看越發顯得鼻子高挺，眉目深邃，連髮際線都正正完美，若是再胖點可就更帥了。

江挽雲摸了摸自己髮際線，她感覺原身長得是挺好看的，只是髮際線有點低，顯得額頭不夠飽滿。

陸予山和陸予海正在外頭套馬車，他們今兒就要出發回桃花灣了。

陳氏給他們打好了水裝上，江挽雲把餡餅包好，裝在包袱裡遞過去，又把包子拿出來分給大家吃。

送走了陸予海和陸予山，江挽雲和陳氏就開始忙活了，把雞肉焯水燉上，加入一些中藥材，又去飯堂打了飯來，再炒一個白菜就算完成。

雞湯燉得滿屋飄香，還夾雜著中藥材的清苦味，雞湯上漂著豐厚油脂，湯汁裡沸騰著枸杞、紅棗和補氣的藥材。

旁邊做飯的婆子酸道：「唉，我怎麼就沒這麼能幹的媳婦，還要我一個老婆子來伺候兒子。」

陳氏得意道：「娶媳婦啊，一定要相看好才行，有的媳婦是旺家的，有的是攪家的。」

也有人來問江挽雲雞湯裡加了什麼，江挽雲笑著介紹了一下藥膳的功效。

她舀了一碗雞湯和一小碗米飯，挾了點菜端給陸予風吃。

「快嘗嘗！味兒怎樣，你還沒吃過我做的飯吧。」

天氣正好，陽光明媚，江挽雲便把小桌子搬到院子裡，讓陸予風曬曬太陽。

陸予風放下書，看了看雞湯，湯汁淡黃，裡面有雞肉、紅棗、枸杞、蔥花和……一些樹根？

「呃……嗯……江……嗯，這是什麼？」他突然不知道該怎麼稱呼她。

江挽雲道：「這是中藥材，吃了對你身體好的。」

她回到廚房，把剩下的湯舀了兩碗，和陳氏一人一碗，端著正要去找陸予風，就見有對夫妻站在陸予風面前，說著什麼。

陸予風只抬頭看著他們，並沒搭話。

男人自顧自道：「我這腳傷了，來醫館住了好些日子，也不知道幾個月能不能好全，我怕耽誤鄉試。」

陸予風雖然看著面無表情，但他的嘴角微微往下壓了點，這表示他心情並不怎麼愉悅。

他年少成名，在縣試、府試、院試中皆為案首，得小三元，但就在所有人都稱他為文曲星下凡，以為他要連中六元時，他卻病倒了。

十四歲那年，他惕厲自己將來三年好好念書，全心準備鄉試，爭取一次中舉。但病痛讓他坐不穩身子，拿不穩筆，最初幾個月還能勉強在床上看書，後面只能日日躺著，以湯藥續命。

如今兩年多過去了，他莫說有什麼增進，連從前的東西都要忘光了。

今年的鄉試還有半年，他怕是沒機會了，那就又要再等三年。

男人又道：「對了，還沒問起你的近況，你突然消失了兩年，書院裡的人都說你回家養病，這都兩年多了，你的病如何了？」

陸予風的病如何，不是用眼睛就可以直接看到嗎？江挽雲算是聽明白了，這人就是來落井下石的吧。

陸予風收回視線並不看男人，淡淡道：「一切都好，不勞你掛心。」

男人卻不理會，繼續道：「唉，想當年你也是書院裡眾夫子搶著要收的弟子，就這麼離開了多可惜啊，連曾經每回都考不過你的學生，如今都成院長的弟子了。」

陸予風聞言道：「那你呢，你不是很想拜入周夫子門下嗎？如今如願了嗎？」

男人一聽，彷彿被挑動了哪根筋，臉色變得難看起來。

陸予風繼續道：「當初周夫子想收我為弟子，我卻選擇了秦夫子，每每想起此事，就覺得愧對他。」

男人聽明白了，陸予風的意思是他拒絕的機會，自己過了兩年還沒得到。

他沒想到還能遇見陸予風，他以為陸予風已經死了。

但陸予風不但活得好好的，一眼看過去依然是那副他討厭的死樣子，看起來不好親近，看起來對誰都不屑一顧的樣子。

都成廢物了，還裝什麼裝。

「陸予風，你少得意，咱們走著瞧。」男人終於偽裝不下去了，惡狠狠的丟下這句話，扭頭離開。

第十二章

陳氏見人走遠了，走過來呸了一聲，道：「怎麼到處都有這種小人得志的人，還是讀過聖賢書的呢，若不是我兒病了，他算個啥？」

陸予風垂著眸子慢慢品嘗雞湯，他的手今天有力一點了，可以自己拿勺子。

江挽雲聽陳氏說完，道：「這種人現在越得意，以後摔得就越慘，不必理會。話說這次秋闈，還剩半年了？」

陳氏嘆氣。「唉，是啊，風兒怕是要等到三年後才有機會考試了，這幾個月先養好身子要緊。」

江挽雲也不再多言，吃了飯把碗洗了，見陽光明媚，把衣服拿到井邊洗。

陸予風喝了藥又睡下了，藥裡有安神的成分。

陳氏來幫忙洗衣服，兩人靠近坐著，手上拿著衣服，擦了擦皂角，再搓一搓，就起泡泡了。

陳氏道：「風兒病了這兩年，咱們家欠親戚不少錢，估摸著有十兩。這下風兒的病好轉了，按我們這兒的習俗，大病好了，是要請客吃飯的。」

江挽雲道：「那就請啊，沒事，十兩，很快就能掙回來了。」

陳氏猶豫道：「娘和風兒他爹都老了，他大哥、二哥也各自有家庭，我們……」

江挽雲明白，這就是說他們承擔不起了。「我知道，不會讓你們再出錢了，我來想辦法就是。」

洗了衣服晾好，江挽雲坐在屋裡歇著，她把錢拿出來算了算，如今手上只二兩左右了，縣城花錢的地方多，她賺的錢還遠遠不夠。

陸予風的病後續要花錢，還要還親戚的錢，這樣啥時候能蓋上大房子、過好日子啊？

她看向陸予風嘀咕道：「真是個燒錢精。」

等他當大官，自己就可以躺著享福了，不急不急。她安慰自己。

下午太陽很好，許多病人出來曬太陽嘮嗑。

江挽雲讓陸予風也出來曬太陽，讓他多活動活動，畢竟躺太久了，身體機能需要恢復。

「你不要害羞嘛，運動使人健康，你看你這胳膊、這腿，是不是沒以前靈活了？要動起來。」

她做了幾個簡單的示範，比如擴胸運動，壓腿拉筋等小學生健康體操的必備動作。

旁邊的陳氏和其他大爺、大娘見了都笑道：「我覺得這動作不錯，適合我這胳膊腿成天痛的。」

「以前還想著有空去學學太極和五禽戲呢，忙起來又忘了。」

江挽雲道：「其實練啥不重要，主要是動起來。」

正說笑著，有醫館的伙計跑進來吆喝道：「誰是江挽雲啊？」

江挽雲聞言回道：「我是，怎麼了？有什麼事？」

伙計道：「外面有一個年輕姑娘找妳。」

江挽雲微愣，思緒一轉就想起來了，莫不是江挽彤來了吧，除此之外她在縣城也沒認識的人。

她道：「不見！麻煩幫我叫她回去吧。」

陳氏問：「誰啊？妳不見見嗎？」

江挽雲道：「是我娘家人，我昨兒在街上碰見了。」

陸予風聞言眼眸微動，道：「那就不見。」

他至今還記得，兩年前江老爺是如何對他威逼利誘，讓他與江挽雲訂親的，但沒想到的是，很快江老爺得了急病，先走一步。

他那時候覺得自己也藥石罔效了，不想耽誤江挽雲，便去找江家退親。可江夫人說不能退，說這是江老爺的遺願，還說他用了江家的錢，退親就是忘恩負義。

所以不論是江老爺或是從前的江挽雲，還是江家其他人，他都沒什麼好印象。

而這時，一個女子帶著丫鬟大步走了進來，伙計在後面想攔都攔不住。

女子走到院子裡，眼神搜尋了一圈，很快發現了江挽雲的存在。

江挽雲也站起身來，她改變主意了，江挽彤來得正好，她正愁沒地方賺錢呢。

江挽彤穿著淡粉色錦繡華裙，頭上的步搖在陽光下閃閃發光。她走上前，抬著下巴，打量了江挽雲一眼，十分鄙夷道：「姊姊，這才多久，妳怎麼就變成這樣了？」

曾同為江家小姐的兩姊妹，如今一個錦衣華服，一個布裙荊釵，對比十分鮮明。

江挽彤昨日聽秦霄說在縣城碰見江挽雲了，她第一反應是不可能。

鎮上離縣城坐馬車也要三、四個時辰，當初把江挽雲嫁出去時，可是把她的銀子和值錢東西全都收走的，陸家也是窮得叮噹響。

況且她的戶口已經遷到陸家，江挽雲應該很清楚，就算回了縣城，江家也不會接納她。回了縣裡，沒有戶口可是連租房子都租不到，到時候她就只能流落街頭。

但既然秦霄確定江挽雲回縣裡了，那她回來是幹麼呢？莫非她知道自己和秦霄初八要大婚，心有不甘回來搗亂？

秦霄說他已經派人跟著江挽雲了，發現她住在醫館裡，想必是相公病重。

但江家在縣裡是大戶人家，大婚當日肯定是動靜很大的，江挽雲若是知道了，跑去搗亂怎麼辦？

江挽彤越來越覺得江挽雲做得出這事，她就是個瘋子，成親前就因為不願嫁給那個窮書生而大吵大鬧過。

所以江挽彤今天來的目的就是先下手為強，堵住江挽雲的嘴，讓自己少點後顧之憂。

「妳今天來有何事？」江挽雲波瀾不驚的問道，其實她心裡已經猜出來八、九分了。

江挽彤見周圍人多，道：「進去說話，夏荷，妳在外面守著。」

江挽雲也不推辭，果斷進了屋，把門關上。

陳氏擔憂的看著關上的門道：「挽雲的娘家我們也沒打過交道，突然上門了，這……」

陸予風倒是不急，她那麼厲害的人，吃虧的不知道是誰呢，所以他並不擔心。

屋內，江挽彤嫌棄的用帕子擦了擦凳子才坐下，道：「想不到妳相公還沒死，看起來活得好好的，當初將妳送上花轎前還怕他撐不住死了呢，如今想來還看輕他了。」

不過就算死不了，左右不過讓江挽雲成不了寡婦罷了，陸家還是一樣的窮，江挽雲的夫君一輩子都不可能越過了她的去。

江挽彤長相只能算是小家碧玉，並不算大美人，與原身相比更是黯然失色，所以她從小就嫉妒異母姊姊的美貌，更妒恨姊姊得了父親的寵愛。好在江挽雲雖長相出眾，腦子卻不如何聰明，運氣也差，剛一訂親，父親死了，未婚夫也病了。

江挽雲坐她對面，也懶得給她倒茶，道：「這俗話說，人在做，天在看，我相公又沒做什麼壞事，上天自然會保佑我們的，至於那些做壞事的人，才應該小心啥時候遭報應。」

江挽雲語氣涼涼的，充滿諷刺，江挽彤自然聽出是在說自己。

不過今天來的目的不是和她吵架，於是江挽彤忍著怒氣道：「當初給妳訂親的是爹爹，要恨就恨他去。我今天來是想告訴妳，既然妳已經嫁出去，爹爹和妳親娘都死了，妳就不是江家的人了，好好待在陸家，別跑回來搗亂。」

江挽雲哦了一聲，好像贊同她的話。

江挽彤奇怪的看了她一眼，怎麼她沒有想像中的情緒激動。

難道她已經認命了？

江挽彤繼續道：「初八是我和秦霄哥哥的大婚日子，他入贅江家。我知道，妳以前心儀他，但他心裡裝的是我，我警告妳，初八別整什麼事兒出來，畢竟妳現在無權無勢，而我想要弄死妳可是悄然無息的。」

江挽雲又哦了一聲。

江挽彤生氣的瞪著她。「妳這是什麼態度，妳聽明白沒？」

江挽雲輕笑了一聲。「不就是讓我別去破壞妳的婚事嘛，可以啊，但有個條件。」

「什麼條件。」江挽彤警惕的看著她。

「我和我相公是來縣城治病的，如今我們沒錢了，這沒錢了呢，可能會讓我產生一些不快的心情，那我就可能做出一些讓別人也不好過的事，所以……」

江挽彤放下心來，原來是要錢啊，還以為她想要啥呢。

「妳要多少？多了沒有，我奉勸妳想清楚。」

江挽雲在心裡翻了翻白眼，原身的嫁妝都被江夫人拿走了，江挽彤怎麼好意思說這話。

「五十兩吧。」江挽雲淡淡道。

「五十？」江挽彤臉黑下來，五十兩都可以在縣裡買個小宅子了。

江家的錢財都在江夫人和秦霄手裡，她每個月只有月例五兩，但她花錢快，經常不夠用還要找江夫人貼補，如今手裡沒攢下什麼錢。

她不想這事讓秦霄和江夫人知道，秦霄會覺得她心腸惡毒容不下姊姊，江夫人會怪她自作主張，降低身分去和江挽雲一個農婦打交道。

可是她怕啊，她不想有後顧之憂。

「怎麼？拿不出來？五十兩對江家來說不是隨隨便便的事嗎？」江挽雲諷刺道。

其實她知道江挽彤肯定拿不出這麼多的。

江挽彤咬牙道：「五十沒有，只有二十，妳愛要不要。」

江挽雲挑眉道：「二十五，不講價。妳要是沒錢，那妳把首飾典當了啊，今晚就把錢送來，否則我就直接上門。哦，還有別想著派人來把我暗地裡弄死，我已經提前寫好了信，藏在你們找不到的地方，一旦我死了，就會有人把信找出來狀告妳，那妳就別想安安心心當新娘子了。」

江挽彤臉黑如墨，她怎麼也沒想到，自己氣勢洶洶的上門來，反而被江挽雲給拿捏了。

她深吸一口氣，平復下來道：「妳能保證不踏入江家一步嗎？」

江挽雲點頭。「保證啊。」

等她有錢了，不踏入江家也可以報復回來不是嗎？

江挽彤道：「好，我今晚把錢送來，希望妳是說話算話的人，別鬧得大家都不好看。」

她恨恨的站起身，打開門出去了。

待江挽彤走後，陳氏才急忙關心的問道：「挽雲啊，妳娘家妹妹是來做什麼？她有沒有對妳怎麼樣？」

陸家人是知道的，江挽雲在娘家不受待見，是被強迫嫁給陸予風。

陸予風扶著桌子站著，也看著她。

江挽雲道：「她初八要成婚了，讓我別去搗亂，我說不搗亂也行，那就給我封口費。」

「她答應了？」

江挽雲點頭。「答應了啊，能用錢解決的事怎不答應。」

「還能這樣？」陳氏笑了，陸予風也眼神微動，嘴角翹起一個弧度。

陳氏問：「要了多少？」

「二十五兩，多了她不肯給。雖然有點少，但沒事，後面我會讓他們把欠我的都吐出來的。」

二十五兩！

陳氏愣住，若是這機會給她，她報個五兩、十兩都覺得夠多了，二十五兩可以在鄉下蓋幾間青磚大瓦房了，挽雲居然還嫌少？

晚上江挽雲做了兩個菜，煮了瘦肉稀飯，剛吃完江挽彤的丫鬟就來送錢了。

江挽雲數了數，二十五兩不多不少。

她拿了十五兩出來交給陳氏道：「娘，這些先拿去還欠親戚的錢，剩下幾兩留著當作給大哥、二哥擺攤的花費吧。我這兒留十兩，補上這幾天的花銷。」

陳氏道：「這都是妳的錢，我們怎能要呢？欠親戚的那是妳還沒嫁過來時借的，日後風兒病好了讓他自己掙錢還。妳大哥、二哥擺攤的本錢讓他們自己出，我們不能花妳的。」

陸予風也道：「待過段日子我就可以抄書了，借的錢也不急於一時還。」

他袖子裡的拳頭緊握著，克制著自己的情緒。

江挽雲把錢塞陳氏手上道：「哎呀，又沒分家，都是一家人，有事一起扛，有錢一起賺嘛，這點小錢算什麼，我們以後還會賺更多的錢。但是親戚他們應該都沒什麼錢的，把錢早點還給人家，早點安心不是？」

陳氏聞言不再推辭，小心的把銀子收好，眼眶濕潤道：「嫁來我們家真是苦了妳了。」

江挽雲最受不了這種催人淚下的場景，她站起身收了碗筷。「我先去洗碗啊。」

屋裡只剩陳氏和陸予風了。

陳氏問：「風兒，你下午和我說的事決定好了嗎？」

陸予風垂眸，思索了一會兒道：「嗯，就今年吧。」

今年不考，又要等三年，不管結果如何，總要去試試才行。

若是有幸中舉了，衙門和書院都會獎勵一筆錢。

他實在不想再繼續這種被女人供養的日子了，他是男人，以前病重沒辦法，如今身體好起來了，就該承擔自己的責任才是。

陳氏嘆了口氣。「行，那過幾日要不順路去書院看看，問問院長什麼時候回去。」

陸予風點頭，起身點亮燭火，鋪開宣紙，研墨提筆，開始緩慢的寫字。

他想給自己的夫子寫封信。

但他已經一年沒有提筆，加上手臂無力，即使用左手托住右手，手還是止不住的發抖，寫字歪七扭八，不受控制。

他突地停手，將筆擱下，兩手撐住桌子邊緣，微微喘氣。他的眼睛看著宣紙上的字，無法想像曾經這雙手寫出來的字，是被眾多夫子和學子稱讚的。

為什麼他連字都寫不好？那他還怎麼參加鄉試，只剩半年了，還來得及嗎？

他感覺自己好失敗，伸手拿起筆又要開始寫。

這時門開了，江挽雲端著水盆進來道：「來洗臉了。」

她側身一看，陸予風背對著她不動。

這是怎麼了？

她走近一看，陸予風正看著宣紙發呆，她看了看紙上的字瞬間懂了，道：「相公要練字嗎？我有辦法。」

陸予風本來正沈浸在自己的思緒中，見江挽雲在看他寫的字，他有些難堪，伸手就想把紙給揉掉。

聽江挽雲說有辦法，他停下手道：「什麼辦法？」

江挽雲拽著他的衣袖往桌旁走。「明兒再告訴你，先洗漱，水要涼了。而且不能晚上看書寫字，時間長了會傷眼睛。你早點睡早點起，起來了再看書。」

如今陸予海和陸予山回家，陳氏便睡隔壁去了，今晚屋裡只有他們兩個。

燭火搖曳，陸予風有些怔怔的被她拉著坐下。

江挽雲把毛巾塞他手裡道：「你才剛醒幾天啊，不急於一時。你身體弱，自然手也沒勁兒，要慢慢恢復才行。」

她在他旁邊坐下道：「你擰這條帕子，試試能不能擰乾，如果擰不乾，說明你手勁還沒恢復。所以我們現在要做的，第一是好好養身子，第二是針對性訓練。」

陸予風默默的擰著帕子，可他只要一用力就感覺手發軟、發抖。

「什麼是針對性訓練？」

江挽雲道：「比如你腿沒勁，那就鍛鍊腿，手沒勁就鍛鍊手，是不是經常幹活的人手勁比不幹活的人大呢？一個道理的。」

她伸手摸了摸他的胳膊，惹得陸予風差點把水盆打翻，眼神有些慌亂的看著她。

江挽雲尷笑著收回手，回憶著前世瞭解的健身知識道：「你胳膊沒有肌肉，無法使力，所以我們在養身子的時候還要注意增肌。」

雖然聽不懂江挽雲說的一些話，但陸予風聽得很認真，並十分信任她說的。

他沈聲道：「妳覺得該怎麼做？我都聽妳的。」

江挽雲道：「不急於一時，慢慢來，明天先開始鍛鍊吧，你不會因為害羞而拒絕吧？」

她淺淺的笑著，眼神清澈明亮，陸予風從她的瞳孔裡看到了自己的影子，她真是全心全意待他的。

陸予風道：「不會。」

江挽雲站起身來。「行，那就先洗漱準備睡覺。」

她幫忙擰乾了帕子，讓他自己洗臉，又把洗腳水倒進洗臉盆裡，把擦腳帕和漱口水放邊上。

「今晚我睡榻上，你睡床上啊。」她把榻上的被子鋪好。

陸予風未料到此事，想開口說啥又語塞了。難道要問，妳為什麼不和我一起睡？為什麼不和我同一張床？為什麼要分床睡？

算了算了，他問不出口。

她應該還沒把自己當真正的相公吧，畢竟他沒給她隆重的婚禮，也沒洞房花燭過。

正當他胡思亂想的時候，江挽雲問：「你幹麼呢？能不能快點，我還要端出去吔。」

陸予風默默的洗了腳，他想嘗試端盆子，江挽雲輕瞪他。

「說了叫你慢慢來，我來倒水，你躺床上去。」

陸予風躺在床上，還不知道自己即將淪為妻管嚴，只覺得自己一定要好好努力，才能回報所有愛他的人。

次日一早，江挽雲領著陸予風做了一套健康體操，他學得很認真。

陳氏起大早去買了排骨和藕回來，還帶了早點，吃飽喝足後，江挽雲把排骨和藕拿到廚房處理。

廚房的位置是用一天租一天的，她每天很早就去租了。

排骨焯水，和蓮藕一起放入砂鍋，小火慢燉上，而後回房準備幫助陸予風練字。

陸予風坐在桌前翻看一本書，江挽雲看了兩眼，滿頁文言文和古體字，看著頭疼得很。

她果然不是讀書的料。

「來吧，開始練字，你看我給你找了個好東西。」

陸予風回過頭來站起身，觀察她手裡的東西，是一些鋪子裡用的炭筆，通常是用來在布料和木料上做記號的。

「毛筆需要胳膊抬起來寫，要手腕和手臂力氣才行，炭筆的話只需要把胳膊放在桌上，省力得多，你先用炭筆練練，找回寫字的感覺。」

陸予風接過炭筆，像拿毛筆一樣去拿，江挽雲趕緊拿了根筷子示範一下。

「你看我的姿勢，這樣才好寫，胳膊肘放桌上，手拿下一點。」她又伸手握住他的手，糾正了一下姿勢。

陸予風照著她教的方法，小心翼翼的用炭筆寫了幾個字，確實，有胳膊支撐手就不會抖了。

「江——挽——雲——你寫我名字幹麼？」

江挽雲認出自己的名字，心裡有點奇怪的感覺，道：「你自己沒有名字啊？」

陸予風便又在旁邊寫上「陸予風」三個字，覺得方才剛寫的時候字不夠好看，又重新寫了「江挽雲」。

兩個名字排在一起，氣氛突然曖昧起來了，江挽雲老臉一紅，道：「你先寫吧！我去做飯了！」

她把藕湯盛出來，炒了個辣椒炒肉，盛上三碗米飯，足足端了兩托盤回房間。

陸予風放下筆去洗了手。

他練習了一會兒，感覺自己已經找回了寫字的感覺。

江挽雲交代他之後炭筆和毛筆交替用，免得用慣了炭筆不適應毛筆了。又說過兩天讓他練習啞鈴，或者在手臂上綁沙袋。

「這藕湯怎麼樣？」

陸予風吃飯很斯文，細嚼慢嚥的品嘗著，不知道的還以為他是什麼貴公子。

他很中肯的評價。「肉很軟爛，很香，湯喝著很舒服，感覺比我曾經吃過的酒樓菜還要好吃，只是……」

他有些無奈的看著自己碗裡堆積如山的排骨道：「我吃不了那麼多，妳和娘多吃點。」

陳氏道：「噯，不行，你要多吃，特地給你燉的，我們吃菜就行。」

江挽雲道：「你那麼久不吃飯，胃都餓小了，才會覺得吃不了多少就飽，所以每頓都要吃飽一點，才能把胃慢慢撐大。」

陸予風感覺自己無法反駁，只能含淚吃下。

接下來的日子就是各種滋補的湯和菜齊上陣，只短短幾日，陸予風就感覺自己肚子上的肉豐滿了一圈，臉上也長了一層肉。

劉大夫誇江挽雲和陳氏把陸予風照顧得好，還說病情穩定好轉，再過兩日就可以回家去了。

陸予風自己也很努力鍛鍊，每天早上起來做操，再舉江挽雲自製的啞鈴，而後在胳膊上綁沙袋練字。

他現在寫字沒問題了，感覺胳膊的力氣已經恢復了五成，走路也不再氣喘了。

每天下午江挽雲還會拉著他和陳氏出門逛逛。

陸予風在縣城書院念書好些年，熟悉縣城的街道地名，會給她們兩個一一介紹。

他走得慢但走得穩，能夠自己穩穩的走路，讓他心裡踏實。

醫館的人說他胖了點，江挽雲仔細的打量他一番，道：「嗯不錯，估摸著胖了七、八斤了。」

陳氏笑道：「這錢沒白花。」

江挽雲道：「還有兩天就要回家了，明兒就去拜訪相公的夫子吧。」

陳氏道：「成，今兒我們上街買點禮品帶去。」

他們說話的時候，未料到身後不遠處有人在偷聽，正是同住在醫館，傷了腿的陸予風同窗。

他一瘸一拐的回屋，提筆開始寫信。不行，一定要阻止陸予風回書院。

第十三章

下午時分天氣暖洋洋的，街上叫賣聲絡繹不絕，江挽雲和陳氏給陸予風的夫子、院長和同窗準備了很多禮物。

有茶葉、瓜子蜜餞花生等零嘴，還有筆墨紙硯等東西，陸予風說他的夫子閒暇時光喜歡喝酒，院長喜歡吸旱煙，便買了一罈好酒和上好的菸草。

次日一早江挽雲又去買了醬燒肉、滷豬蹄、香草雞和新鮮的魚及豬肉。

書院在山上，下山來採買不方便，好在種的蔬菜倒是挺多。

三人把東西搬上租來的馬車，讓車夫趕車出發，穿過縣城，出城走了二里路後，到了棲山山腳下。

山路蜿蜒盤旋，江挽雲把罈子牢牢抱住，自己卻差點被甩得螺旋升天。陸予風一隻手拉著陳氏，一隻手緊緊握住江挽雲的胳膊，三個人互相扶持才算穩住。

「大哥！你慢點啊！」江挽雲忍不住對車夫道，她真的屁股要開花了。

車夫也很苦，回道：「不知道怎麼回事，往日這路上很平坦的，今日卻多了許多坑洞石頭……哎，前面好像出啥事了。」

他叫停馬兒，掀開簾子道：「前面有一輛馬車堵路。」

江挽雲將酒罈子放下，探出身子去看，見前面橫著一輛馬車，馬車的車軸斷了，車身傾斜在路上。

幾個人在馬車旁邊一臉苦悶，這路上怎麼會突然有個大坑啊，明明平時走得好好的。

「哪個缺德的玩意兒半夜挖坑，明明我昨天下午經過還是好的。」

「還不是你趕車時候打瞌睡，怎麼辦？車軸都斷了。」

車夫道：「這路就這麼寬，今天怕是不好過去了。那你們是掉頭回去還是走上去？」

陸予風仔細觀察了一番道：「走上去吧。」

他扶著車子跳下去，往前面的幾個人那邊走去，拱手道：「敢問諸位同門可是棲山書院的學子？」

在場的幾個弟子都是去年才進書院的，並不認識陸予風，但見他有禮，也紛紛拱手回禮道：「兄臺有禮了，既然你已叫我們同門了，不就說明你我都是棲山書院的弟子嗎？」

陸予風一窘，兩年沒回書院，腦子都有點迷糊了。

他看了看馬車，笑道：「諸位同門可需要幫忙？」

一弟子道：「這路上平白無故多出一個大洞來，上面還用樹枝蓋著，我們沒注意，車輪就陷進去了，就算注意了，馬車也過不去，這不是坑人嗎？」

另一弟子道：「讓我知道是誰幹的，非把他抓起來痛打一番不可。」

「怎麼感覺好像有人故意要害我們一樣。」

這時江挽雲走了過來，看了看地上的情況，問：「有人把樹枝蓋在上面掩人耳目？」

「是啊，如今不是放假的日子，上山下山的人不多，我們也是因為有要事才下山去的，誰知這麼倒楣，一大早就遇見這事。」

陸予風道：「如今只有把馬車拉出來才行，若是不嫌棄，可將馬車拆了放置在我們租的馬車上，運送下山去修理。」

車夫跳下來道：「我車上有工具，可以幫忙拆車，修車我也會。」

幾個弟子剛剛還一籌莫展，如今一聽有好心人幫忙，頓覺心裡一鬆，感謝道：「太謝謝你們了！」

江挽雲問：「此處離書院還有多遠？」

陸予風說：「大約二里路吧，如今這樣馬車也過不去，只能徒步上去了，還得把東西提上去。」

一弟子道：「我們人多，我們來提就成！」

他們看陸予風一行人，男的女的都瘦瘦弱弱，還有一個老婦人，怎麼能讓他們搬東西。

於是車夫和幾個弟子一起把馬車抬了上來，拆成幾塊，塞進完好的馬車裡，一弟子騎馬跟隨車夫下山修理去了。

幾個弟子幫陸予風他們提著東西，一行人徒步上山。

一弟子問：「你們是住在書院的嗎？為何買這麼多吃的？」

書院裡也有弟子已經成婚，把家屬帶上山一起住的，但他們從沒見過陸予風。

陸予風道：「我從前是棲山書院的弟子，後來回家養病了，如今身體好轉，特地回來看望老師和同門。」

幾人見陸予風的樣子也猜到他身體不好，這個年紀正是讀書的黃金時光，卻得了病耽誤課業，實在令人同情。

幾個人便閒聊起來，得知陸予風是秦夫子的弟子後，幾個更加好奇他的身分了。

秦夫子的教學水準莫說在棲山書院，就是在全省都是有名的。他是進士出身，曾任提督學政，主持院試，並督察學官，但因與京官發生矛盾，受不了氣，提早告老還鄉，回到棲山書院當個夫子。

所以慕名而來拜他為師的人數不勝數，但他到今天為止只收了五個弟子，其中四個大家都是認識的，另一個聽聞早就離開書院了。

如今這人說自己是秦夫子的弟子，莫不是唬人的？但看他不像是那般虛偽的人啊。

「呃，棲山書院只有一位姓秦的夫子吧，兄臺可是記錯了……」

陸予風聞言道：「沒有，確實是秦遠書夫子，只是我已經有兩年未見夫子了。」

此時一個弟子想起來什麼，指著他道：「你是不是就是那個……那個曾經的小三元，叫陸、陸什麼來著……」

「陸予風。」

「對對對，就是叫陸予風！」

「啊？你就是陸予風？你就是那個棲山書院的傳奇人物？小三元那個？」

陸予風可能早些年已經習慣了這種情景，淡定道：「都是虛名罷了。」

江挽雲不說話，心想果然男主角都不缺裝酷的天賦嘛。

幾個弟子很激動，彷彿粉絲看見了自己的偶像，儘管陸予風的年紀還不比他們之中的一些人大。

陳氏笑著，和江挽雲落後幾步，跟著道：「風兒考秀才那年得了案首更風光，連亭長都來過我們家祝賀。」

江挽雲向前看去，見陸予風雖然瘦但依然挺拔的背影，他今年才要十七，個頭已超同齡人許多。

雖她知道這只是一本小說裡的角色，他所經歷的一切磨難，不過都是為了吸引讀者而設計的情節。

但真的身臨其境後，才知這裡面的人都是有血有肉的，儘管陸予風未來會成為狀元，但他所經歷的苦難也不是可以輕鬆一筆帶過的。

一路說笑著到了書院門口，卻有人在門口翹首以盼著。

那人伸著脖子張望，見到陸予風一行人先是大吃一驚，神色有些慌亂，而後鎮定下來，提起笑容迎上來道：「今兒有客人來了嗎？」

往日也會有來拜訪的客人，不足為奇。

幾個弟子道：「不是客人，是故人！這是秦夫子的弟子陸予風，咱們棲山書院的傳奇人物啊！」

迎客的人看了眼陸予風，又快速收回視線，並不怎麼激動的樣子，笑道：「原來是我家公子的同門師兄，快些裡面請，我為你們引路。」

幾個弟子是認識這人的，便放心的把手裡的東西交還給陸予風和江挽雲幾人，告辭過後往另一個方向走了。

江挽雲手裡提著東西，打量著周圍的環境，棲山書院很大，一路行來只覺草木茂盛，房舍雅靜，是個很適合念書和靜心的地方。

引路人並不是弟子，只是秦夫子的一個弟子的書僮，他道自己剛好遇上了，所以順道帶路。

陸予風問：「為何是走這條路，秦夫子不是住在修雅軒嗎？」

那人回道：「修雅軒年久失修，夫子去年就已經搬出去了，隨我來便是。」

江挽雲突然想起來，原書的某個場景，也是陸予風回書院拜訪，卻被人帶到一個屋子裡叫他等著，還把門鎖了。他等到天黑也沒人來，待有人來開門時，那人說就在陸予風等待的時候，秦夫子剛好有事離開書院了，估計要十天半個月才能回來。

莫非……

她問道：「請問一下，秦夫子如今在書院嗎？」

那人道：「在的。」

江挽雲又問：「那他是不是下午有事要離開書院？」

那人身子一下僵住了，陸予風和陳氏不解的看著她。

「沒、沒有啊，秦夫子不會離開書院。」

江挽雲又詐道：「看來信裡寫錯了。」

那人一聽頓住腳步，轉過身來問：「你們來之前與秦夫子通過信？」

他的語氣充滿不自然，更加坐實了江挽雲的猜測。

陸予風前幾天給秦夫子寄過信，卻沒有收到回覆，要麼就是秦夫子不在書院，要麼就是信沒到秦夫子手裡。可如今這人說秦夫子在書院，那可就有問題了。

聽江挽雲的話，陸予風也心裡起疑，道：「我兩年未回書院了，有些想念，不如讓我帶著內人和母親逛逛後再去找秦夫子吧，現在是授課時間，不好打擾。」

「不可……」那人正要攔住陸予風。

江挽雲道：「我也想去看看相公從前讀書的地方，這位小哥辛苦你啦。」

說罷她抱著酒罈子，提著東西快步往前走，陸予風和陳氏立馬跟上。那人沒攔住，眼睜睜看著他們離開，氣得跺了跺腳，趕緊扭頭往另一個方向跑了。

江挽雲三個人拐了幾個彎，到了一處涼亭才停下來歇氣。

陳氏道：「這是怎麼了，突然走這麼快，我都怕東西灑了。」

江挽雲說道：「方才那人有問題，我們路上遇見的那個坑也有問題。」

陳氏一驚。「什麼問題？」

「若不是我們幸運，前面有一輛車先翻車了，那摔坑裡的是誰？旁邊就是懸崖，幸運點是把車摔壞，倒楣的就是翻懸崖下去了。」

江挽雲的話把陳氏驚出一身冷汗，她愕然道：「妳是說有人要害我們？是誰？為什麼要害我們？」

陸予風道：「方才那人我們雖然不認識，但是我猜他應該是故意引錯路，把我們帶到陌生的地方去，就是為了不讓我們見到秦夫子。」

江挽雲問：「秦夫子是手裡有什麼好東西，有人怕你回去搶嗎？」

陸予風想了想。「應該是舉薦信吧，秦夫子曾在京城任職，後又出任一省提督學政，有了他的舉薦信，便可以去省城的書院，或是拜到其他有名的老師門下。據我所知，知府大人就是秦夫子曾經的同窗好友，但舉薦信不能隨意寫的，一次秋闈也就最多一、兩封。」

陳氏未想到這書院的水還能這麼深，感覺自己冷汗涔涔，若不是江挽雲發現得早，說不定就著了道兒。

那害他們的人肯定也是秦夫子的學生！陳氏恨恨道：「書都讀狗肚子裡去了！這樣的人未來當官了也是狗官一個！」

江挽雲道：「既然那人目的沒達成，那我們可更要小心。這樣吧，我建議你先別透露你今年就要考試的想法，儘量裝得虛弱點，只要避開這次考試，他們就不會把你放在眼裡。」

陸予風點點頭。「我知道，還請娘和……娘子為我掩護一番。」

三人商量妥當便繼續往修雅軒走去，穿過許多亭臺樓閣，前方便出現一座精緻的庭院。

到了門口，陸予風先上前，禮貌的叩了叩門，拱手道：「師母，嫂嫂，學生陸予風前來叨擾。」

院子裡有一老一少兩個婦人在院子裡繡花，還有個小女孩在踢毽子，聽到聲音，裡頭的人都停下來。

老婦人站起身，哆嗦著手問媳婦。「聽，是誰？是予風嗎？」

年輕婦人也不確定，放下手上的繡帕站起身來。「我聽著像是予風，雅兒快去開門。」

小女孩聞言跑過去打開門，見三個人站在門外，為首的年輕男子正淺笑地看著她。

她揉了揉眼睛，不可置信，而後驚喜的叫道：「予風叔叔！你沒死！」

陸予風聽了雅兒的話，眸光微動，笑道：「兩年不見，雅兒都長這麼高了？」

兩年前他走的時候，雅兒才三歲大，想不到竟還記得他。他俯身把雅兒抱起來，發現自己力不從心，又放在了地上。

「予風叔叔，你好瘦啊。」雅兒睜著大眼睛，好奇的打量他和他身後的人。

江挽雲連忙找出給雅兒準備的禮物，一個精緻的盒子裡面裝著女孩子喜歡的玩意兒。

「妳就是雅兒吧，真乖，這是嬸嬸給妳準備的禮物。」

雅兒有些拘謹的看著她，陸予風接過東西放她手裡，她才收下，小心的說：「謝謝叔叔嬸嬸。」

這時陸予風的師娘和兒媳婦也走上前來，師娘已是頭髮半白的人了，看見陸予風好好的站在面前，她不敢相信自己的眼睛，喜極而泣，拉著陸予風的手道：「予風你真的沒死？你還活著？」

陸予風安慰道：「師娘，我回來看您了，這兩年您和老師身體可好？」

一行人在院子裡坐下，秦夫子的兒媳李氏端來茶水點心，一番寒暄後，師娘感嘆道：「想不到你都娶妻了，我們一直以為你……」

陸予風這才問道：「有人說我去世了嗎？」

李氏和師娘猶豫著要不要說，雅兒直言不諱道：「是楊叔叔說的，他說你死了。哼，我不喜歡楊叔叔。」

李氏這才道：「楊懷明是你返家休養後家公又收的弟子，他是隔壁府城知府的嫡子，又天資過人，家公不好拒絕，這才收了他。幾個月前家公領著幾個弟子去省城進修兩個月，他提前回來，和我們說你已經去世，我們都是婦道人家，消息閉塞，別人說什麼就信什麼了。待家公他們回來，以為你都已經下葬許久，也沒去弔唁，這件事便揭過了。」

陸予風回憶幾個月前，確實有個他並不怎麼熟悉的棲山書院的弟子來看他，他那時候時而清醒時而迷糊，是家裡人接待的，想不到竟是來套話的。

他們一定以為自己活不了幾天了吧。

「他這麼說可是為了老師的舉薦信？」

李氏道：「不光是舉薦信，還有去省城書院的名額，如今縣裡的書院頭兩名的弟子，可以去省城書院學習幾個月。」

雅兒又道：「哼，楊叔叔長得醜，還說謊，雅兒不喜歡他。」

陸予風沒說來的路上遇見的事，畢竟沒有證據也不能把對方怎麼樣，他只需要知道是誰要害他，那他就可以將計就計，對方早晚會露出馬腳。

陸予風又向李氏她們介紹江挽雲和陳氏，師娘沒想到他會突然上門，還帶著媳婦，沒有準備見面禮，便把手上的玉鐲褪下來給江挽雲戴上。

陳氏也給李氏準備了首飾，給雅兒準備了長命鎖。

如此一番下來，幾人都算熟絡了。

李氏說：「家公本來今天下午要下山去省城的，沒有十天半個月回不來，但你們來了，行程應該會推遲，但也不打緊，你師兄他們見了你也應該很高興。」

師娘看著桌上滿滿一桌的禮物道：「來就來了，還帶這麼多東西。雅兒妳去找妳爺和爹爹，叫他們中午都回來吃飯。」

雅兒應了一聲跑出去了。

李氏便起身準備做飯，江挽雲連忙把買的菜提出來道：「嫂嫂，我來幫妳。」

李氏趕緊推辭。「不不，妳是客人，怎麼能讓妳下廚呢？妳還買這麼多菜，我真是不好意思。」

江挽雲說：「我們正是知道貿然上門，山上不好買菜才順路帶上來的，相公他是學生，孝敬一下老師怎麼了。如今離飯點不遠了，嫂子一個人忙不過來，多個幫手會快很多。」

李氏這才笑道：「既然弟妹這麼說了，我這個做嫂子的也不好推辭，待會兒妳可要多吃點。」

說笑著，兩人來到後面的廚房裡，每個夫子都是配了院子的，家屬也住在這兒，廚房不大但用具齊全。

「弟妹妳幫我燒火洗菜可好。」李氏說著繫上圍裙，翻看江挽雲帶來的菜暗自驚訝。陸予風說他媳婦是縣裡江家的女兒，江家她是知道的，富商家庭，果然出手闊綽，有豬肉、魚肉、雞肉和一些菜，加上外面那些禮物，怎麼也得花個一兩銀子吧。

但看江挽雲談吐有度，做事麻利，長得也好看，身上沒有大小姐的脾氣，也沒有商人的市儈氣息，是個不錯的。

李氏切肉，江挽雲打下手，李氏決定做哪些菜，問她的意見，江挽雲都會笑著道：「嫂嫂妳決定就好，我啥菜都喜歡吃。」

不喧賓奪主，很好，李氏更滿意了。

「弟妹以前會做飯嗎？我看妳做事挺熟練的。」

江挽雲道：「出嫁前學過，成親後做得多了就會了。」

李氏聞言，憐惜心激增，嘆了口氣道：「予風是個好的，日後妳會享福的。」

第十四章

兩人手上不停的同時，秦夫子也領著自己的學生回來了。

秦夫子今年五十，依然精神抖擻，健步如飛，頭髮梳得一絲不苟的，穿著夫子長衫，看起來很有大家氣度。

他和幾個弟子都很激動，想不到本以為已經離世的陸予風，竟然完好無缺、健健康康的回來了！

楊懷明跟在他們身後，臉黑得像鍋底一樣，他的腳彷彿有千斤重，腦子飛速思考著接下來該怎麼辦。

第一，陸予風若是和他對質，那他撒的謊、做過的事，該如何解釋？

第二，陸予風回來了，老師的舉薦信和去省城的名額可能都要被奪走，那他這一年的努力還有什麼用？

進屋後，又是一陣寒暄，師徒幾人落坐，陸予風把帶來的禮物分發出去。

楊懷明一直提心吊膽的，他直直的盯著陸予風拿著一套毛筆和硯臺走過來。

「你是老師新收的小師弟吧，我們還未見過，我叫陸予風，是你的四師兄。」

陸予風把東西放在楊懷明旁邊的桌上，假裝無事的拱手行禮，楊懷明沒辦法，也站起身行禮。

有人問陸予風。「四師弟如今身體情況如何？能參加鄉試嗎？錯過又要等三年了。」

陸予風聞言，非常「虛弱」道：「實不相瞞，我幾天前才能夠下床，還是我娘子扶著我天天練習走路，如今才能站在這兒，若不是實在想念老師和各位師兄，我也不會來。」說罷痛苦的咳嗽幾聲。

旁人見了他這模樣，心疼道：「養好身子要緊，你才十七，再等三年才及冠，倒也不算晚。」

「對啊，以師弟你的才華，一舉中第是妥妥的事，你兩年前創下的佳績，如今還沒人打破。」

「若是你回來了，那去省城的名額肯定沒得跑了，也省得我們爭來爭去，哈哈哈。」

楊懷明聽著其他人對陸予風的誇讚，心裡又恨又嫉妒，要不是還有幾分理智在，他真想把陸予風送的硯臺當場摔碎。

這時有人問：「既然師弟還好好的，當時怎麼說你去世了呢？」

屋內的人齊齊看向楊懷明，楊懷明的臉瞬間漲成了豬肝色，結結巴巴解釋道：「幾個月前，我有事剛好路過他們鎮上，想起四師兄，便去打聽了他家，進了村子有位老婦給我指路，說有一家人就是陸家，我去看的時候，就、就看見那戶在辦喪事！我不好上前叨擾，便打道回府了，可能是那老婦指錯路還是我認錯了。」

陸予風笑而不語，並不揭穿，道：「我還算來得及時，若是再晚一天來，碰上你們去省城，可就白跑一趟了。」

楊懷明不就是想拖住他，拖到秦夫子等人下午下山嗎？

楊懷明冷汗涔涔，他看著陸予風，不知道陸予風是真的什麼也不知道，還是在裝傻。

很快師母進來叫吃飯了。

陳氏也幫忙端菜，兩桌菜，男人一桌、女人一桌。

醬燒肉、木耳炒肉、紅燜雞塊、清蒸魚、粉蒸肉，幾個時令蔬菜，再加上陸予風提來的一罈好酒。

這時其他幾個相熟的夫子下課後也趕到了，一頓飯吃得賓主盡歡。

吃罷飯，江挽雲幫李氏把碗洗了，他們就準備告辭下山。

秦夫子等人也要出發前去省城，便順路用馬車載了陸予風等人一程。

在縣城門口道別，江挽雲幾人往醫館走去，大街上還殘留著鞭炮的煙味，地上撒滿紅紙，看來今天江家的婚事辦得挺盛大的。

有人道：「哎呀你那會兒怎麼不在啊，可惜了，新娘的轎子繞城一圈，正從我這攤子前過呢，我還撿到幾枚拋撒的銅錢。」

「這次嫁的是江家二姑娘吧，那大姑娘呢？」

「大姑娘？大姑娘不是早就嫁外地去了？估摸著一個月前的事了，一大早就一頂轎子把人抬出城了。唉，你不知道啊，這沒娘的孩子就是可憐，堂堂一個大小姐，連一擔嫁妝都沒有，就算是做妾，都沒這麼寒磣的。」

幾人的談話清晰的傳入江挽雲幾人的耳朵，江挽雲倒是沒有什麼感覺，陸予風和陳氏就心疼了。

陳氏道：「妳這後娘做的真不是人事。」

若是換作其他家庭，沒有嫁妝又不會幹活的媳婦不知道是什麼下場。

陸予風岔開話題道：「日後家裡人都要留心些，若是有人上門打聽我的情況，就說我病未好全，不能參加今年的鄉試。」

陳氏點頭。「放心吧，娘明白。」

三人剛回到醫館，就見醫館門口停了一輛馬車，陸予風那受傷的同窗，正瘸著腿吩咐媳婦搬東西上車。

「快點快點啊！沒給妳飯吃啊！」

陸予風走上前去，故作不解道：「趙兄，你這麼快就走了嗎？腿好全了嗎？」

趙安盛是鎮上一個小員外的兒子，才能一般，有幸進了棲山書院也只不過是個小透明。但他有個遠房表哥是秦夫子的弟子，借著這層關係他也混得不錯。

這個表哥正是楊懷明。

對於楊懷明來說，趙安盛不過是個可有可無，召之即來，揮之即去的小嘍囉，但趙安盛卻覺得只要攀上楊懷明，日後自己也會前途光明。

所以他唯楊懷明馬首是瞻，一得知陸予風要回書院了，就立馬給楊懷明寫信，自己也準備馬上跑路。

但誰知啊，本來上午就該走的，醫館的大夫非不讓他走，說要再檢查一番，並把後面的藥都給他抓好才行，磨蹭到現在，陸予風都回來了！

他一看到陸予風就知道楊懷明沒攔住人，只恨自己沒早點走，撞上了。

「呵呵……我覺得我腿好得差不多了，正逢我爹八十大壽，我得回去祝壽不是？」

陸予風皺眉道：「你爹八十高齡了？」

江挽雲插話。「老當益壯呢。」

趙安盛冷汗涔涔道：「說錯了、說錯了，是我爺。不說了，該走了，一會兒天黑到不了家了。」

說罷他顧不得腿上的疼痛，連滾帶爬上了車，讓車夫趕快走。

江挽雲道：「看他這副心虛的樣子，通知楊懷明的人定是他了。」

陸予風道：「他們應該不會善罷甘休，我們得加倍小心才是。」

回了屋裡，江挽雲和陳氏便開始收拾回家的東西。劉大夫說陸予風的身體已經沒有大問題了，只要好好喝藥，慢慢休養便是。

付清了藥費，江挽雲清點了一下銀兩，她手裡只剩五兩銀子，回家得好好打算了。

次日吃罷早飯，已經租好的馬車就來醫館門口等著了。

三人上午出發，臨近傍晚才到桃花灣，陳氏留車夫在陸家休息一晚，明天再走。

陸家人聽見馬車的聲音，早就到院子裡等著了，見到江挽雲他們下車時，都激動的圍上來。

一別十來日，如今再見，竟覺得陸予風像換了個人一般。

胖了，精神了，健康了。

陳氏招呼著陸予海和陸予山來搬東西，除了行李，他們還買了一些禮物回來，吃的喝的用的都有，裝了一整車。

「三弟的病肯定大好了，用眼睛都能看出來。」陸予山嘖嘖稱奇。

柳氏道：「你們二哥還擔心你們在外面吃不好住不好呢，我說他是瞎操心，弟妹和娘都在呢，這下放心了吧。」

傳林和繡娘圍在馬車旁邊看他們帶了什麼東西回來，江挽雲打開一個罐子，裡面都是蜜餞，還有一個罐子裡面是乾果。

「這個每天只能吃幾顆喔，吃多了會牙齒掉光光，我會每天檢查的啊，吃多了那就以後都不能吃了。」

兩個小傢伙保證自己絕對不會多吃，一人抱了一個罐子進屋去放著。

傳林出來道：「三嬸妳不在，我都瘦了。」

江挽雲疑惑。「為何瘦了？」

「因為我娘和二嬸做的飯不好吃，三嬸做的飯才好吃。」

說罷，王氏的手已經伸過來了，揪著他的耳朵。「你娘做的飯不好吃，那以後你就別吃了！」

說笑聲中，東西都搬進去了，陸予山和陸予海去餵馬兒，王氏和柳氏燒了熱水給大家洗澡。臨近亥時，家裡才安靜下來，各自回屋休息。

江挽雲先洗了澡，如今正躺在床上閉目養神。還是自己的被窩舒服啊，睡了十天的榻，睡得她腰痠背痛的。

很快陸予風也進來了，兩個人一人睡一邊，中間放著小桌子，桌上的小燈光線暗淡。

陸予風長腿一伸就上了炕，他把燈吹滅，窩進被子裡。

今晚的月亮很亮，照得屋裡的東西能看清一二，江挽雲翻了個身，視線穿過桌子底下，能看見陸予風的臉。

以前她只能看見昏迷時候的他，如今人是醒著的。她想了想，不說話是不是有點太冷漠了？於是她道：「嗯，該睡了，晚安。」

陸予風並不知道晚安是什麼，但猜測大概是讓他睡覺的意思。

他突然開口道：「從前妳晚上會不會怕？」

「嗯？」江挽雲看著他，他也扭過頭來，兩人對視。

「怕什麼？」

陸予風道：「會不會怕我在睡夢中就沒了。」

江挽雲道：「不怕啊。」

因為他是男主角啊，肯定不會死。

陸予風又道：「妳怎麼看我這個人？」

江挽雲一臉迷惑，感覺他今晚不是很對勁，道：「就……是我相公啊，然後嗯……念書挺厲害，長得也挺好看的，脾氣也挺好的。」

陸予風頓了下才道：「有個問題，我想了很多天，我知道妳非自願嫁給我的，妳來陸家也是受人所迫，況且我又是這般情況……若是妳想走……我可以寫放妻書……」

有了放妻書，按了手印，可以到官府遷走戶籍，去了其他地方就不是黑戶。

況且江挽雲如此有才幹，離了陸家一定能過得更好。他不能為了私心，就把她禁錮在自己身邊。趁著現在還來得及，早點放她走才對。

江挽雲沈默的看著他。

其實她也不知道應該怎麼做，原先她打算的是等陸予風病好了，她換得感激與報償，就揮一揮衣袖，遠走高飛。

只是沒想到事情發展得這樣快，她還沒賺到錢，他自己就病好了。

她現在要是走，能去哪兒，況且她也有些捨不得一起待了這麼久的陸家人。

不過她不走的話，原書女主角怎麼辦？

「我現在還不想走，我也沒地方去。」她有些悶悶的說道，畢竟她只是一個穿書者，這裡對她來說本來就是異世界，現在讓她離開的話，她真不知道哪裡才是歸宿。

陸予風心裡狂喜，但他沒有表現出來，努力克制嘴角的弧度，道：「妳為陸家、為我付出了很多，我都記在心裡，我以後一定會還給妳的。」

江挽雲道：「錢不重要，你好好養好身體，好好念書就是報答我了。」

畢竟他當上大官自己才好處多多，錢她可以自己賺。

陸予風心中感慨萬千，正要開口，扭頭卻發現江挽雲已經睡著了。

她小小的臉裹在被子裡，身子蜷縮得像個蝦米。陸予風伸手幫她掖被子，沒留神胳膊撞到了桌子。

這真是痛啊，他待胳膊的疼痛減輕後，面無表情的把桌子從炕上端了下去。

次日清晨，江挽雲從夢中醒來。

她感覺好像少了點什麼，旁邊的桌子呢？為什麼在地上？她睡覺這麼能折騰，把桌子踢下去了？

把桌子端回去，她看了看天色已經大亮，便爬起來洗漱。

陸予風早就起來了，正在做健康操。柳氏在做早飯，陸父、陸予海和陸予山在編籮筐。

柳氏說：「地裡的活兒忙完了，原來的籮筐背簍都舊了，剛好編點新的，可以自己用，也可以拿去賣。」

江挽雲笑道：「正好擺攤的時候用得上。」

陳氏道：「這才剛回來呢，就急著擺啥攤，休息幾天再說。」

柳氏酸道：「唉，這出去一趟，三弟妹就成了娘最疼愛的媳婦了。」

陳氏白了她一眼。「妳要是這麼能幹，我也疼愛妳。」

柳氏道：「不過你們出去這些天，好多人想來找妳辦席面啊，至少有四、五家。」

江挽雲道：「我歇幾天再接吧，這幾天可以先教大哥、二哥擺攤，後面還要選個日子給相公辦個席。」

目前她的賺錢專案有席面師傅，擺攤賣燒麥捲餅、賣燒烤，還有賺了錢租了鋪子就準備提上日程的麻辣燙。席面師傅和麻辣燙就她自己來吧，擺攤和燒烤可以交給別人。

剛吃了早飯，院門外來了幾個人，為首的是一個中年婦女，她長得與陸父有七分相似，傳林見了她，叫道：「奶！大姑來了！」

傳林的大姑陸予梅是陳氏和陸父唯一的女兒，嫁去隔壁村牛頭灣已經十幾年了，她出嫁時陸予風才兩歲大。

以前陸家的光景好，陸予梅嫁得還算不錯，夫君是瓦匠，有吃飯的手藝，家裡也有青磚大瓦房。陸予梅長得好看，年輕時候也是十里八鄉一枝花，不然也嫁不到瓦匠家去。

出嫁的閨女潑出去的水，除了逢年過節走動下，平日裡也沒太大往來。

陳氏自問是沒虧待過這個閨女的，她出嫁時備的嫁妝也是村裡其他姑娘比不上的，但陸予風病重的時候，找陸予梅借錢時，她推三阻四，以夫家不同意為由，硬是一文錢都沒掏出來。

陸家人寒了心，兩家人就沒有再多來往了。今天陸予梅突然到訪，陸家人都有些愣怔。

陳氏走上前隔著院門問：「妳來幹麼？」

陸予梅笑得燦爛，一手挎著籃子，另一手理了理特意裝扮過的頭髮，拉了一把她身後的姑娘到跟前來，笑道：「娘，看您說的，我是您閨女，回來看看您和爹不行嗎？玉蘭，快叫外祖母。」

她旁邊的姑娘是她的大女兒，今年十四了，但沒遺傳到她的美貌，隨著親爹長了，個子不高，有些胖胖的。

玉蘭有些羞澀，拘謹的看著陸家人，小聲道：「外祖母。」

到底是外孫女，陳氏也冷不下臉，打開門把人叫進來，王氏和柳氏端了凳子和茶水來。

陸予梅沒坐下，把自己提的籃子放在桌上道：「這是我自己養的雞下的蛋，給三弟補補身子。」

說罷她眼神搜尋著院子裡的人，見陸予風正站在角落裡看著她。

她喜道：「三弟，病可大好了？」

陸予風頷首，江挽雲站在他旁邊，有些猶豫要不要開口叫人，畢竟王氏和柳氏都神色淡淡的站在一邊。

「這是三弟妹吧，長得可真俊啊。」陸予梅笑著走過來。

陳氏不樂意道：「有什麼事就直說吧，沒功夫陪妳閒扯。」

陸予梅頓住腳步，這才把笑容收起來，面露悲戚道：「爹，娘，弟弟，弟妹，你們救救玉蘭吧。」

她把玉蘭推到人前道：「實不相瞞，林廣坤他就不是個東西！他聽說……」

說著陸予梅看了眼江挽雲，猶豫道：「聽人說三弟妹很會做席面，想讓玉蘭來跟著學。他們林家一貫看不上女兒的，只顧心疼兒子，玉蘭又生得矮胖，林廣坤說若是玉蘭不能跟著三弟妹學廚藝……就把她嫁去同村四十二歲死了媳婦的老男人做填房，那家給的彩禮多。」

說罷自己嗚嗚的哭了起來，玉蘭也垂著頭，絞著手指，一言不發。

王氏和柳氏對視一眼，皆神色難看。

陳氏聽罷沈默了一會兒道：「林廣坤呢，他自己怎麼不來？」

「他接了個活兒，在瓦廠忙。」陸予梅拭淚。「娘，妳幫幫女兒吧。」

陳氏道：「我怎麼幫妳？妳自己拿捏不住自己男人，妳娘家兄弟這麼多，妳當初自己心要向著婆家，那妳受了苦就別回娘家哭。」

陸予山道：「林廣坤這王八蛋他敢！玉蘭是我外甥女，他敢把玉蘭嫁去當填房我把他腿打斷！」

柳氏記恨著當初林家不借錢的事，對陸予梅也沒好臉色，道：「大姑子，不是我說妳，娘家有事的時候妳不幫，自己攤上事了想起找爹娘了。妳要讓玉蘭跟著學廚藝，那妳該求三弟妹啊，何況該有的拜師禮不能少吧？禮呢？就這一籃子雞蛋？」

話題終於轉到江挽雲身上了，她見大家都看著自己，唯恐等會兒陸予梅一下撲上來求她，開口道：「我其實會的也不多，還不到能收徒的地步，但若想學廚藝的話，來幫我打下手也成的，只是……」

她看了看陸予風，把話題丟給他。「只是這事也不是我一個婦道人家能決定的，還是相公你來作主吧。」

陳氏等人都沒說話，都讓陸予風來決定。

陸予風也沒遇見過這種場面，他糾結了片刻，抿了一下唇，道：「拜師可以，但要有正規的拜師禮。」

既然江挽雲說了她需要打下手的，那收下玉蘭也沒問題，只是林家那些人他是有所瞭解的，為了免去後續麻煩，有些人必須一開始就講清楚。

陸予梅皺眉看著他，問：「什麼是正規的拜師禮？」

陸予風道：「像外面那些師傅一樣，準備好拜師用的紅包和帖子，擇日行拜師禮。出師之前沒有工錢，若將技術私自傳授給他人，則斷絕師徒關係。」

這樣做就是為了防止林家拿玉蘭當工具，為他們一家人謀利。
陸予梅的表情逐漸難看。
柳氏道：「對啊，誰拜師不行拜師禮啊？」
王氏答腔。「我家傳福拜師的時候，這些禮數都沒少的。」
傳福是王氏的大兒子，在鎮上學木工。
陳氏和陸父都不說話，知女莫若母，別看陸予梅現在哭得慘，但陳氏知道她是三分真七分假。只不過玉蘭這孩子看著可憐，攤上這麼個爹。
陸予梅在心裡思索著，不過是想跟著學學廚藝，怎麼還要搞那麼麻煩，又不是外人。況且她見江挽雲也才十幾歲，真有那麼好的廚藝？
江挽雲走到玉蘭面前問：「妳自己願意學廚藝嗎？」
玉蘭全程一句話也沒說，這會兒才抬起頭來，眼神有些驚慌，點點頭道：「嗯……」
江挽雲又問：「那妳能吃苦嗎？」
玉蘭很肯定道：「能！」
江挽雲道：「成，那妳把拜師禮的東西準備上，擇日就可以來了，我一定盡力教妳。」
這年頭不受父母疼愛的女孩子過得有多慘，她能救一個是一個。
陸予梅的目的達成，卻沒有特別高興，她道：「三弟，三弟妹，這個拜師禮……你們看能不能……」

陸予風拒絕道：「禮不可廢。」

柳氏抄著手和王氏嘀咕道：「她又不是陸家人了，當初一分錢不肯借，現在腆著個臉來求人，還想空手套白狼。」

陳氏道：「就這麼說定了，我們還有很多活兒，就不留妳吃飯了，妳哪天東西準備好了哪天再來吧。」

陸予梅無奈。「那我回去問問林廣坤。」

她拉著玉蘭走了，邊走邊抹淚，覺得自己受了很大委屈一樣。

陳氏嘆了口氣，道：「行了，該幹麼就幹麼吧。」

第十五章

江挽雲見氣氛不好，便轉了話題。「那趁著今天天兒好，我們來商量下擺攤的事吧。」

一說擺攤王氏和柳氏精神都來了，趕緊把堂屋的桌子板凳抬出來，一家人圍著坐下。

江挽雲讓陸予風拿出筆和紙來備著，隨時記錄。

「我先說下我的想法，你們覺得哪裡不對，就提出來一起商量。」

柳氏道：「沒有！我們都聽妳的！」

陳氏道：「挽雲妳隨便說吧，誰唱反調我揍他。」

江挽雲笑道：「是這樣的，目前我列了兩個賺錢專案，第一是擺攤賣早點，這要去得早才行，主要賣的是燒麥、捲餅、炸洋芋，我還會餃子、包子、花卷、饅頭、油條，後面可以教你們做。擺攤賣早點大概算來，以我以前一個人的話，一天可以賺兩百多文，每天都不夠賣，所以你們如果是兩個人一起去，就可以多備著點。」

陸家人都表示聽懂了，燒麥那些好賣他們是知道的。別說燒麥了，就是普通賣包子、饅頭的都賺錢啊，只不過他們沒那技術，蒸出來的包子、饅頭不好看。

江挽雲又道：「第二個賺錢項目是擺攤做燒烤，燒烤賺錢空間比做早點大，但不是很穩定，趕集的時候賺得多，如果將來可以去縣城的話，在夜市就生意好。不過除了燒烤，我還可以教你們炒河粉、炒麵，再配著一碗酸梅湯，中午的時候好賣。」

說罷她看向陸予海和陸予山兩對夫妻問：「賣早點和賣燒烤，你們選哪個？」

四人你看看我我看看你，都無法決定。

賣燒烤還沒實踐過，誰也不知道到底如何，但是毋庸置疑燒烤好吃，利潤空間大，尤其是趕集的時候可以狠賺一筆。賣早點就勝在穩定，每天都有客人。

一時間也不知道該選哪個了。

「大哥大嫂，你們先挑。」陸予山道。

「你們先挑吧，我和你大嫂哪個都行。」陸予海道。

江挽雲看他們兄友弟恭的樣子，幫他們做出決定。「不如抓鬮吧。」

「成，抓鬮好啊，我正愁選不出來呢。」

幾個人都同意抓鬮，陸予風盡職盡責的扮演江挽雲的小秘書一職，寫了兩張紙條，摺成小張籤紙，攪和攪和放在桌上。

陸予海和陸予山分別拿了一個，打開一看，陸予海是早點，陸予山是燒烤。

雙方沒有不滿意的，江挽雲便讓陸予風開始記錄。「賣早點的話需要推車一輛，我先前租的那輛推車可以轉租給大哥、大嫂，鐵鍋、爐子、蒸籠那些都是家裡現成的，直接拿去用便是。你們每天需要買的東西，我說，相公幫我記一下。」

江挽雲開始念，陸予風提筆開始寫，陸予海和王氏豎著耳朵聽著。

「馬鈴薯、麵粉、糯米、豬肉……」

寫了一頁以後放在一邊晾乾，江挽雲道：「賣燒烤的話，燒烤架我已經準備好了，直接轉讓給你們，你們也需要租一輛推車才行。除此之外，每天需要買以下的菜：馬鈴薯、藕、韭菜、五花肉……」

兩張紙分給兩對夫妻後，江挽雲問陳氏。「娘，現在家裡還沒分家，相公身體也好轉，不用花太多銀子了，帳也還了，是不是考慮一下，賺了錢一起蓋個大房子了？」

陳氏掌握家裡的財政大權，沒分家，不管做什麼都越不過她去。以前只有江挽雲一個人賺錢時，陳氏就沒管她，現在家裡掙錢的人多了，自然要管理一下才行。

陳氏倒不是那種壓榨兒子、媳婦的壞婆婆，想了想，道：「你們都出去賺錢是好的，大家勁兒往一處使，但這做生意呢，賺多賺少大家都不知道，也不知道你們到底賺了多少又上報了多少，我也知道你們吃苦，不會讓你們把錢都上交的。」

她伸出一隻手來道：「既然挽雲說賣早點一天就能賺二、三百文，那你們每天上交一百文給我，剩下的錢你們就自己留著。我把你們上交的錢留著，爭取明年就蓋新房。」

陸予海和陸予山兩對夫妻都露出驚喜的表情來，他們本來已經準備好上交大頭，自己留小頭了，給他們天大的膽子，他們大概也只敢每天偷偷留幾十文錢。誰知這下成了只需交一百文，自己可以留下幾百文的情況！

「娘，妳說的可是真的？不是唬兒子的吧？」陸予山道。

陳氏白他一眼，把帳本拿出來道：「還不得看你自己能不能幹，你不肯吃苦，再好的技術也賺不到錢。」

說罷她翻開帳本道：「這兩年我們欠了很多親戚的錢，挽雲給了十五兩銀子，讓我們拿去還帳，剩下的分給你們兩家做本錢。」

她拿出四兩銀子，分給陸予海和陸予山一家二兩。

若說方才是驚喜，現在就是感動得說不出話了，他們何德何能竟然能有這麼好的弟妹。

「傳林，繡娘，快，給你們三嬸磕頭。」

傳林和繡娘是江挽雲的徒弟，磕頭也無妨。

兩個小傢伙乖巧的給江挽雲磕頭，江挽雲把他們拉起來，笑道：「大家都是一家人，你們以前也為我和相公付出了很多，如今境況好起來了，大家一起努力，日子一定能越過越紅火的。」

陳氏道：「予風以後還要吃藥和養身子，念書也要錢，挽雲掙的錢就她自己留著吧。」

陸家人都沒意見，商量完差不多都快中午了。吃了午飯，柳氏已經迫不及待拉著陸予山去鎮上租推車。

她一直想去看看大夫，為什麼大女兒都六歲了，自己還沒懷上二胎，以前沒錢她不敢開口，現在總算有奔頭了。

王氏也和陸予海去鎮上了，她要掙錢給兩個兒子，攢著以後娶媳婦。

陳氏逮了隻雞來殺了，打理乾淨後給江挽雲道：「妳拿去燉了，做給妳和予風兩個人吃就行，一隻雞不夠全家人分的，他們知道了也不會說啥。」

她現在就是光明正大的偏心了怎麼著。

江挽雲接過雞，這時陸父回來了，提著三條大草魚，比人手臂還長，一條估計都有七、八斤重。

「今天他們魚塘放水，我去買了幾條來，你們看看想怎麼燒著吃。」

陳氏喜道：「這麼大的魚！還挺少見！」

她接過魚，下意識問江挽雲。「挽雲妳說怎麼吃？」

江挽雲腦子裡閃過各種魚的吃法，靈機一動道：「娘，我有個吃法保管你們沒吃過。」

「什麼吃法？」

「魚丸。」

江挽雲提了一條魚出來，陳氏趕緊過來道：「我來殺吧，免得弄髒妳衣服。」

江挽雲搖頭，正要說自己來，一雙手伸過來。「我來試試。」

她詫異的看著陸予風。「你還會殺魚？」

陳氏樂呵道：「風兒殺魚殺雞、下地插秧都會的，妳讓他去殺吧。」

書院農忙時會放假，陸予風每年都會趕回來幫忙春種秋收。

君子遠庖廚，他覺得這話不對。

每個人都要吃飯要穿衣，吃的穿的都來自於農民手中，做飯也並非女人的活兒，既然大家都要吃飯，那有空時搭把手又何妨？

江挽雲這才放心把魚交給他，叮囑道：「把裡面的黑膜弄乾淨啊。」

陸予風挽起袖子，紮起衣服下襬，提著魚和菜刀去河裡了。

初夏的田野已經綠起來，秧苗剛插下，在風中輕輕搖曳著。

陸予風蹲在河邊殺魚，把魚用刀背拍暈，破開肚子清洗。河水有些涼，水下的水草清晰可見。

有村民見了他，叫道：「予風！是你嗎？」

陸予風聞言站起身，頷首道：「劉嬸。」

「哎呀真是你啊！我還以為看錯了呢，你病好啦？」

她的聲音吸引了很多路過的人，大家紛紛過來看，驚奇的打量著陸予風。沒記錯的話，半個月前他不是還病重，被送去縣裡了嗎？現在就可以出來殺魚了？

「奇了奇了。」

陸予風被一群人圍觀，好不容易才應付完所有人，把魚洗了往回走。

旁人看著他的背影，皆議論起來。陸予風病好了，那陸家豈不是又成了村裡人人巴結的存在了？

眾人互相交換眼神，各自心裡有了計較。

回到家，江挽雲笑咪咪的接過魚，對陸予風的殺魚技術很滿意，誇讚道：「相公手藝真好。」

陸予風表面淡定，內心卻小小的雀躍了一下。「嗯……以後有需要就叫我。」

「沒問題，你先歇息去。」

小爐子裡煮的雞湯咕嚕咕嚕翻滾著，江挽雲做魚丸的功夫，陸予海和陸予山都回來了。

陸予海和王氏各自揹了背簍，裡面裝著各種食材，傳林跟在他們身後。別看他人小，他跟著江挽雲擺攤過幾天，算是有經驗的人了。

陸予山推著推車，上面堆著各種蔬菜，柳氏和繡娘坐在推車上。到了院門口，柳氏趕緊跳下來，怕一會兒婆婆看見要不高興了。

繡娘頭上戴著一朵粉色的珠花，五文錢買的，村裡很多小丫頭都有，這還是第一次捨得買給繡娘。

人都回來了，陳氏招呼著大家上桌吃飯。

一鍋番薯稀飯，一盤泡菜筍子，一道白菜魚丸湯，另外有一鍋雞湯。陳氏把大塊嫩肉放進陸父、陸予風和江挽雲的碗裡，其他人都沒意見。

各自坐下後，傳林奇道：「三嬸，這白白的丸子是什麼？」

這一看就知道是三嬸的新菜。

江挽雲道：「這叫魚丸，用魚肉做的。」

陳氏拿著勺子，給每個人分了幾顆魚丸。

魚丸白白胖胖又彈彈的，一口咬破，魚肉的鮮香在嘴裡綻開，飽滿多汁，細膩脆彈，令人稱奇。

「哇，好鮮！這居然是魚肉做的？」傳林瞪大了眼。

「妳不說我真想不到這是魚肉做的，看著還以為是湯圓。」

江挽雲見他們一致稱讚魚丸好吃，道：「我覺得這個也可以拿去賣錢了，一條七、八斤的魚，去了骨頭，加了澱粉，可以做出七、八斤的魚丸，賣到那些酒樓裡應該有銷路。」

柳氏道：「我覺得可以賣十文一斤。」

一斤豬肉十二文，草魚八文，魚丸賣十文沒問題，畢竟出了人工的。

陳氏道：「最好別說是什麼做的，也別叫魚丸，取個大氣的名兒，那些有錢人就喜歡這種。」

「對對對，名兒越亮，價錢越高。」

說起賺錢，大家都加入討論，你一言我一語，都不需要江挽雲說啥，方案就出來了。最後由家裡最有文化素養的陸予風取個名兒。

陸予風看著注視自己的眼睛，再看看魚丸，思索道：「不如叫白玉丸吧，還可以想一個典故，比如是某個東海仙子養的大蚌吐的珠子。」

「還是風兒有學問！那就叫白玉丸。」陳氏興奮道。「這賣去酒樓的任務就交給我吧，我對鎮上的路熟，你們年輕人扯不下臉皮，嘴巴又不會說，容易被殺價。」

江挽雲笑看著他們，即便現在只是賣一個小小的魚丸，但她已經預見以後做生意賺大錢的情景了。

次日一早，陸予風說要去鎮上，陳氏便把昨天剩下的魚丸帶上，與他同去。

江挽雲則留在家裡教陸予海和陸予山兩夫妻做料理。

陸予山他們賣的燒烤好準備，江挽雲主要教他們調製燒烤醬料的比例，待把燒烤食材備好，陸予山和柳氏、繡娘坐院子裡做串串。

陸予海和王氏要學做燒麥、捲餅、洋芋，費的時間要長一點。不過這三樣東西最主要的也是調味料的配方，只有調味得好，東西才好吃。

明明是二、三十歲的人了，陸予海和王氏好像兩個小孩子，戰戰兢兢的在江挽雲的指導下包燒麥、調蘸料，而後上鍋蒸熟。

江挽雲品嘗後誇讚道：「不錯，可以出攤了。」

兩人像得了老師表揚的小學生一樣開心，把蒸出來的燒麥放在桌上讓大家隨便吃，而後興沖沖的開始準備明天擺攤的東西。

江挽雲去看陸予山他們串的串串如何了。

「可以把馬鈴薯和藕片再切薄一點，燒烤就是吃個味道，哪能吃飽啊？就是要薄一點，才能吸引他們多買，還有這個肉，切小塊點，多串一塊，客人以為自己賺了，其實加起來吃到的肉更少。」

聽了江挽雲的話，兩人腦海裡都浮現出「奸商」兩個字。

不愧是富商之女。

過了會兒陸予風他們也回來了，他揹了一背簍的書和紙。

陳氏走在前面，一進門就過來炫耀道：「你們猜我魚丸賣得怎樣？」

「賣完了？」

陳氏拍著大腿。「何止是賣完了，我還乘機提價了。」

她咕嚕咕嚕喝了一碗水後，繼續道：「我去那個酒樓後門，有好多人去賣東西，那些什麼菇子啊、野雞啊，都不是稀罕東西了，我看那個掌櫃的眼神就是看不上這些。我就說我這兒有稀罕東西，他就問我啥稀罕東西，我把風兒說的故事說出來。」

「然後呢？他們信了嗎？」柳氏等人好奇道。

陳氏道：「他們當然不信啊，我把東西拿出來，說，這是熟的，他可以嘗一顆，好不好吃，吃了再說。那掌櫃吃了兩隻眼睛都瞪圓了，問我這是什麼做的，那我肯定不能告訴他啊。我說這是我們的獨門配方，要是想要，可以保證只賣給他一家，但是要貴點。」

江挽雲也聽得津津有味，看不出來陳氏還是個做銷售業務的料。

陳氏繼續道：「那掌櫃說要是能賣給他們一家酒樓當然最好，我說那就加三文，十五文一斤，他們拿去可以賣三十文一盤，那些老爺們又不缺這點錢。掌櫃的很痛快的答應了，我帶去的五斤魚丸他全要了。」

說著，她從懷裡拿出錢袋子，去掉成本，賺了也快四十文了，還不用去擺攤，風吹日曬的。

陸家人很給面子的誇讚起來。「娘妳也太厲害了！」

「娘做生意好厲害！」

陳氏笑著把錢袋子交給江挽雲，江挽雲拒絕道：「娘妳賺的錢為何要給我？」

「這是妳做的，我不過跑跑腿，哪能拿這麼多錢。」

江挽雲道：「做魚丸不費什麼時間，魚也是公公買的，錢肯定要放妳那兒才行。」

陳氏道：「那也行吧，我先幫你們存著。」

午飯吃燒麥和捲餅，經過一番練習，陸予海和王氏的手藝雖比不上江挽雲，但也學到了八成。

吃罷午飯，江挽雲回屋睡午覺，她趴在炕上。見陸予風把背簍裡的東西拿出來，擺了一桌子，有書，有白紙。

陸予風坐在書桌前，把書整理好，放在架子上。

「相公，你一下買這麼多書嗎？」

陸予風道：「不是我買的，而是向書店老闆借的。」

「借的？」她奇道。「為何借你？肯定是看你厲害，想和你搞好關係。」

陸予風笑道：「並非如此，這些書是給我抄書的，書的內容自然也可以隨意翻看了。你們都在努力賺錢，我也不能坐享其成。」

江挽雲皺眉。「抄一本多少錢？是不是不能寫錯字？是不是很費精力？會不會很傷眼睛啊？」

聽她一口氣問了這麼多問題，陸予風一下沒反應過來，索性轉過身子面對她坐著，道：「抄一本書給五十文，七天內交，我抄得快，兩天就能抄一本。且抄書的時候我會跟著記，相當於背書了。」

說罷他又想了想。「寫錯字的情況很少，費精力的話……這世上哪有輕鬆的事呢？你們擺攤也很辛苦啊，我會注意，找時間休息，不會讓眼睛太累。」

他自己都很驚訝，他怎麼會突然說這麼多話，以前他分明是個沈默寡言的人。

聽著他認真的回答，江挽雲想想也有道理。陸予風可是男主角，抄一遍書就背下來有什麼稀奇的，既然他要抄就讓他抄吧，免得他覺得自己吃白飯而感到慚愧。

經過一天的準備，次日一早，陸予海和陸予山便推著推車出發了。

江挽雲也跟著他們去，畢竟第一天她不放心。

發家致富道路，邁出第一步了！

第十六章

今天正逢趕集，雖然起得早，路上還是很多人。遇見同村人，陸家人也不遮遮掩掩，大方由他們打量。

「哎呀，你們家裡人都開始做生意了啊？」

「這賣的啥啊？賣包子嗎？」

陸予海推車上的東西眼熟，可陸予山推車上的東西被布蓋著，只有一個鐵架子在外面，讓人看不出來他賣的是啥。

陸予海和王氏都不是放得開的人，有些不知所措，道：「我們賣的是燒麥、捲餅、炸洋芋。」

「什麼？沒聽說過啊。」

「捲餅倒是知道，不是家家戶戶自己都能做的，你們賣得出去嗎？」

一聽說陸家人要做生意，本來表面關係還可以的同村人，有的就忍不住說酸話了。

「人家賣的捲餅哪和我們自己做的一樣，人家三媳婦可是縣裡來的大戶人家的女兒。」

「一天能掙不少錢吧，也是，陸家欠了那麼多錢，可不得不要命的賺錢。」

陸予海和王氏尷尬的笑著，有人問陸予山賣的啥，柳氏道：「我們賣的是燒烤，就是烤串。」

有人想伸手揭開蓋著的布看下面的烤串，柳氏一把擋住她的手道：「別碰啊，路上灰塵多，專門蓋著防灰的。」

那人尷尬的收回手，翻了個白眼，不屑道：「看看都不行，還想幫你們嘗嘗，給給改進的意見呢。」

柳氏懶得理她，江挽雲親手教導的，還需要她給意見嗎？想吃白食是吧。

「都是生的，吃不了，想吃的話待會兒到了街上，三文錢一串。」

那人又把注意力轉到江挽雲身上，道：「你們以前幹活賺錢給陸予風治病，現在他病好了，你們又要擺攤給他還債，你們這是圖啥呢？他都娶妻了，你們養了他還要養他媳婦？」

江挽雲還沒說話，柳氏不樂意了，扠腰道：「村裡數妳舌頭最長！自己家的事管不好還要管別人家的事！這做生意的本事都是我弟妹教的，本錢也是她出的！再說了，我們就算養她和三弟一輩子也不礙著妳什麼事，我樂意！」

王氏憋不住，也開口道：「都是三弟妹教我們擺攤的。」

見情況不對，旁觀的幾個年紀大的嬸子趕緊上來勸和。「好了好了，都是一村的人，抬頭不見低頭見的，別傷了和氣。」

「是啊是啊，天兒不早了，我們都快些走吧。」

幾人這才作罷，互相臭著臉快步往鎮上走。

江挽雲全程當個透明人，她能不說話就不說話，今天跟著出來，主要是怕陸予海和陸予山兩對夫妻出什麼問題，她可以及時幫忙解決，但以後還是要他們自己面對，所以鍛鍊一下他們的應對能力是有必要的。

到了鎮上時天色已經亮了，今天趕集的人很多，鎮上熙熙攘攘的全是人，好在他們昨日就已經來租好攤位了。

好地段的攤位肯定沒有了，只剩一些角落和人流少的，但有總比沒有好。俗話說酒香不怕巷子深，只要東西好吃，口碑好，自然會有人來。

不過這個念頭在他們擺攤一會兒後就被打擊得無影無蹤了。

因為，根本沒有幾個人停下來買他們的東西。

有的人習慣了每天買固定攤位的吃食，有的人喜歡吃包子饅頭，對新奇東西不感興趣。

陸予山他們的燒烤倒是可以等會兒，但早點可不行，一會兒就要錯過最佳時間了。

陸予海和王氏臉上開始浮現焦急了。

怎麼回事，燒麥不是很好賣嗎？即便這個地段不好，離碼頭遠點，但也有很多路過的人啊。那些人有的會看看燒麥，看兩眼後便走了。

傳林踮著腳看著來來往往的人，急道：「怎麼會這樣，為什麼沒人來買我們的燒麥？」

江挽雲本來是坐在推車後面的，見此情景她起身道：「傳林，你去上次我們擺攤的地方看看，看能不能發現什麼。」

傳林點頭，快速跑遠了。

王氏道：「弟妹，是不是咱們這個地段太差了？」

陸予海道：「去租攤子時，這已經是最好的了，我看也不算很差啊。」

「那怎麼沒人呢？」王氏急得團團轉。「是不是我們沒吆喝？你看那邊那個賣柴火的吆喝聲好大。」

陸予海說：「可是我不喜歡買一直吆喝的吃食攤，感覺口水都濺鍋裡了。」

王氏真真無言了。

而陸予山這邊倒是已經開張了，炭火燒得旺旺的，布一掀開，露出五顏六色的蔬菜串和肉串。

把蔬菜串往燒烤架上面這麼一烤，翻來翻去烤得焦黃，刷上秘製辣椒油，一邊烤一邊拿扇子搧，真正是香飄十里。

這味兒吸引了很多路人，加上看著新奇好看，很多人停下腳步打聽這是什麼。

「這個叫燒烤。」

柳氏一貫自來熟，笑容洋溢的熱情介紹。「素的一文錢一串，葷的三文一串，都是現烤的，真材實料。你們看這菜都是新鮮的，肉也是好肉，可不是去市場撿賣剩下的。」

很多做包子和餡餅的肉餡都是撿部位不好，不新鮮的肉，這幾乎是大家心知肚明的事。

陸予山也是個能說會道的，一邊烤一邊道：「哥兒姐兒要不等等，這幾串馬上烤好了，給你們嘗嘗，你們覺得好吃再買不遲。」

柳氏又道：「你們別看我們是新開的，但我們這技術可是專門去省城學來的，跟著一個大師學了三個月，人家才願意把這配料的秘方告訴我們，聞著香吧？」

一個有些富態的中年人道：「聞著是挺香的，那趕緊烤好給我嘗嘗吧。」

「好嘞！」

陸予山技術也不算熟練，但是不能讓人看出他其實只學了一天而不是三個月，牛皮都吹出去了，只有故作麻利，把烤串翻來翻去，防止烤焦。

江挽雲走過來看他們賣得怎麼樣，一見攤子外面圍了一圈的人就放心了。

品嘗了第一口的人紛紛露出新奇的表情來。

沒有人能夠忍住一次只吃一口燒烤。

「給我來三串五花肉！」

「一串藕片、一串馬鈴薯！」

「兩串秀珍菇！」

陸予山和柳氏沒有料到驚喜來得太突然，顧不上別的，叫繡娘收錢，夫妻倆齊上陣，還好燒烤架夠長，一次可以擺好多串。

江挽雲看了一圈後就往回走，兩個攤子離得挺遠的。

剛到燒麥攤時，傳林也回來了，他滿頭大汗，焦急道：「爹，娘，三嬸！不好了！」

陸予海和王氏立馬站起身來。「出啥事了？」
傳林又氣又急，道：「原來我和三嬸擺攤的那個地方，已經有三、四家賣燒麥和捲餅的了！」
「什麼？」
「這才半個月！」
江挽雲心道，果然，與她方才猜測的一樣。
燒麥和捲餅都好模仿，其他人見賣得好，肯定會跟著賣的。
雖然她很自信自己的燒麥味道，其他人最多模仿到七、八成，口味一般，但這就導致路人越來越覺得燒麥這個東西不好吃，看見賣燒麥的便失去了興趣。
「這可怎麼辦啊！」
王氏拍著大腿差點哭了，他們可是準備了好多的燒麥，今天都還沒開張。
陸予海也一臉苦相，都怪他昨天沒有去看看別人賣什麼。
江挽雲道：「現在不是哭的時候，別人的燒麥肯定沒有我們賣的好吃，要自信才行，如今要想辦法解決問題。」
王氏愣神道：「怎、怎麼解決……」
江挽雲說：「做生意肯定要面臨各式各樣的困難，遇見問題不能退縮，你們先自己想想辦法，若是我今天不在，這事應該怎麼處理？」

陸予海道：「是啊，我們得自己想辦法。」

傅林從袖子裡摸出一個紙包來。「我剛剛在生意最好的那家買了幾個燒麥，你們嘗嘗看味兒怎麼樣。」

江挽雲讚許的看了一眼傅林，接過一個燒麥咬了一口，先不評價，問陸予海和王氏。「你們覺得如何？」

「我覺得……不是很好吃，有點噎人，乾巴巴的，糯米沒泡軟。」

「肉有些少，也沒那麼香，肯定比我們少放一些調味料。」

王氏和陸予海吃著吃著突然自信起來了，是啊，三弟妹就賣了幾天燒麥，別人哪有那麼容易就能模仿的？

傅林道：「我覺得這個跟吃麵皮包米飯一樣，肯定不全是糯米。」

江挽雲點點頭，勉強把燒麥吞下去，道：「那說明我們只是缺少客人，所以我們應該怎麼做？」

傅林說：「招攬客人！這個我會！三嬸教過我的！」

江挽雲便不再多言，讓他們自己想辦法。

根據傅林的指示，王氏和陸予海都下定決心，一定要放得開才行，做生意就是要能說會道，不然錢怎能自己送上門來呢。

經過討論後，陸予海當先走到攤子前，鼓了鼓勁，吆喝了一聲。「賣燒麥了！新鮮出爐的燒麥……」

可是他好不容易提起的勁兒就吆喝了半句，後半句就熄火了，根本沒人理他。

王氏責怪道：「你這哪行啊？」

陸予海扠著腰。「那妳來！」

傳林道：「你們還要說買幾個送幾個，說今天剛開業，有優惠。」

幾人又商量了一下，王氏端著一盤剛出爐的燒麥，閉著眼睛大喊道：「燒麥買三送一！買三送一，錯過就沒了！買捲餅送炸洋芋，馬上就要賣完了！」

喊出來之後就好多了，好像也不是很難。

陸予海端著捲餅站出來。「買捲餅送炸洋芋！送完不再有！」

聽說買三送一，路過的人立馬被吸引了，就算不買也要過來看看。

「真的買三送一嗎？」

「真的真的，僅限今天！」

傳林則端著一盤燒麥，搜尋著打扮尚可的年輕公子小姐，跑上去笑道：「哥哥姊姊，買份燒麥嘗嘗嘛，不好吃不要錢。」

他長得可愛，臉上帶著嬰兒肥，又笑嘻嘻的，小姑娘們都很給面子的停下來。傳林很貼心的遞上竹籤，方便對方戳起燒麥品嘗。

皮薄餡多，晶瑩剔透，一口咬下去，軟糯香甜，油脂豐富而不膩，餡料不全是糯米，還包裹著豬肉、青豆、玉米、香菇，讓人吃了一個還想再吃。

「小弟弟，這是你們家賣的嗎？味兒挺好。」

傳林立馬笑道：「漂亮姊姊，我們的攤兒在那邊，妳要不要再買點？」

有的會說一個已經飽了，有的會說改日再來，但多數都會走到攤子前一探究竟。不過因為都是年輕人，又是家境殷實的，並不會跑單，都把剛才吃了的燒麥付錢。

很快攤子前的人慢慢多起來了，又吸引了更多人來看熱鬧。

有人會問：「不就是燒麥和捲餅嗎？那邊還有幾家在賣呢，我吃過一次，感覺還沒包子好吃，怎麼這家這麼多人？」

有正在吃燒麥的人道：「這家新開的好吃！比那幾家好吃多了，今天還買三送一，你不信自己嘗嘗。」

「真的嗎？那我也嘗嘗看。」

買的人越來越多，江挽雲也過來幫忙打包收銀。

這時一個人指著江挽雲道：「咦？妳好面熟啊，妳不是那個……那個賣燒麥的嗎？」

他旁邊的人道：「還真是吔，難怪我覺得這燒麥味兒這麼熟悉呢！妳怎麼半個月不來擺攤了啊？」

買東西的人都看過來，有不知道江挽雲是誰的，旁人解釋道：「她是第一個賣燒麥的，其他那幾家都是學她。」

「第一個賣的？那她的味兒最正宗喔？」

「我半個月前吃過，確實不錯。哎呀，原本準備嘗嘗再說，這下非得多買幾個走了。」

江挽雲也沒想到還有人記得自己，笑道：「前幾日家裡出了點事，這不又出來擺攤了。這是我哥哥、嫂嫂，以後都是他們擺攤，保證味道不變，還希望大夥兒多照顧照顧。」

「妳家的燒麥我放心，給我來三個！」

「前面的給我留幾個啊！別買完了！」

王氏和陸予海都愣住了，怎麼場面一下變得這麼火爆，他們無暇他想，打包的手藝越來越熟練。很快，不到正午，帶來的燒麥、捲餅、炸洋芋都賣完了。

王氏坐在椅子上喘氣，還有些沒反應過來，他們居然真的賣完了？

賣完了？

傳林今兒跑累了，已經窩在他爹懷裡打瞌睡了。

江挽雲讓他們先去吃午飯，自己則去看看陸予山那邊的情況。

因為今天趕集，陸予山這邊的生意也很好，主要是他們的燒烤味兒太能飄了，隔著一條街都能聞到。

不過燒烤要現烤，不像燒麥那樣可以直接買了就走，所以賣出的數量沒有燒麥多。但好就好在它可以持續很長時間，中午、下午都可以賣。

見江挽雲來了，柳氏激動的把她拉過來，道：「看，我們賣了大半了！」

攤子上賣得最好的是馬鈴薯片和五花肉，已經一掃而空了，其他的各自還剩幾串。

陸予山和柳氏都被油煙燻得頭髮油油，但他們都滿臉笑容，絲毫不覺得勞累。江挽雲與他們說說笑笑著，很快就把所有的串燒都賣完了。

收拾東西準備回家時，已經是正午了，柳氏去買了幾個肉餅，大家分了吃。

陸予山推著推車，柳氏揹著睡著了的繡娘，江挽雲幫忙推車，三人買了明天需要的食材便往桃花灣走。

王氏等人已經先回去了。

柳氏道：「我從未想過，我也有一天賺這麼多錢的時候。」

陸予山道：「我覺得今天還準備少了，下午也可以賣呢，下次多準備點。咱們鎮上有錢人還挺多，有些老爺買五花肉都是十串十串的買……」

回家第一件事自然是開始數錢。

在做飯的陳氏，在編籮筐的陸父，在抄書的陸予風都出來圍觀。

陸予海先把裝錢的小筐子拿出來，一眼看過去沈甸甸的半筐，小心的倒在桌上，嘩啦啦一桌子的銅錢，王氏拿了繩子準備著。

「二、四、六……」

陸予海數好一百文就給王氏串起來，多了可以拿去錢莊換銀子。

他們今天忙得暈頭轉向，根本沒功夫留意到底收了多少錢，收錢還是江挽雲和傅林幫忙的。陸予海和王氏只知道帶去的東西賣完了，再差也差不到哪裡去。

陸予海本來還假裝淡定的數著，越數越不對勁，怎麼會這麼多，他們可是買三送一啊。旁邊人也在心裡默默數著，大家都對第一天擺攤成果充滿期待。

「六百二十文？」

「我沒算錯吧，真的是六百二？」

「今天買三送一還賣出六百二十文？天啊，成本多少？我們賺了多少？」

王氏一邊手抖一邊串銅板，串好的銅錢沈甸甸的，整整齊齊擺在桌上。

陸予海道：「我們昨日買食材花了大概五百文，麵粉、糯米那些只用了三成，調味料這些也剩很多，估摸著算下來，成本有三百文吧，賺了三百多文！」

他激動的說著，沒想到自己居然一天可以賺這麼多錢，以前幫人家蓋房一天才幾十文！

「大哥、大嫂好厲害！」

「爹爹、娘親好厲害！」

陸予山和傅林馬上吹捧兩人。

陸予海和王氏是兩個人，帶去的東西多，加上今天趕集，賣得比從前江挽雲一個人擺攤時多許多。

陳氏很滿意道：「阿海一家做得不錯。」

王氏道：「這還得多謝三弟妹，若不是三弟妹幫忙，說不定現在一個都還沒賣出去。」

陳氏疑惑道：「為什麼這麼說？出什麼事了嗎？」

傳林馬上抑揚頓挫的把事兒複述了一遍，補充道：「哼，他們模仿又能怎樣？還不是沒有三嬸做的好吃。」

江挽雲道：「不過我們也需要注意一下，畢竟燒麥做法簡單，他們多試幾次總能改善口味，就算生意不如我們，也能分走一些客人。」

她這麼一說，陸予海和王氏又開始著急起來了，誰不想賺更多，自家的生意老被人惦記著，想想心裡就膈應。

陸予山道：「那我們也提升自己的口味，讓他們永遠趕不上！」

柳氏道：「這味兒都這麼好了，還怎麼改進？」

說著她也開始擔心起來，未來肯定會有人模仿自家的燒烤。

很少說話的陸父道：「這自古以來做生意就沒有一家獨攬的，那些傳承多年的老字號，靠的不光是口味和技術好，更多的是牌子。」

一語點醒夢中人，陸予海道：「對，我們也要做牌子！讓大家提起燒麥就想起陸家！」

陸予山接著道：「有道理有道理！就像我們想買糕點，就會想起甜糕坊一樣。」

陳氏道：「要做成一個牌子可不容易，一是要味兒好，二是要真材實料不弄虛作假。像你們方才說的，別人家的燒麥裡面用的不是純糯米，這樣子若是被客人吃出來了，一傳十，十傳百，可就壞了口碑了。」

陸予海道：「是，娘，放心，兒子懂的。」

江挽雲道：「其實也不用過分擔心，只要我們堅持做好自己的，讓客人越來越信任我們就已經贏了。不光如此，我們還要推陳出新才行，我最近就想到一個點子，待你們熟悉燒麥生意後再教給你們。」

其實她不是多麼無私和偉大，她幫陸家人賺錢的第一個原因是她的戶口在陸家，離了桃花灣就是黑戶，而娘家江家更靠不住，她的戶口都不知道要遷去哪裡。

這個年代的戶籍管理很嚴格，沒有戶籍，去外地、租房、開店都不被允許的，因為沒有戶口不能納稅。

而這年頭和離的女人是很少的，即便和離了，戶口得要遷回娘家，只有非常傑出的女性才會得到朝廷特許開女戶，所以江挽雲現在除了留在陸家，還真沒其他地方可去。

第二個原因是陸家還沒分家，未來陸予風高中，那就更不會分家了。所以有錢大家一起賺，賺的錢可以早點蓋大房子，改善生活條件，她自已也可以跟著享福。

這叫前期投資，穩賺不賠。

有江挽雲在，陸予海和王氏也漸漸冷靜下來，是啊，他們有三弟妹在，就有定心丸。

按照約定好的，王氏把一百文交給陳氏，陳氏接過放在錢罐子裡。

剩下的兩百多文就是他們今天的成果了。

「待我們賺得多了，就把三弟妹給的本錢還了，她已經幫我們還欠親戚的錢了，可不能再要她出本錢。」王氏誠懇的說道。

陳氏眼觀鼻鼻觀心，道：「這事兒你們自己決定就行，老婆子我只管收錢。」

接下來該陸予山他們數錢了，同樣是一小筐子，嘩啦啦的倒在桌上。

「今兒洋芋片和五花肉賣得最好，明天可要多備些。」

柳氏笑容滿面的說道：「本來以為要吆喝半天才有客人，誰知道人家看燒烤新奇，自己就來嘗嘗了。」

陸予山已經開始數錢了，一枚一枚銅錢在光影下閃閃發光。

「七百五？」

柳氏差點不相信自己的眼睛和耳朵，他們居然比大哥、大嫂還賣得多。

不過轉念一想也是，今兒趕集人多，平日裡可沒這麼好的生意，而且燒烤的成本更高，尤其是五花肉。

陸予山估算了一下，成本約在四百文，他們今天也賺了三百來文，數了一百文，恭敬的交給陳氏。

一天兩百文進帳，一個月就是六兩銀子，蓋間青磚大瓦房約莫要三十兩銀子，那就要半年左右不停歇的幹活才行。

那也不行，身體吃不消，一個月總要歇兩天。家裡的地也還要人花時間打理，而且家裡的花銷也要銀子，那就姑且算一年能攢夠蓋房子的錢吧。

既然要蓋，那就要蓋大的，還要給孫子輩留下日後娶妻的房間。

出師大捷，陸家人都很興奮，陳氏特意燒了五花肉燉粉條白菜來犒賞大夥兒。

在江挽雲的感染下，陳氏做飯也開始多放點油和調味料，做出來的菜更香。

第十七章

吃了午飯，把車上的東西搬下來在太陽下晾曬著，大家便紛紛回屋午休了。

江挽雲穿越後養成的一個好習慣就是沒有手機玩了，可以倒頭就睡。擺攤對於江挽雲這種嬌生慣養的身體來說是很累的，但對於幹慣了農活的陸家人來說還是挺輕鬆的。

陸予風坐在桌上寫字，她也沒打擾他，自己縮進被子就睡。

午休後的下午是清閒的，包燒麥的包燒麥，串串兒的串串兒，江挽雲則準備洗衣服。

但她找了一圈都沒發現自己的髒衣服去哪兒了，她以前的外衣褲都和陸予風的放一起，貼身的分開放，如今只在小盆子裡找到貼身衣褲。

轉到屋後才發現竹竿上整整齊齊的晾著自己和陸予風的衣服，這不會是陸予風洗的吧？

她默默的看了看，走上去把自己和他的衣服分開點，看著不像貼在一起，才回前院。

陳氏和陸父把桌子搬到屋簷下，正在坐著數錢，陸予風坐在一邊，他們要把欠親戚的錢算好，一個一個登門拜謝還錢。

「風兒如今身子好多了，是該親自上門的，除了還錢，還得準備點錢，買些禮品。」

陳氏道：「準備什麼禮品好呢？菸酒這些太貴，又不是欠一家的，每家都送，加起來花費可不少。」

陸父道：「買些紅糖啊、鯉魚啊，自家種的花生啊，這些就夠了，都是親戚，不會計較那麼多。」

陳氏道：「往常是大家都窮，如今我們有錢賺了，怎麼還這麼小氣？這些親戚自己都沒錢，還借錢給我們救風兒，多準備點禮怎麼了。我問問挽雲，她新奇點子多。」

她把江挽雲叫過來。「挽雲妳看看，我們去登門還錢時候帶點什麼好，妳爹說送紅糖和花生。」

江挽雲道：「可以做點五香花生，下酒好吃，如果覺得不夠，還可以做點麻辣牛……不是，麻辣豬肉乾。」

陳氏拍板道：「我也是覺得花生家家戶戶都有，送花生顯得小氣，能做成其他的就最好了。那再打點白酒，弄妳說的那個豬肉乾，加一條鯉魚吧，順便邀請他們來吃酒席。」

她手裡還剩二兩銀子，加上今天賺的兩百文，買這些足夠了。

陳氏接著道：「那明天我們就登門去，家裡有花生和肉，今天就來做吃的不？」

江挽雲笑道：「我正愁沒事幹呢。」

兩人把花生先剝殼，把花生米倒進鍋裡炒熟，炒到乾的時候，舀起來再炒澱粉。往澱粉裡面放鹽、花椒粉、胡椒粉、辣椒粉，香料磨成的粉，攪拌均勻後，在鍋裡加白糖和清水熬化，等糖漿冒大泡泡的時候，倒花生進去攪拌，再倒入添加了調味料的澱粉。

炒一炒就成五香花生了。

炒乾起鍋，陳氏顧不得燙，用手指捏了一口放進嘴裡，鹹香酥脆，味道豐富，的確是下酒的好菜，比普通的油酥花生好吃多了。

她端了一盤出去給大家都嘗嘗，又回到廚房道：「我覺得這個也可以像魚丸那樣，賣到酒樓去。」

江挽雲同意。「不光酒樓，在街上邊走邊賣都行。」

陳氏興奮道：「我在家閒著也是閒著，地裡的活兒讓孩子他爹去幹，我可以做魚丸，還有這五香花生，做了拿去酒樓賣，也是一種收入呢。」

她說著感覺自己精力充沛，把一大塊今天買的豬肉丟在案板上，挽起袖子道：「妳教我怎麼做豬肉乾，賺了錢分妳一半！」

做麻辣豬肉乾材料也簡單，只是時間長些。把豬肉切成條醃製入味，下油鍋裡炸。用豬油的話涼了會凝固，所以用的是手工壓榨的菜籽油，炸得外酥裡嫩後撈出來瀝油。

而後把各種香料、調味料入鍋裡炒香，把豬肉倒進去炒，混合均勻，炒乾後即可。

陳氏嘗了一口嘖嘖稱奇。「看來果然要油和調味多才好吃。」

她端去給大家嘗，傳林和繡娘很喜歡這個，陸父則覺得有點費牙齒，不過下酒確實香。

次日又是忙碌的一天，陸予海和陸予山兩對夫妻各自去擺攤，陸父、陳氏帶著陸予風和江挽雲去還錢。

鎖好門，跟同村的租了一天牛車，先去鎮上把東西買了，陳氏問王氏和柳氏要不要跟著去，畢竟也向她們娘家借了些錢。王氏和柳氏都不想去，她們只想擺攤。

先去的是陸父的哥哥家，他家也住桃花灣，只是在另一邊，中間隔著幾片林子。除了陸父的哥哥，還有很多陸家宗族裡的堂兄、堂弟、堂叔等。這些人家裡都是世代務農，借的都不多，有幾百文的，有一兩、二兩的，四人一家一戶的拜謝。

登門後陸予風和江挽雲先給長輩行禮，長輩關心幾句陸予風的身體，詢問陸予風和江挽雲的情況，陸予風獻上欠的錢和謝禮。

「都是自家做的小吃食，給叔叔們下酒吃。」

每家一瓶白酒，一包紅糖，加上五香花生、麻辣豬肉乾，一條鯉魚，平均每家花了一百文左右。

收到禮的都會客套一下，留他們吃飯，但他們還有下一家要去，只讓對方記得來吃酒席，便繼續趕路。

待所有欠錢的人家都拜訪過，牛車上已經空空如也。

夕陽西下，太陽沈到西邊，天空紅彤彤的，照得人的臉也紅彤彤的。

路上有牽著黃牛慢慢歸家的老翁，有扛著鋤頭打著赤腳的漢子，有揹著背簍的婦人，有在田間瘋跑的孩童，遠處的村子已經炊煙裊裊，一天又過去了。

江挽雲托腮看著遠處，她有些喜歡上這樣寧靜又祥和的日子了。

把錢還完，下一步就該籌備酒席了。

第二天擺攤，兩對夫妻都很熟練了，今天的入帳與昨天差不多。

陸予海主動道：「爹，娘，我和二弟他們商量過了，最近家裡要辦酒席，之後還要蓋房子，都要用錢，所以我們決定在房子蓋好前，每天給你們兩百文。」

陸予山也道：「是啊，我們吃家裡的住家裡的，又沒用錢的地方，一天能留一百文就夠多了。」

柳氏道：「三弟妹說了，有錢一起賺，有福一起享，我們沒道理靠著三弟妹教的技術卻自己賺著大頭。何況房子蓋好了我們也要住的，所以就商量著先交兩百文。」

陳氏沒料到自己的兩個兒子兒媳突然懂事起來了，她有些感動道：「是，你們能這麼想就太好了，那就先交兩百文，娘一定好好保管著，爭取早點蓋上房子。」

陸予山笑嘻嘻道：「娘，妳到時候辦酒席別捨不得花錢，該好好辦一場，讓家裡熱鬧熱鬧。」

陳氏點頭，把銀子串好放進罐子裡。「成！大辦一場！」

了卻一樁事後，這晚大家都睡得格外踏實。

臨睡前，江挽雲鑽進被窩，卻看見陸予風還在抄書。他的背影清瘦挺拔，整個人像被焊在了凳子上。

「欸！別抄了，早點睡啊，晚上看書費眼睛。」

陸予風背對她道：「嗯，妳先睡吧。」

江挽雲想了想，翻身坐起，盤腿坐著，道：「你今晚有點不對勁。」

陸予風聞言這才擱下筆，回過頭有些疑惑的看著她。「哪裡不對勁？」

江挽雲說：「自從今晚大哥、二哥說要給娘兩百文開始，你就不太對勁了。我看得出來，你心情有點低落。」

陸予風皺了皺眉頭。「我不一直都是這樣的嗎？妳怎麼看得出來？」

「你心情好和不好的時候，表情是有區別的。」江挽雲用手撐著下巴道。「你是不是覺得自己沒有賺錢給爹娘，感覺拖後腿了？」

陸予風看著她，沈默了一瞬，背對著燭火，江挽雲看不清他的表情。

半晌他才輕輕嘆了一口氣，道：「不是嗎？」

他不管是從前念書的時候，還是病了這兩年，都是家裡的累贅。念書要花錢，生病更要花錢，爹娘和哥哥嫂嫂養他這麼大，他都沒有為家裡帶來什麼回報，此次鄉試若是不中，又要再來三年。

江挽雲道：「你可不能這樣想呀，你應該想，你爹娘從小就對你寄予厚望吧？你病了他們不惜一切為你治病。如今家裡慢慢好起來了，你更應該好好用功，待日後金榜題名，才是對你父母最好的報答。」

她歪頭看了看書桌上的書，道：「其實你抄書可以是可以，但一不能耽誤念書，二不能傷了身子，若是你因為熬夜抄書，害得身子恢復得慢了，那豈不是要花更多的錢來買藥，是這個理吧？」

陸予風沈默。

江挽雲知道他還是過不了自己心裡那關，便道：「快睡覺了啊，我還要早起呢，你的燈光影響我睡覺了！」

過了半晌，燈才滅了，陸予風窸窸窣窣脫了外衣躺下。

江挽雲已經睏得迷迷糊糊了，還不忘叮囑他。「身體才是革命的本錢……」

陸父事先就定了一個吉利的日子辦酒席，各家親戚朋友都通知了。

到時候一定要多買鞭炮來放放，去去晦氣。

距離辦酒席的日子還剩五天，陳氏和陸父已經開始準備了。先跟關係要好的鄰居打了招呼，到時候借桌椅板凳碗筷，並請他們來幫忙。

為了省錢，席面師傅自然是江挽雲，陸家人也表示一切按她的要求來，先列了宴席要做的菜出來，先把一些易保存的買回來備著。

江挽雲準備辦了酒席後就來研究灌湯包。

灌湯包可比包子好賣，且賣早點最好的一點就是穩定，四、五天過去了，陸予海的攤子已經開始有固定的客人。

陸予山的燒烤攤子生意時好時壞，要看時間段。但平均收益也不差，尤其是有錢人家的好這口，會打發下人來買。
天亮就出發，下午才回家，天黑才忙完，雖然累是累了點，但報酬也夠多。
如今每天的收入都有三百來文，除了交給陳氏兩百文，每家都可以留下一百文存著。
這天差不多要收攤了，陸予海和陸予山都和一些經常來的客人說了家裡要辦酒席，有幾天不能來擺攤，客人們紛紛表示恭喜。
收拾了東西會合後，他們又轉去各個鋪子買乾貨。
木耳、茶葉、大蒜、老薑、辣椒、香料這些是可以先備著的，還有瓜子、白米、糯米、麵粉、花生等。
推著車回去的時候，路上遇見村人，對方都紛紛祝賀陸家，不但陸予風的病好了，家裡還開始擺攤做生意了。
陸予風的病好了，意味著他會繼續念書，將來依然前途無量；陸家開始擺攤，意味著未來收入就不是他們這種普通種地的可比的了。
陸家真是娶到一個有福的兒媳了。
誰還敢明面上跟陸家人過不去，只不過背後裡說幾句酸話罷了。
次日一早吃了早飯，陸家的幾個男人便開始壘露天灶臺，女人、小孩則開始大掃除，後天就是正席了。
正忙碌著，一個女人在院門外張望著，叫道：「娘，給我開開門啊！」

陳氏聞言直起身子，見是陸予梅帶著兩個孩子來了。

陸予梅的兒子林玉樹今年六歲，比傳林小一歲，但因為林家婆子重男輕女，林玉樹從小被寵得無法無天，與他姊姊林玉蘭拘謹的性格完全相反。

他已經幾年沒來過外祖家了，但並不膽怯，隔著院牆就不滿的叫道：「為什麼還不過來開門啊！」

陳氏皺眉，放下帕子去開門，柳氏面露嫌棄道：「小霸王又來了。」

傳林和繡娘也不太高興，顯然對林玉樹的到來並不歡迎。

陸予梅進來後倒沒直接提起上次的事，而是很熱心道：「我婆婆和相公得知家裡要辦酒席，讓我趕緊帶孩子來幫幫忙。」

她走上前想接過陳氏的帕子。「娘，讓我來吧。玉蘭，妳也來幫忙，玉樹，你找傳林和繡娘玩去吧。」

傳林皺眉。「我不玩，我要幹活。」

陳氏道：「阿海媳婦，去抓點瓜子、花生出來。」

王氏面無表情的進屋去了，端了一盤瓜子和炒花生出來，放院子裡的桌上。

林玉樹開始還挺安分的，待吃了一地瓜子殼後，他覺得無聊了，眼珠子轉動著，打量著院裡忙碌的人。

而後他的眼神落在站在凳子上面，拿著雞毛撢子掃窗格上面蜘蛛網的江挽雲身上。

江挽雲給自己縫製了一個口罩防塵，用的是做衣服剩下的布片。她專心的抬著頭，用雞毛撣子把蜘蛛網攬下來，再把灰塵掃了。

「喂！妳臉上戴的是什麼？我也想要！」

她猝不及防的感覺自己的裙子被人粗魯的扯了扯，對方還突然大聲說話，把她嚇得心臟驟停，身子一晃，重心不穩，一下摔了下來。

「啊！」

隨著一聲慘叫，陸家人紛紛停下手，猛的看過來。

「挽雲！」

「玉樹！」

發出那聲慘叫的不是江挽雲，而是林玉樹。

林玉樹可以說是自作自受，他被摔下來的江挽雲撞個正著，在地上骨碌的滾了兩圈，發出驚天地泣鬼神的叫聲，顯然被嚇壞了。

江挽雲被柳氏一把拉了起來，陳氏和王氏都焦急的查看她有沒有摔傷。

陸予風剛剛還在和陸予山搭案板，手上板子一丟，就大步走了過來。

「怎麼了？」他低垂著眉頭，眼裡關切之意溢於言表。

江挽雲回過神來，搖了搖頭。她方才掉下來，手下意識扶著牆壁，緩了下跌的速度，如今手心一片紅，還有些破皮。

陸予風掃了林玉樹一眼，扭身進屋拿藥去了。

「玉樹！玉樹你怎麼了！」

陸予梅焦急的把林玉樹抱起來，翻來翻去查看他有沒有哪兒傷到。

好在林玉樹經常摔跤，皮實得很，那凳子也不算太高，江挽雲又扶著牆的，他倒沒有什麼大礙，最多屁股摔青了。

林玉樹扯著嗓子大哭著，指著江挽雲叫道：「都是她！她撞的我！打死她！」

陸予梅帶著恨意的看著江挽雲。「妳為什麼傷我兒子？」

陸予梅此時就一個念頭，誰傷了她兒子她跟誰拚命。兒子不光是她的命根子，還是她在夫家安身立命的基礎，林玉樹若是出事了，婆婆和相公會打死她的。

她方才在幫忙擦桌子，誰知道竟然聽見林玉樹的尖叫聲，扭頭一看兩個人都倒在地上，江挽雲還壓他身上！

她的樹兒才六歲！

一時間也顧不得誰對誰錯、是在自家還是娘家了。

「娘，我屁股痛。」林玉樹一邊大哭一邊揉著自己屁股，又道：「頭也痛，背也痛。」

他其實除了屁股哪裡也不痛，但是他一貫如此，只要撒謊說自己哪裡痛，家人就會對他噓寒問暖，還會拿吃的玩的來哄他。

陸予梅連忙又把他仔細查看一番，確定沒什麼明顯傷口才放心，但她餘怒未消，見周圍的人都只知道看著，沒有一個人上來關心樹兒，只知道關心江挽雲，她就更氣了。
陸予梅指著江挽雲道：「妳說話啊！為什麼傷我樹兒！」
江挽雲無奈道：「我在掃灰，他突然來拉我裙子。」
陸予梅不信。「他為何拉妳裙子？」
江挽雲道：「妳問我幹麼？妳問他啊！」
說罷眼神掃了一眼林玉樹。她最討厭的就是熊孩子，若不是這兒人多，她剛剛就想把他打一頓。
林玉樹仰著頭，得意的看著她，睜著眼睛道：「我沒有！妳騙人！」
只要他不承認就行。
陸予梅肯定相信自己兒子，立刻怒道：「我的樹兒才六歲，他就算不小心碰了妳裙子，能把妳從凳子上扯下來嗎？分明是妳自己沒站穩。」
這時傳林站出來道：「我方才聽見，你說要我三嬸把口罩給你！」
陳氏等人看看這個、看看那個，為難了，他們自然是相信江挽雲的，林玉樹啥人大家都清楚。
江挽雲沈聲道：「聽見了嗎？道歉。」
林玉樹噘著嘴撒潑。「我不要！憑什麼？妳誰啊？這是我外祖和舅舅家！妳是哪來的野女人！」

陳氏感覺自己頭都大了，道：「行了，都消停點！既然挽雲是因為玉樹才摔下來的，玉樹給你三舅娘賠個不是。」

玉樹一聽自己的外祖母也向著別人，可不依了，撲過來就推了江挽雲一把。「妳這個壞女人！」

「噯！」

江挽雲可沒想到這孩子還挺倔，膽兒也挺大，差點又把自己推倒，一把揪住他的胳膊，冷聲道：「你推我是吧？這回抵賴不了了吧？」

「放開我！放開我！」

玉樹不依不饒的想踢江挽雲，江挽雲能讓他踢著？雙手一扭，把他的手反剪在背後。

「放開我兒子！」陸予梅跳起來就要過來搶人。

這時陸予風拿著藥出來了，見此情景也明白發生了什麼，走上前道：「把人給我，妳去上藥。」

江挽雲看了看手裡不服氣的林玉樹，接過了藥。

陸予風把林玉樹揪著，看著動作輕柔，實際抓著他的胳膊，讓他動彈不得。

「你傷了你三舅娘？」他語氣冷淡的問。

林玉樹狡辯。「我沒有，是她自己摔下來的，還把我撞痛了！」

「三弟……」

陸予梅想說什麼，但陸予風沒理她，而是繼續問：「不承認？」

林玉樹閉緊嘴巴，死不認帳。

陸予風丟開他。「那你以後別來陸家了，我不喜歡撒謊的孩子，來了也不讓你進來。」

林玉樹愣住了，這是他三舅？這是那個溫柔的三舅？

這時陸予梅想起了什麼，臉色一變。

她真是糊塗了啊！剛剛情急之下什麼都忘了！

玉蘭不是還要拜江挽雲為師嗎？夫君和婆婆還念叨著讓三弟給玉樹啟蒙，讓玉樹以後也能走科舉之路，如今全被她毀了！

怎麼辦怎麼辦……

她一瞬間如同大難臨頭，臉色發白，渾身癱軟。

林玉樹道：「這是我外祖母的家，又不是你一個人的！」

陸予梅連忙上去拉他。「玉樹，別說了別說了！」

林玉樹才不理她，繼續說：「三舅你為什麼娶了這個三舅娘？她好凶，你把她休了！」

陸予風道：「看來你還是不思悔改，那你現在就回家吧。」

林玉樹還未反應過來，他已經被陸予風抱起來，而後被放在院子外面，並眼睜睜看著舅舅關上院門。

第十八章

陸予風甩了甩胳膊往江挽雲走去，道：「讓他反省反省，大姊若是心疼兒子，那便隨他一道回去吧。」

江挽雲把手擦乾淨，正在揭藥瓶，陸予風伸手接過打開，用指腹沾了點，小心翼翼的給她抹上。

她看著他專注的眼神，又想起方才他教訓林玉樹的樣子，忍不住笑出了聲。

陸予風擰眉。「笑什麼？手不疼了？」

江挽雲道：「沒什麼，就是覺得你生氣的樣子比較特別。」

陳氏走過來道：「看著不是很嚴重，這兩天別沾水，有啥事讓別人去做。」

門外林玉樹已經一邊砸門一邊哭喊了，陸予梅終究心疼兒子，但看陸予風態度堅決，想著求情肯定沒用了，只有等過幾天氣消了再來。

她匆匆告辭後，領著林玉蘭和林玉樹回家去了。

她一邊走一邊懊悔自己方才衝動了，又怨恨陸家人合夥排外，擠對她這個外嫁女，更恨江挽雲小心眼，和六歲小孩計較。

人走了終於清靜了，陸家人又開始幹起活來。

柳氏道：「弟妹妳今兒陰差陽錯還幫三弟解決了一個麻煩。」

江挽雲不解道：「什麼麻煩？」

柳氏看了看周圍，見陳氏不在旁邊，小聲道：「兩年前，三弟不是還沒病嘛，那會兒林家就打著讓他給林玉樹啟蒙的主意。」

江挽雲皺眉。「然後呢？」

柳氏又道：「都說外甥像舅，他們以為林玉樹能像三弟一樣厲害，死皮賴臉的送禮來，求著讓三弟答應，說鎮上學堂裡的夫子教不出好學生，讓三弟把林玉樹帶在身邊。那會兒傳林不也剛啟蒙嘛，林玉樹才四歲，不想落在傳林後面，就急著要啟蒙了。三弟拒絕了好多次，後來因為病了，這事才作罷。」

江挽雲道：「相公幾歲啟蒙的？」

「好像是三歲吧。」柳氏想不大起來了。

王氏道：「我記得是三歲半，那會兒我剛和妳大哥訂親，他小小的一個，每天都自己去趴在私塾外面不肯走。」

幾年前村裡的老秀才去世了，私塾也沒了。

柳氏諷刺道：「看吧，這次估計是看三弟病好了，又起了心思，想把玉蘭送來當學徒，又想把玉樹送來啟蒙，林家那家人是真不要臉。」

江挽雲奇道：「娘當初為何會選中林家？」

「大姑子自己要求的，要家境好的又要有手藝的，挑來挑去就林廣坤好些……」

說了一會兒閒話，屋裡屋外都打掃好了。

當初陸予風成親時是在病中，沒有大辦，這次辦酒席不光是慶祝病癒，也算是變相的彌補婚禮的宴席。

陳氏找了好些紅紙出來道：「把這些紅紙都剪成窗花貼上，喜慶點，我還訂了兩個紅燈籠掛院門上，明兒就能送來。」

灶臺壘好了，陸予海和陸予山一人一口大鍋，從廚房裡搬到露天灶臺上，還搬了一個巨大的黃桶出來擺在院子裡。

陸予海和陸予山又去劈柴，陸父在井邊磨刀。

下午就要殺豬了，要用一頭豬來辦宴席。

去年陸家養了三頭豬，豬很能吃，每次煮豬食都要煮幾大桶。好在陸家人多，種的菜也多，打豬草不成問題，再加點人不吃的老菜葉，拌拌糠殼什麼的，也還算餵得白白胖胖。

以往每年過年會殺年豬，但去年是他們最困難的一年，賣了兩頭豬，只剩下一頭都捨不得殺了自己吃，這已經算家裡最值錢的東西了。

下午時屠夫就來了，還帶著自己的徒弟，鄰居的男人們也來了，幾個大男人按著豬，幾個媳婦就把熱水燒好備著。

陳氏不讓陸予風和江挽雲幫忙，說他們一個身子太弱，一個沒見過血腥，叫他們進屋待著。

院子裡很是熱鬧，屋子裡倒顯得冷清了。

陸予風在收拾他抄好的書，江挽雲癱坐在躺椅上，這躺椅是竹子做的，坐著很舒服。

陸予風眼角餘光掃過她沒有形象的樣子，手上一頓，垂眸道：「可能之後大姊和林家人會來。」

江挽雲聞言，睜開眼坐起身。「來找我麻煩？」

陸予風輕嘆了口氣。「沒事，妳不理睬就是，我來解決。」

江挽雲冷笑。「他們憑什麼來找我麻煩？前幾天說要拜師，我們說了要拜師禮，林家就沒動靜了，不就是擺明了想空手套白狼嘛。我是看你外甥女可憐，攤上那麼個爹，一個女孩子命苦，才答應收徒的，誰知他們看我好欺負啊？」

她端起桌上的茶水大喝一口，順了順氣道：「還想把那個熊孩子送來啟蒙？作夢吧，我能忍一次可不能忍第二次，再來家裡搗亂一下，我就把他屁股打爛。」

陸予風皺起眉頭。

江挽雲以為他不同意。「怎麼，你心疼你外甥啊，那你怎麼不心疼心疼……算了，他最好別再來惹我。」

陸予風道：「我不是這意思，我是想說，妳若真要打他……避著點人。」

玉樹這孩子是該管教一下了。

他心疼什麼？小孩子皮實，他心疼媳婦還來不及。

江挽雲哼道：「希望他不要自己撞上來，你自己跟你姊說，玉蘭我也不收了，被這家人纏上肯定甩不掉。不過我看玉蘭可憐，也安分不作妖，不忍看她嫁給什麼老男人做填房，不如……」

她想了想。「不如讓娘和嫂嫂她們去打聽打聽，幫忙作媒，給玉蘭找個正常人嫁了，早點遠離林家，大不了我這個做舅娘的給她添妝，多點陪嫁。」

很多村裡姑娘彩禮就二兩銀子，嫁妝兩件衣服、兩雙鞋子、一床被子就算夠了，添妝也要不了多少錢。

陸予風思索道：「這樣也成，等忙完這陣子再和娘說吧。」

說了沒一會兒，院子裡豬已經殺完了。

江挽雲出去看的時候，屠夫正在給大黃桶裡的豬清洗，刮毛去內臟。她移開視線，去灶臺打下手。

今晚要吃殺豬飯，熱乎的豬血已經凝結成塊，陳氏和王氏、柳氏都在忙活。

見江挽雲來了，陳氏道：「今兒妳歇著去吧，後面有妳忙的，妳的手先別沾水。」

柳氏也道：「是啊，這兒到處都是髒兮兮的還沒收拾，妳別過來。」

江挽雲道：「我反正沒事幹，我來燒火吧。」

陳氏這才讓她過來。

忙活了一下午，做了兩桌菜，都是用新鮮的豬肉，剩下的肉抹上鹽巴掛著風乾，晚上又炒了花生備著。

次日一早天剛亮，陸家就忙起來了，酒席要吃兩頓，今天下午和明天中午。

陸予海和陸予山已經駕著牛車，去鎮上採購新鮮蔬菜去了，陳氏和王氏、柳氏以及幾個隔壁和族裡來幫忙的嫂子在抬桌子。

自家只有三張桌子，加上借來的，擺了十桌，吃兩輪的話就是二十桌。

鍋碗瓢盆等等都是各家各戶湊齊的，鄰居和族裡的人還送了很多自家種的菜來，這在這個年代是很正常的，誰家有事大家都會幫一幫。

江挽雲已經繫著圍裙戴著袖套和帽子站在大鍋前了，先把豬油煉製出來用罐子裝上。

上午時分買菜的人回來了，大家開始忙忙碌碌的備菜、切菜。

江挽雲把任務分配下去後，院門口卻來了一輛牛車，柳氏站起身一看，道：「又是大姑子他們來了。」

王氏不鹹不淡道：「說不準就是玉樹回去告狀了，弟妹妳別出去，林家那男人不是個好相與的。」

柳氏也道：「就是，妳別出去，不理他，家裡這麼多人還怕他不成。」

說著院子裡已經響起說話聲了，今兒院門大開的迎接賓客，林廣坤領著妻兒走進來。

他長得並不高，但身材魁梧，因自己是瓦匠，屬於手藝人，一向是看不起這些只會種地的農民。

當初他娶媳婦也是衝著陸家家底不錯，陸予梅長得好看，後來陸家的三兒子讀書爭氣，他就更滿意了。誰知陸家如此自私自利不識好歹，好說歹說都不願意給自己兒子啟蒙。再後來陸予風就病了，治不好，還想找他借錢，作夢去吧。

但誰知道啊，陸予風又好了，還娶了個會賺錢的媳婦，林廣坤便又打起了主意。可陸家人還是那般討厭，舅娘教玉蘭做飯還要正式拜師？故意為難人是吧。

昨日玉樹回家後說，陸家人污衊他把三舅娘拉下椅子，他只是碰了碰她的裙子，是她自己沒站穩才摔下去的，三舅還把他趕出門，不讓他再去外祖家了。

林廣坤聽後怒髮衝冠，自己的寶貝兒子自家人都捨不得碰一根手指的，陸家人敢這般待玉樹？

但他忍下來了，他是識時務的人，陸予風日後很有可能高中，他才不會像陸予梅那個傻婆娘一樣得罪陸家，現在最重要的還是讓陸予風把玉樹帶著念書。

陸予海和陸予山起來迎接了他。

林廣坤在堂屋裡的竹椅上坐下，看了看四周，道：「傳林，你三叔呢？」

傳林把裝著瓜子和花生的盤子端上來道：「三叔在後院拔蔥。」

林廣坤見傳林走了，把玉蘭和玉樹叫過來道：「玉蘭去給妳外祖母他們幫忙去，該怎麼做早就跟妳說了。」

他的語氣冷淡又嚴厲，玉蘭應了一聲便出去了。

待轉向玉樹的時候，林廣坤的語氣變得溫柔，臉上也露出笑來。「樹兒，記得爹爹和你說的話沒？和你三舅搞好關係，未來你就能考科舉當大官。」

玉樹噘著嘴不說話。

林廣坤道：「去找你三舅去。」

玉樹跑出門去。

他可不想巴結什麼三舅，他昨天都把他趕出門了，還有那個什麼三舅娘，討厭的女人，他一定要給他們點顏色看看。

卻說江挽雲還是忙著自己的事兒，陸予梅坐在堂屋裡沒有再來幫忙。

馬上快正午了，先把中午要吃的菜炒出來。

「飯蒸上了嗎？」

「蒸上了！」

有嬸子把切好的菜端過來，江挽雲起鍋燒油，開始炒菜。中午只有兩桌人，準備炒個蒜苗回鍋肉、木耳肉絲、熗炒大白菜、蘿蔔骨頭湯。

中午隨便吃點，下午就要開席了。

這時玉蘭過來了，她微微垂著頭，不敢面對這麼多人，有些拘謹。

陳氏道：「這兒人手夠的，妳別把衣服弄髒了，回去坐著吧。」

玉蘭抬起頭，咬了咬唇，似乎下定決心一般，又走近點，對江挽雲小聲道：「三舅娘，玉樹買了巴豆要下妳茶水裡。」

江挽雲聞言手上頓住，皺眉看她。「妳怎麼知道？」

玉蘭道：「昨日我聽他和隔壁的小子說的，讓隔壁的幫忙去鎮上買點巴豆粉來。」

說罷她彷彿鬆了口氣，她昨日知道這事後一直猶豫要不要說出來，一邊是親弟弟，一邊是舅舅、舅娘。

上次三舅娘說願意收她為徒，她內心是感激的，雖然她也知道因為自己弟弟的原因，收徒的事兒可能不能作數了，但還是想要把這事兒告訴三舅娘，不然她心裡一直像壓著一塊石頭。

外祖家這兩天辦席，三舅娘是掌勺的，若是真吃下巴豆……

江挽雲聽了，點頭道：「成，我知道了，謝謝妳。」

玉蘭有些臉紅，又垂下頭。「不客氣。」

說完，她去一邊坐著幫忙洗菜去了。

方才的事只有江挽雲聽見，她對柳氏道：「嫂子妳幫我照看下鍋裡，我想解個手。」

柳氏連忙走過來。「成，妳快去吧。」

江挽雲從屋後繞了過去，避免被林廣坤等人看見。她到了自己屋後的窗子，小心的看進去，果然不出所料，林玉樹就在屋裡。

陸予風不知道去哪兒了，他們的門是從裡面閂上的，外面上鎖要用鐵鎖，一般在家裡的時候是不鎖門的，把門關上就是，倒是方便了林玉樹偷摸進去。

他把桌上茶壺打開，把懷裡的小紙包拿出來，把裡面的粉末抖進去。

巴豆是磨成粉的，與茶水溶合，也嘗不出味兒來。

倒進去之後，林玉樹蓋好蓋子，推開門正要開溜，一雙手突然伸了出來，一把揪住了他的胳膊！

「啊！」本就作賊心虛，這一下把他嚇得夠嗆。

「你在幹麼呢？小朋友。」江挽雲笑咪咪的彎下腰看著他。

「放開我放開我！」林玉樹尖叫道，手腳胡亂掙扎著。

但他掙扎不開不說，因為院子裡說話聲太嘈雜，他的呼救聲也傳不到堂屋裡去。

江挽雲這次可不手軟了，一下把林玉樹拽進屋裡，關上門，將他的雙手反剪，打開茶壺蓋子問：「你往裡面倒了什麼？自己承認還是我幫你說？」

「我沒有！我沒有！」林玉樹毫不畏懼的看著她，眼神怨恨交加。

江挽雲才不怕他，她已經手癢難耐了。

「我親眼看見了你往裡面倒東西，不承認也沒用，你想害我是吧？」她微瞇著眼，語氣冷漠，面無表情。

林玉樹還在不停掙扎。「放開我！妳這個賤人！妳這死婆娘！」

他平日裡聽自己奶奶罵人，不知不覺就學會了。誰知剛罵了一句，啪的一巴掌搧來，他瞬間被打懵了。

他被人打了？居然有人打他？

「還罵嗎？」

林玉樹感覺臉上火辣辣的痛，他心裡像是有一頭野獸在咆哮，恨不得和江挽雲拚命。

江挽雲伸手把他的外褲扒到膝間，隔著薄薄的裡褲，揚起手就是重重幾巴掌。

「啪！啪！啪！」

江挽雲感覺自己的手掌都麻了才解氣點，她還沒見過這麼頑劣的孩子。還好不是她親生的，不然非要叫她把腿打斷。

林玉樹的雙手被反剪著，膝蓋跪在地上，趴在凳子上，屁股還被人重重打著。

他長這麼大，何曾受過這種待遇。

他發出殺豬一樣的叫聲，好像瘋了一樣。「我要殺了妳！我讓我爹殺了妳！讓我舅舅休了妳！」

林玉樹臉上眼淚鼻涕糊成一團，這時門嘎吱一聲開了，一個清瘦的身影走了進來。

林玉樹一看見他如同看見了救星，立馬掙扎了起來。「三舅！三舅！三舅救我！你媳婦要殺我！她要打死我！」

三舅一定是站在他這邊的！

陸予風剛去幫忙拔蔥，洗了手回來，一進門就看見這情景，他也有點愣住了。他下意識啪的把門關上，問：「玉樹這是……」

江挽雲道：「老實點，叫三舅也沒用，他跟我是一夥的。這孩子剛剛往我茶水裡下藥，被我當場抓住了。」

陸予風聞言眼神忽地變冷了，方才還眼巴巴看著他的林玉樹被他眼神嚇到了。

江挽雲說：「如今是人贓俱獲，他卻死不認帳，被我打了一頓。」

陸予風打開茶壺蓋子，聞了聞，沒什麼味兒，問林玉樹。「你下了什麼進去？」

林玉樹不敢隱瞞了，結結巴巴道：「巴……巴豆粉。」

「哪兒來的？」

林玉樹垂頭喪氣，像隻鬥敗的公雞。「叫、叫別人幫忙買的……三舅，我再也不敢了，你別告訴人！」

陸予風語氣冷硬道：「你該向你三舅娘道歉，而不是我，並保證下次不再犯。」

林玉樹別無他法，只能目光呆滯的對江挽雲道：「對、對不起……三舅娘，我不該給妳下藥，我以後不會了。」

江挽雲聞言這才鬆開手，誰承想林玉樹一下爬了起來，顧不得疼痛，拉起褲子，一溜煙就跑了出去。

陸予風道：「他肯定要去告狀了。」

畢竟是自己外甥，他還是瞭解對方的。

方才他叫林玉樹道歉，也沒指望林玉樹是真心悔改。縱容江挽雲打他一頓，不過是讓江挽雲出出氣罷了。

陸予風道：「等會兒妳什麼都別說，我來處理吧。」

第十九章

外面已經在叫吃飯了，江挽雲和陸予風走出門，大家忙忙碌碌的擺桌子、擺筷子。兩人還未坐下，林廣坤就氣勢洶洶的走了過來，他滿臉怒意，懷裡抱著林玉樹，陸予梅臉上帶著恨意，紅著眼睛跟在後面。

他們怎麼也沒想到，讓林玉樹去巴結陸予風，回來卻傷成這樣，整個屁股都是紅的，全是巴掌印，左邊臉頰也腫起來了。

他們一直捧在手心裡，從來捨不得打一下的寶貝兒子，居然被人打成這樣。甭管是誰動的手，今天都別想好過，大不了這門親戚不要了。

「江挽雲，妳給我過來！」

林廣坤大著嗓門叫道，他語氣凶狠，旁邊不認識的人瞬間被嚇得抖了一下。

「幹什麼幹什麼呢！」

陳氏等人圍了過來。

陸予梅當先大聲哭訴道：「爹、娘！你們要給我作主啊！你們看我兒子，被人打成什麼樣子了！」

她把林玉樹抱過來，把褲子褪下給大家看。

而後指著江挽雲道：「都是這個賤人！她因為昨天記恨我兒，就背地裡下黑手！」

看著林玉樹屁股上觸目驚心的傷，陳氏等人也愣住了，皺著眉頭看向江挽雲。

「這是怎麼回事？老三媳婦，真的是妳打的嗎？」

「天啊，下手好重啊！」鄰居家的驚訝道：「這孩子是犯了什麼錯？」

林廣坤大聲道：「你們陸家辦酒席，我們好心來幫忙，今天不給個說法就沒完沒了！我兒子可是家裡寶貝著長大的，還沒有人動過他一根手指！妳是什麼東西？竟然敢跟他動手，妳真以為他爹是死了嗎？」

林玉樹躲在林廣坤的背後，對著江挽雲露出挑釁的表情。只要他不承認，這女人能把他怎麼樣？他早就把兜裡的紙包丟了。

江挽雲冷笑，正要講話，陸予風卻一下抓住她的手腕，把她帶到自己背後，道：「是我打的。」

瞬間所有人的眼神都聚集到他的身上。

陳氏不可置信道：「風兒你在說什麼胡話呢！」

沒有人會相信是他，畢竟陸予風平日是沈默寡言、脾氣溫和的人，從來沒有與人起過衝突、紅過臉。

說他會動手打人，不如說母豬會上樹。

陸予風表情淡漠道：「是我打的，因為我回屋的時候，發現他往茶壺裡下藥。」

此言一出，眾人皆驚，林廣坤顯然也愣住了，下意識的質問林玉樹。「你做了什麼？」

林玉樹絲毫不慌，叫囂道：「我什麼也沒做，他們就打我！現在還誣賴我！」

旁邊的人都議論紛紛，一時間拿不定主意。

林廣坤自然相信自己兒子，大聲道：「我兒傷成這樣，今天不把話說清楚了，那大家都別想好過！」

陸予梅也怨恨的看著陸予風，她不敢相信自己的弟弟怎麼會變成這樣，一定是被那個狐狸精迷了心竅。

她氣得要死，把矛頭指向江挽雲。「別以為我不知道這一切都是妳幹的，我三弟不過是為妳頂缸。妳到底為什麼這麼狠毒？我的兒子才六歲，妳竟然下得了手？現在還故意來栽贓陷害我兒子！」

江挽雲終於憋不住了，道：「惡人先告狀還想倒打一耙？你在我茶水裡下巴豆，想讓我拉肚子，想讓我們的席面辦砸是吧？行了行了，我們也別心慈手軟了，什麼親戚不親戚的，直接報官吧，衙門的人辦案多年，隨便一查就知道事情的來龍去脈。就是不知道，這六歲就謀害長輩，會不會被除族和蹲大牢呢？」

陸予海和陸予山等人面面相覷，不知該說什麼，雖然林玉樹是自己外甥，但陸予風還是自己親弟弟呢，予風身體那麼差，吃了巴豆，保不定病情加重到什麼程度。

想到這裡，他們也對林家越發厭惡了，自己管教不好孩子，還在這裡理直氣壯的，這裡是陸家又不是林家。

陸父道：「玉樹，你究竟有沒有做過？」

一聽要報官，林玉樹終於開始害怕了，他根本沒想那麼多，他只想出氣，只想讓自己開心。

當下心理防線一塌，整個人嚇得發抖，抱住林廣坤的胳膊哭道：「爹，救我，救我！我知道錯了！」

「樹兒！」

陸予梅沒想到林玉樹自己承認了，氣得差點厥過去，衝過來打他兩巴掌。「你在胡說什麼？」

「滾開！」林廣坤一把將陸予梅推開。「都是妳！妳怎麼不看著他！玉樹，走，爹帶你回家。」

他當然知道這事兒若真鬧到官府可就麻煩了，就算不被除族，以後考科舉也是不可能的了。

為今之計就是先溜，改日再來跟陸家說情，料想陸家也不會那麼狠心，至於在場的這些人都要給點封口費才行。

「誒，等等！走啥啊？不是你說的今天必須把事兒說清楚嗎？」柳氏一把攔住他們。

陸家人顧及親戚關係不好開口，她可不顧及，林玉樹從前差點把繡娘推下井的事，她一輩子都忘不了。

「是啊！說清楚再走啊！」圍觀的熱心鄰居道。

方才事兒不明他們不敢開口，現在事兒清楚了，這麼小的年紀就敢謀害長輩，可不得好好教訓一番。

「你們到底想怎麼樣啊！你們為什麼都向著她啊！我才是你們的親女兒、親姊姊！」陸予梅索性撒潑耍賴起來。

林廣坤則是高喊道：「那茶水不是沒喝下去嗎？再說了只是巴豆而已，跑幾次茅廁不就好了！你們把我兒子打成這樣我還沒報官呢！有本事報官啊！」

江挽雲才不會被他嚇到，冷聲道：「行啊！走啊！看是舅舅教育外甥的罪過大，還是外甥謀害舅舅的罪過大！」

「妳！」林廣坤用怨恨的眼神看著她，忍氣吞聲道：「玉樹才六歲，小孩子不懂事，你們大人有大量，放他一馬成嗎？」

他踢了陸予梅一腳，瞪著眼睛道：「都是妳這個蠢女人教壞了兒子，還不快給岳父岳母賠罪！」

陸予梅心裡的苦水是嘩啦流，卻又畏懼丈夫的淫威，只能收了脾氣，邊抹淚邊向陳氏和陸父求情。

「爹，娘，你們幫忙說說話吧，玉樹可是你們的親外孫啊！他才六歲，他能懂什麼事兒啊！都是我沒教好他，都是我的錯！」

陳氏看著這個已經出嫁十幾年的女兒，紅了眼眶，她有心無力，一切都是自己的選擇。

陸父直接閉口不言。

林廣坤道：「你們究竟想怎麼樣？」

「送官……」或者給錢。

後面半句還沒說出口，陸予梅已經撲了上來。「不能送官！不能！」

陸予風連忙去拉開陸予梅，怕她傷到江挽雲，趁著陸予梅轉移眾人注意力，林廣坤趕緊抱著林玉樹跑路。

林玉樹本就在挨打時受了驚嚇，加上屁股的傷，如今情況更是嚴重了，渾身發抖，滿頭大汗。

林廣坤大步往外走，陸予海和陸予山想上去攔住他。

但林廣坤救子心切，腳步不停。玉蘭急忙跟在他旁邊，他嫌棄玉蘭礙眼，習慣性的踢了她一腳。「滾遠點，別擋路！」

玉蘭站在原地，揉著腿，沒有再跟著過去，垂著頭一言不發。

察覺到林廣坤要先走了，陸予梅趕緊跑了過去。

林廣坤抱著林玉樹要上牛車，眼見陸予海和陸予山也快要追過來了，他心裡一急，一手抱人，一手撐著想要爬上去。

哪承想啊，林玉樹養得白白胖胖的，重量不輕，林廣坤一隻手抱著人，往上爬的時候就出事了，腳下一滑，一大一小兩個人都從車轅滾了下來。

林廣坤手一鬆，林玉樹沒料到自己老爹這麼坑人，慘叫著摔下去，屁股受到二次傷害就算了，頭還在車子邊緣磕了個大包。

「樹兒！」

林廣坤趕緊爬起來，但陸予梅更快衝過來，把林玉樹抱了起來，用怨恨的眼神看著林廣坤。

從前她害怕林廣坤，今兒她已經豁出去了，誰傷她兒子她跟誰急。

「妳這個臭娘兒們！看著老子做啥！還不快送醫館！」林廣坤心虛，罵罵咧咧的上車了。

陸予海和陸予山見林玉樹被摔得人事不省，也就沒再攔住他們，轉身回家了。

陸予山氣道：「這都是啥老子和兒子啊，真不想要這門親戚了。」

陸予海也是搖頭嘆氣。

陳氏走上來道：「都去吃飯吧。」

她對一邊站著的玉蘭招手道：「玉蘭，走，去吃飯了。」

院子裡大家看了熱鬧，坐下開始吃午飯，邊吃邊聊剛才的事。

江挽雲和陸予風也坐下，見狀她問道：「怎麼把玉蘭給丟下了。」

陸予風挑眉，言簡意賅。「大姊他們一向輕視玉蘭。」

生了玉蘭後，陸予梅身子有些不好，隔了七年多才懷上林玉樹，可不得全家當寶貝一樣寵著。

江挽雲也沒想要真的把林玉樹送官府去，畢竟是陸家外孫，但從林家坑點錢過來還是可以的，所以她等著，林家自己會送錢來的。

下午時分來的客人就很多了，露天廚房的人忙個不停。

大蒸籠已經開始蒸燒白和粉蒸肉了，口水雞、涼皮等也備著了。

太陽偏西時，客人差不多坐滿，開始上菜，端著托盤的嬸子行走在桌子之間，菜像流水一樣被端上桌。

客人們一邊嗑瓜子一邊討論，聽說今天的席面師傅是陸家三媳婦，那個前些日子突然冒出頭的，聽隔壁杏花灣的人說做菜可神了，今天他們可要嘗嘗是不是真那麼好吃。

這次江挽雲準備的菜品相對於上次孫家來說要簡單樸實一些，畢竟孫家家大業大，陸家如今還比不上。

手撕雞、油酥花生、涼皮、泡椒豬皮先上。

「這個雞肉好好吃！這個湯汁、這個湯汁……我等會兒要用它下飯！」

「豬皮還能這樣吃？絕了！」

「好多大蒜，這麼捨得放調味料的不多見。」
「上菜了、上菜了！」
小酥肉、油炸馬鈴薯丸子、蔥爆豬肉、木耳炒肉、粉蒸肉、燒白、紅燒魚、黃燜鴨，雞鴨魚肉齊全，再來個熗炒白菜、白菜豆腐湯。
漸漸的，客人已經開始埋頭苦吃，生怕自己想吃的沒了。
「好吃！太好吃了！下次我也要請她來辦酒席！」
「欸，她這手藝收費貴不貴啊？」
「都是親戚，得打個折吧？」
「陸家嬸子，妳可娶了個好媳婦啊！」
笑容滿面的陳氏和陸父，領著幾個兒子一桌一桌的敬酒。
看著病已經好了大半的陸予風，客人們紛紛祝賀和誇讚，舉杯相碰，一時間氣氛十分熱鬧。
待到天黑，吃飽喝足的客人才三三兩兩的告辭了。嬸子們忙著收桌子洗碗，處理剩菜剩飯。
陳氏讓江挽雲最先去洗澡，她今天炒了那麼多菜，肯定累壞了。
江挽雲確實很累，她洗完澡就躺下了，很快進入夢鄉。
次日又是一陣忙亂，今天陸予風倒是多了一項任務，那就是寫禮金簿，不管念過書還是沒念過書的，都誇他字好看。

今兒林廣坤也厚著臉皮來了，先給了禮金後，偷偷摸摸又塞了二兩銀子到陸予風手上。

昨日他回去把事兒給家裡人一說，差點被他老爹打斷腿，叫他今天務必來把陸家人哄好才行。

林廣坤恨啊，自己兒子還躺床上呢，還要拿銀子來討好仇人。

「小舅子，你看……昨兒的事，要不，算了吧……你大人不計小人過，別跟一個孩子計較……我們已經狠狠打他一頓了。」

大丈夫能屈能伸，他默默想。

陸予風謹記江挽雲的話，不能被隨便打發了，所以拒絕了林廣坤的銀子，道：「姊夫，有些事不是錢能解決的。」

林廣坤咬牙。「那你想怎麼樣？玉樹都傷成那樣了。」

陸予風看著他，淡定道：「如果加錢也是可以的。」

林廣坤用震驚的眼神看著他。陸予風什麼時候也成了這種人？趁火打劫？

他本以為以陸予風清高的性子，自己說幾句好話，拉下臉求求他便能解決這事了，誰知道陸予風居然嫌棄二兩銀子還不夠？

讀書人的氣節呢？

陸予風淡定道：「姊夫錢沒帶夠？沒事，先入席吧，明兒再送來不遲。」

林廣坤反應過來，忍住怒氣。「你要多少，開個價！」

陸予風很直接道：「五兩。」

「你！」五兩，他要苦幹一、兩年才攢得下來，辦一次酒席都花不到五兩！太過分了太過分了！

陸予風卻不管林廣坤的心情，道：「姊夫盡快吧，下個月我就要去書院了。」

林廣坤握著拳頭怒氣沖沖的走了，走了幾步，路過露天廚房，看見玉蘭在幫忙洗菜。都成仇人了，還洗啥洗！「玉蘭！滾過來！」

玉蘭突然被吼了一聲，嚇得瑟縮一下，站起身把手在身上擦乾，走了過來。

「爹爹……」

林廣坤見陸家人都看著他，他心裡升起一陣惡意，故意噁心陸家人道：「玉蘭，吃了飯就跟我回家，村裡劉長根的媒人下午就來了。」

玉蘭愣住，有些不敢相信的抬頭看著他。

林廣坤道：「雖說劉長根歲數比爹還長，但他家條件不差，歲數大會疼人，妳以後就別出來亂跑了。」

劉長根就是他們村的老光棍，還有殘疾，走路一瘸一拐的。

陸家人不收徒是吧？那他就故意噁心陸家人。

玉蘭嘴唇哆嗦著，腦子發懵，但她挨打挨罵習慣了，不敢說什麼反對的話。

「林廣坤！你敢！」陸予山最先發作。「我忍你這個鱉孫很久了！你敢把玉蘭嫁給他，我把你林家拆了！」

陸家其他人也起身，面帶怒意的看著他。

林廣坤看陸家人生氣，心裡樂開了花，得意洋洋道：「我的閨女，我說她嫁給誰就嫁給誰，你管得著嗎？」

陳氏道：「予梅呢？她怎麼說？」

林廣坤道：「她自然與我一樣想法。」

他現在已經豁出去了，陸家人不肯收玉樹和玉蘭當徒弟，他巴結不到陸家，那還裝啥孫子。陸予風這個背時鬼，病死才好，還沒中舉呢，就開始拿喬了。

陸予風走過來，皺眉道：「不是說只要我們答應收徒，就不把她嫁去當填房？」

江挽雲正在炒菜，一時間抽不開身，客人們還等著上菜。

幫忙的嬸子們都踮著腳觀望著。

林廣坤陰陽怪氣道：「拜師禮我可出不起，我家哪像你們陸家會賺錢啊。」

這時玉蘭伸手擦了擦眼淚，彷彿做了一個重大決定一樣，看著林廣坤道：「爹爹真的要將我嫁給劉長根嗎？」

林廣坤皺眉，怎麼感覺女兒的神情有點不一樣了。

「我跟妳說，妳不答應也不行，我是……」

「爹！」玉蘭打斷他。「這是我最後一次叫你了，從小到大，你都待我不好，你和祖母經常打我罵我，我四歲你就讓我下地幹活，我穿的衣服全是堂姊不要的，就因為我是女兒是嗎？」

「妳……」林廣坤愕然，正要反駁。

玉蘭又道：「既然爹這麼逼我，那就恕女兒不孝，不能從命了。今天是外祖母家辦酒席的日子，待明日，我就自行了斷，餓死也好，淹死也罷，我也不要當你的女兒了！」

林廣坤瞪大了眼，周圍的人也驚訝得說不出話來，這是玉蘭？那個從不敢頂一句嘴的玉蘭？

玉蘭看著林廣坤的反應，她知道自己成了，三舅娘說得沒錯，她若逆來順受，別人只會更加欺負她，還不如豁出去了，還能有一線生機。

「妳在說什麼胡話！」林廣坤怒不可遏，抬手就是一巴掌，把玉蘭搧倒在地。

這一巴掌用的勁很大，直接把玉蘭搧得腦子嗡嗡嗡，嘴角破裂出血。

露天廚房是搭在屋子邊上的，客人在前院，吵吵嚷嚷的，倒沒注意這邊的情況。畢竟今天人很多，連在給木匠當徒弟很少回家的陸傳福都回來了，聚集在一起談天說地，沒人留意後廚很正常。

露天廚房這邊只有陸家人和幫忙做飯的嬸子們。

「林廣坤你幹麼？」陳氏見到玉蘭被打，終於忍不住了，衝上來推開林廣坤，查看玉蘭的傷勢。

「讓外祖母看看，嚴不嚴重？」

玉蘭咬著唇，眼神慢慢變得堅定，她爬起來，看著自己的生父道：「你從小就是這樣打我，玉樹自己不小心摔了你都要打我，我真恨你。十年來我每天都在幹活，也算是報答過你的養育之恩了。」

林廣坤又驚又怒，又要伸手打人，但他的手剛伸出去，卻有一個人擋在玉蘭面前，他的手便打到了陸予風肩膀上。

「三弟你怎麼樣？」

「風兒！」

陸予海和陸予山連忙拉住林廣坤，把他的手反剪在背後。

「你想幹麼？在陸家打人？玉蘭不光是你女兒，還是我們陸家的外甥女，當她舅舅是死的啊？」陸予山恨不得一拳把林廣坤打趴下。

陸予風揉了揉肩膀，這一掌他還可以忍受，若是打女孩子臉上可就不一樣了。他皺著眉頭，道：「看來你們爺兒倆都準備蹲大牢了。」

林廣坤被兩個舅子一左一右的拉著，心情越發暴躁，吼道：「老子打自己的閨女要你們管？你他娘的自己要替她挨打！」

這時江挽雲炒完一鍋菜，聽說這邊林廣坤打人了，連忙走過來，就看到陸予風被打了一掌的情景。

居然敢打陸予風，這人是不是活膩了？

陳氏差點氣厥過去，她走到林廣坤面前，狠狠甩了他一個巴掌。「混帳東西！」

林廣坤梗著脖子，吭哧吭哧喘氣，眼睛瞪著陸家人，一副不覺得自己有錯的樣子。

江挽雲猜想林廣坤平日裡在家也是稱王稱霸，打老婆打孩子習慣了的，且他性格本就暴躁，一旦發作起來可能都控制不了自己。

陸予風自然是故意的，因為他要把林廣坤送進大牢，吃吃牢飯。

他早就有所耳聞，以前因為陸予梅生不出兒子，林廣坤就日常打罵她。昨日林玉樹又下藥差點害了江挽雲，今日林廣坤還當著陸家人的面動手打玉蘭，這種人不給他個教訓，日後陸予梅和玉蘭還要繼續受苦。

江挽雲明白陸予風的意思，立馬大聲道：「報官！報官啊！我相公可是秀才，縣太爺都不能打的！你竟敢對他動手？」

「不能！不能報官！」

一聽說要報官，林廣坤瞬間慌了，膝蓋一軟。他要是吃了牢飯，以後還怎麼見人。「別報官！你們要多少錢，我都給，我都給！」

「這可由不得你，走！」陸予山把林廣坤拖著往外走，陸予海則用繩子把他的手綁了起來。

林廣坤的腳在地上使勁亂蹬也沒用，還是被兩人拉走了，先關柴房裡，下午客人走了再去報官。

按照當朝律令，如果秀才被人打了，那打人的人先要挨二十大板，再決定是賠錢了事還是讓對方蹲大牢，一般來說要蹲個半年的。

「三舅，你沒事吧？」玉蘭垂著頭走過來，她臉頰高高腫起，眼眶微紅。

「我沒事，妳去搽點藥吧。」陸予風道。

柳氏走過來道：「走，二舅娘帶妳去搽搽藥。」

旁邊圍觀的嬸子們心照不宣的又忙碌起來，剛才這齣戲可太精彩了，以後幾天都有談資了。

江挽雲道：「你肩膀痛不痛？」

陸予風本想說不痛，但話到嘴邊頓住了，道：「有點。」

江挽雲哎了聲。「那你自己揉揉吧，我去炒菜了，等會兒來不及了。」

被丟下的陸予風瞬間無語了。

第二十章

中午來的客人更多，二十桌坐滿，兩輪菜，有很多昨天沒來的親戚朋友，皆吃得讚不絕口，桌上全無剩下的菜。

有不知道的打聽著席面師傅是誰，聽說是陸家三媳婦，都震驚萬分，表示下次家裡辦席一定要找她。

更有甚者當場就要預定，江挽雲便按著日期接了幾家，準備開始賺錢大業了。

待客人走得差不多了，江挽雲去洗頭洗澡，睡個午覺，陸予風三兄弟則帶著林廣坤去衙門。

陸予海駕牛車，陸予山道：「聽說你經常打我大姊是吧？」

林廣坤現在滿心恐懼，恨不得磕頭叫爺爺求饒，瘋狂搖頭。「我沒有！我沒有！」

陸予山道：「我大姊出嫁前多麼溫婉的一個人，現在被你折磨成什麼樣了，你不光打我大姊，對你自己親女兒也下手，你是男人嗎你？」

陸予海道：「把自己親女兒嫁給比你還老的男人，與賣閨女有什麼區別？」

林廣坤哪敢還回嘴，只能一個勁兒求饒。

「你還敢打我三弟？我三弟身子不好你不知道？他可是秀才，你哪來的能耐……」

江挽雲這一覺睡得很長，待醒來時外面已經霞光滿天了。

她套上衣服推開門，見院子裡的桌子已經還回去，只剩陸家自己的三張，院子裡也打掃乾淨了。

陳氏和王氏在灌香腸，準備燻乾保存。玉蘭在一旁幫忙，她的臉頰已經好多了，只剩下一點紅。

柳氏正在準備晚飯，一邊熱中午多準備的幾道肉菜，一邊道：「這些人吃得可真乾淨啊，都沒剩太多，看來今晚還得再炒兩個菜。」

飯菜剛上桌，陸予風三人便回來了。

傳林最先跑過去問：「爹爹，怎麼樣了？」

陸予山道：「我們三個出馬還能不成嗎？亭長下令打了林廣坤二十大板，讓他自己選是蹲大牢十個月，還是賠償五兩銀子。」

柳氏道：「他肯定賠錢吧？」

陸予山搖頭。「都沒選。三弟說，給他第三個選擇，那就是把玉蘭養在陸家，日後出嫁也由陸家決定，從陸家出嫁。只要他答應了，那就不用蹲大牢和賠錢。」

林廣坤自然是答應的，畢竟可以保住五兩銀子。把玉蘭嫁給劉長根，都不一定能拿到五兩彩禮。

傳林失望道：「啊，那我們豈不是一分錢都得不到了？」

陸予風道：「倒也不是，他還是要給我們五兩的。」

陸家人聞言皆不解，忙問道：「為何還要給五兩呢？」

陸予風笑道：「昨日玉樹的事，我承諾不揭發，用五兩銀子作賠。」所以其實林廣坤該賠十兩銀子，把家底掏空空，陸家如今不缺這五兩銀子，但能讓林廣坤肉疼。

陸家人瞬間樂了，哪承想還有這齣。林廣坤這下可慘了，賠了銀子又賠了女兒，還挨了二十大板，估計三個月幹不了活兒。

傳林笑道：「那他們父子可以一起趴著養屁股了。」

這時站在旁邊一言不發的玉蘭突然走上前，神色有些激動，嘴唇緊抿著，不知道該說什麼，索性跪了下來，給陸家人結結實實磕了三個頭。

陳氏連忙拉她起來，心疼道：「外祖母知道妳是個好孩子，以往吃苦了，日後就待在陸家，我和妳舅母們給妳好好找個人家。」

玉蘭啜泣道：「謝謝外祖母，謝謝舅舅、舅娘。」

對於玉蘭留下來的事，陸家人都沒什麼意見，畢竟他們現在要擺攤，多來一個人幫忙是好事。再說玉蘭從小就踏實能幹，可以減輕陳氏一個人做家務的負擔。

玉蘭之所以願意豁出去，一方面是昨日被父母丟下之後心灰意冷，另一方面是昨晚江挽雲與她聊的一席話。

江挽雲說，女人並不是生來就要依附男人存在的，她可以選擇自己想要的人生，盡全力去爭取。只要有機會選擇，那就選覺得最舒服的、將來最有希望的，而現在就是機會。她可以選擇在陸家，也可以選擇繼續待在林家。

這番話改變了玉蘭的人生。

吃罷晚飯，各自收拾後回房休息，明天休一日，後天又要擺攤了。

江挽雲盤腿坐在炕上，扯了扯衣服，天兒已經越來越熱。

她最初穿上用陸予風的舊衣改的衣服，之後在成衣店買了兩件春裝，但料子一般，穿久了磨著皮膚疼，她計劃著等她下一次辦席面賺錢了，就去買新衣服犒賞自己。

陸予風在對帳，整理今天收的禮金。

「怎麼樣，收了多少？」

陸予風擱下筆，將錢裝好，滿滿一匣子，道：「五兩多。」

可能是看陸予風病好，覺得他要有出息了，多數客人送的禮金都挺多的。一般來說，同村的禮金都是給五十文或者一百文，親戚會給幾百文。

江挽雲笑道：「那還挺多呢，成本收回來不說，還賺了二兩。」

陸予風將匣子放好，準備明天交給陳氏，又從抽屜裡拿出一個小盒子來，很鄭重的遞給江挽雲。

「給我的？」江挽雲意外的接過。

陸予風眼神飄忽，輕咳一聲道：「今天在街上看見好看就買了。」

「咦？是啥啊？我看看。」江挽雲好奇的打開，見裡面躺著一支做工精緻的銀簪子。銀簪子細細的，並不值多少錢，但鍛造工藝很高，在燈下閃著細碎的光芒。

江挽雲露出驚喜的表情。「哇，好好看！你哪來的錢呀？」

普通人家的女兒若是得寵，出嫁時父母就會打一個銀鐲子或者銀簪子做嫁妝。原身的親娘留下來的嫁妝裡首飾多不勝數，但她一件也沒拿到。

陸予風見她高興，心裡懸掛的石頭也落地了。

買簪子之前他也很猶豫，畢竟江挽雲以前是富家女，會不會看不上他買的。但陸予海和陸予山都慫恿他，說禮輕情意重，賺了錢給媳婦買點東西怎麼了，他倆過兩天要給爹和娘還有媳婦、孩子買夏裝。

好在她很喜歡。

「前些日子抄書掙的，一兩多。」

他的字寫得好，又小有名氣，他抄的書好賣，書店老闆也樂意多給他一點。

「謝謝你！很好看！」

陸予風有點不好意思，輕輕嗯了聲。

江挽雲把簪子放進盒子裡，準備重要場合才戴上。「你給爹娘買什麼了嗎？」

「沒……」買了簪子，還買了些筆墨和紙就沒剩啥錢了。

江挽雲頓住，那還是等他給陳氏他們買了東西後再戴簪子吧。

「你為什麼想起給我買東西啊？」她窩進被窩裡，只露出一個腦袋看著他。

昏暗的燈光下，她能看見他線條完美的下顎和鼻梁，像是老天爺的傑作，怎麼看都無死角。

陸予風把外衣脫了，道：「嗯……看見了，覺得妳戴著應該會好看。」

他側過頭，垂下眼簾俯視她。「可還喜歡？」

江挽雲狂點頭。「喜歡！」

不知道為何，她感覺氣氛有點變了。他坐在床邊，離得挺近的，她有點不好意思與他對視，只有岔開話題道：「天兒不早了，快些歇息吧。」

一夜無話。

次日上午眾人還是收拾家裡，下午便準備擺攤要用的東西。

玉蘭昨日是睡廚房，用板子臨時搭了床，今天陳氏領著王氏把放雜物的屋子打掃出來，擺上床和簡單的家具。

雖然玉蘭的行李還在林家，但那都是可要可不要的了，基本是別人穿了不要的舊衣服。陳氏先找了幾件自己的衣服給她換洗，之後再添置。

陸父在院子旁邊搭了架子，準備來燻香腸臘肉。

江挽雲看著香腸，突然想起前世大街小巷都能看到的小吃烤香腸、炸熱狗。若是去學堂外面賣，應該銷量不錯。

陳氏道：「等你們擺攤去了我就來做魚丸，上次做了三斤，一下就賣出去了。」

陸父道：「那能賺多少錢？地裡的活兒不幹了？」

陳氏白了他一眼。「地裡不是還有你嗎？不過我可以教玉蘭做，兩個人做起來更快。」

玉蘭有些受寵若驚，她知道外祖母家會很多其他人不會的吃食，這才能生意好。她原本還想著他們做吃食的時候避開點，畢竟三舅娘沒有收她當徒弟，誰知外祖母直接叫她一起。

江挽雲道：「除了魚丸，我還準備教玉蘭做蛋餃，那個費時間，要在家做，但肯定賣得好。」

到時蛋餃給陸予山夫妻賣，灌湯包就給陸予海夫妻賣。

「我也要學！」傳林和繡娘一聽，趕緊圍過來。

江挽雲見現在也沒啥事，離吃飯時間還早，那就來做蛋餃嘗嘗吧。

先把豬肉、香菇和胡蘿蔔剁碎，放入各種調味料，而後攪打出筋。

「你們看，順著一個方向使勁攪拌，待所有食材都混合在一起，攪到有點黏糊糊的感覺才行，不是簡單的拌一拌。」

她很仔細的講解著，三個孩子也看得很認真，待餡兒準備好，接下來就是做蛋餃了。

江挽雲找出一個舀湯的大鐵勺，刷點油，倒入一點雞蛋液，晃一圈，在瓦爐上面烤得結成一層薄皮，放上肉餡，沾點蛋液，用筷子挾住另一邊蓋起來，壓實邊緣。

「來，你們試試。」江挽雲讓三人輪著來。繡娘年紀小，鐵勺拿不穩，她幫忙掌住，鼓勵道：「對，慢慢來，是不是挺簡單？」

兩個小傢伙興致勃勃，玉蘭的眼裡也滿含期待和感動，她有預感，自己在陸家學到的東西，將是她一輩子最珍貴的回憶。

蛋餃好吃，就是得花時間，江挽雲決定實行限量供應，主打消費頂端客戶。

今天先做了五十個，留下二十個，給自家人做了一個蛋餃白菜煲，剩下三十個讓陸予山帶去賣。

「這三十個，要規定一下，一個人一次最多只能買三個，而且每天都只賣三十個，六文錢一個。」

陸予山和柳氏咋舌，一個餃子賣得跟肉餅一個價。「賣這麼貴？」

江挽雲解釋道：「這正是我要跟你們說的，物以稀為貴，越是少的、貴的東西，越吸引人買，也越容易打出名氣來。同樣的，明天我教給大哥、大嫂的灌湯包也是這樣子賣。」

陸予山和柳氏還是有點顧慮，這樣客人會不會覺得他們是奸商啊？

陳氏道：「聽挽雲的，她說怎麼賣就怎麼賣，別人攤子上的包子饅頭賣得倒是便宜，也沒見賣得多好啊，那些有錢人根本不在乎這幾文錢。」

陸予山聽罷這才明白。「成！那就賣六文！」

五月的天兒已經熱起來了，走一段路就開始出汗，站在爐子旁邊的陸予山和柳氏更是如此。

臨近中午，街上熙熙攘攘的人，燒得紅旺旺的木炭嗞嗞冒煙，裹著辣油和調味粉的味兒被風吹得直往行人鼻子裡鑽。

「他娘的，這味兒太霸道了，聞著腳都走不動道兒了。」

「哎呀，不能再吃了，我這個月飯錢都要沒了。」

「不吃就讓開，這些我全包了。」

「噯，憑啥你全包？有錢了不起啊？」

「嘿你還別說，真全包不了，他家今天賣的蛋餃，一人最多買三個。看看，就是這個，不知道餃子皮用什麼做的，黃黃的，怪好看的。」

「都說了蛋餃，肯定雞蛋啊，怎樣，好吃嗎？」

「好吃！他家這餡的味兒絕了，皮跟煎雞蛋一個味兒。」

很快前面有人道：「這就沒了？才賣幾個人啊？」

陸予山道：「不好意思啊，今天準備的已經賣完了。」

「你們為何不多準備點？」

陸予山按照江挽雲教的說法道：「不是我們不想多準備，實在是這個蛋餃做起來太費勁了，每天只能做出三十個。」
「多了不做？」
「不做。」
「唉，成吧，下次我得早點來，給我來點其他的串串吧。」
很多沒買到蛋餃的都轉而買點燒烤，很少有空手走的，陸予山慢慢發現，蛋餃準備得少並沒有影響生意，反而讓客人更有回頭率了。
他有點心癢癢，要不明天還是再多準備點吧，繡娘已經學會了做法。
柳氏道：「你忘了三弟妹怎麼說的了？少打主意，說三十個就三十個，賣得多了就不值錢了。」
陸予山只有收起心思，道：「不知道三弟妹會教大哥他們做什麼新的吃食。」
柳氏一邊收拾東西一邊道：「不管弟妹教什麼，也不管是我們掙錢，還是大哥他們掙錢，都別去說三道四，我們賺得多就多幫襯家裡，賺的少也別怪誰，加把勁早點出攤，多吆喝吆喝，總有錢賺。」
陸予山聞言心想也是，他還得再加把勁才行。
過了晌午時分，陸予山收攤，和陸予海會合，陸予海買了幾大塊豬皮掛在車上。
陸予山好奇道：「大哥，你買這豬皮做甚？幾個時辰才燉得爛，費柴火不說，還毛多，不好吃的。」

陸予海道：「這是三弟妹指明要我們買回去的，興許能做出什麼新奇花樣來。」
聽說是江挽雲要求的，陸予山看豬皮的眼神瞬間變了。
「你們今天的蛋餃賣得怎麼樣？」
「賣得好是好，就是少了點，但是燒烤倒是比以前賣得多了。」
四人說笑著回了陸家，見陳氏正在搬箱子，陸父正在燻香腸臘肉，老遠就見飄得高高的白煙，走近可以聞到松枝柏樹和柑橘皮被火燒過的味兒。
「娘妳這是幹啥呢？」
「你們回來了，快洗手吃飯。太陽好，我把這布曬曬，都放箱子裡面兩、三年，下面都發霉了，這還是那一年你弟考了秀才，別人送的。」
布倒也不是好布，而且是幾年前的花色了，轉手賣出去也賣不了多少錢，不如裁剪來做衣服。
要論陳氏為何突然如此大方，還得說起上午陸予梅來家裡的事。
陸予梅是來送賠償的五兩銀子的，順便把玉蘭的行李帶來了。
她一直哭哭啼啼的，一邊捨不得玉蘭、捨不得銀子，一邊又為玉蘭逃離了林家而高興，再就是哭訴自己要伺候家裡的兩個病人。
陳氏被吵得煩了，把陸予梅打發走。當初是她自己選的，如今後悔有啥用呢。
不過到手的五兩銀子倒是讓陸家積蓄厚起來了。

陳氏拿出一兩銀子來準備給全家做衣服，另外四兩攢著，加上收到的禮金，共有十兩左右，可以先開始準備蓋房的事了。

她今兒高興，和江挽雲一起做了豬肚雞、涼拌魚腥草、醋溜馬鈴薯絲，如今家裡條件不錯了，伙食也要改善，大夥兒都補補身子。

這些天吃得好，陸予風已經長了些肉，兩個小傢伙也不再臉蛋尖尖。

江挽雲這些日子越來越感嘆，果然，胖起來的陸予風已經達到男主角該有的顏值了，光是看著就賞心悅目。

吃罷飯，照常開始處理食材，江挽雲讓陸予海和王氏把豬皮放火上烤，把毛都去了，而後刮掉肥油，清洗乾淨，放生薑、白酒、大蔥下鍋開始煮。

煮了一個時辰，豬皮煮得軟趴趴的了，撈出來剁碎，再煮，直到煮成羹，隔著盆子放涼水裡冰著。

陸予山在一邊做蛋餃，柳氏在串串兒。

王氏笑道：「從未見過豬皮還有這吃法，以往都是切成條炒了吃。」

江挽雲道：「這菜就是費柴火，得多去撿柴才行。」

傳林立馬道：「我等會兒就去！還可以叫二虎他們幫我們撿。」

陸予海奇道：「二虎他們為什麼要幫你撿？」

傳林嘿嘿笑道：「你們每天給我的十文錢，我都留著呢，給他們每人兩文錢，就可以幫我們撿一捆柴。」

雖然小孩子的一捆柴比不上大人的一捆，但他們都是成日在山上野習慣了的，幫家裡撿柴、打豬草什麼的，撿柴功夫不差，算下來成本可比去街上買便宜多了。

江挽雲笑道：「原來你才是做生意的料，兩文錢就能買一捆柴了。」

傳林道：「這還是三嬸妳教的，叫收益最大化，我要是去撿柴就不能擺攤了，不划算不划算。」

說話間，肉餡也準備好了，是江挽雲的獨門配方。

接著把已經凝結的豬皮凍取出來，剁碎放進肉餡裡攪拌均勻。加豬皮凍的原因就是讓包子在蒸熟之後，裡面的豬皮凍融化，變成湯汁。

陸予海擀麵皮，江挽雲教陳氏和玉蘭以及兩個小傢伙包包子。

「皮一定要很薄很薄，小一點，提起來能透光的那種。」

陸予海雖不知道江挽雲的用意，還是照做，把皮兒擀得薄薄的。

一個個精緻的小包子生成，擺放整齊，放進蒸籠裡開始蒸。

「同樣的，這個灌湯小籠包也是定量出售，每天只賣三十個，待日後生意更好了才擴大販售，主要是為了積攢名氣，就定五文一個吧，畢竟用的麵皮不是雞蛋皮。」

陸予海和王氏早就知道江挽雲要教他們做包子，本來以為就是普通包子的樣子，只不過味道更好。誰知道這麼小巧精緻，好像一口就能吞一個。

最讓他們驚訝的就是出爐之後的小籠包，原本還圓圓的，蒸過之後都變得塌塌的，晶瑩剔透，隔著皮都能看到裡面的餡兒。

「這個包子皮薄，不能用筷子挾，最好是把手洗乾淨撿出來，而且要趁熱吃，涼了的話裡面又凍住了。」

江挽雲洗乾淨手，小心翼翼的把灌湯包撿出來放盤子裡。

一人嘗了一個，王氏一口咬下去，差點發出尖叫，因為它裡面居然是大量的湯汁，一下噴出來了，弄得她一手都是。

陸予海笑話她。「妳怎麼能咬呢，就是要一口吃才行。」

但王氏沒空理他，快速把包子吃了，震驚道：「難怪叫灌湯包，真的好多湯，這就是放豬皮凍的原因吧？」

江挽雲道：「若是條件允許，也可以用濃雞湯，也會凍住，味兒更鮮。」

陸予海說：「我覺得這味兒已經夠鮮了，用雞湯，那成本可太高了。」

其他幾人也很是驚豔，入口是濃郁的湯汁，包子皮一點也不噎人，薄薄的一層，裡面的餡兒鮮香撲鼻，一口一個，多重滋味。

這下那些人模仿不了了吧！陸予海已經開始幻想著灌湯包成名的日子了。

如今玉蘭來了，做飯就多一個人，通常是陳氏和玉蘭輪著做，江挽雲只做自己喜歡的食材。

她讓傅林留下三十個包子，其他的自家分了吃，又端了幾個進屋給陸予風嘗嘗。

陸予風每日除了鍛鍊一會兒，就是埋頭苦學，但他並不是死讀書，在背書的同時，他會寫寫畫畫，做許多筆記，還會堅持寫文章。

停滯兩年的腦子開始轉動起來，本以為已經忘記的知識也慢慢想了起來。

曾經他以為自己是個什麼用處也沒有的人，但如今他慢慢找回了自信，他甚至覺得自己半年後一定可以中舉。

雖說有點狂妄自大，但他覺得也不是不可能，到那時候，他就可以回報家人了吧。如此想著，陸予風覺得自己學習勁兒更足了。

第二十一章

次日一早，陸予海和陸予山便推著車出發了，而他們離開後不久，江挽雲也收拾了東西往鎮上去，今天是約好給一戶人家辦酒席的日子。

她一定要趕緊賺錢買鋪子。

這次請她去辦酒席的人家是鎮上的大戶，做布疋生意的。對方是經人介紹，聽說江挽雲名氣很大才請她去試菜，給的報酬也很高，一百文一桌，確實財大氣粗。

江挽雲照舊揹著自己的背簍，裡面裝著各種調味料和自己的一些小工具，待根據對方所給的位址找到了那戶人家後門時，已經有人在門口等著她了。

大戶人家瞧不起平頭百姓也正常，江挽雲倒也不指望對方派個轎子迎接自己什麼的。只是來接她的人一開口說的話就讓她不太爽了。

「妳看看都幾時了？葛大廚都到了，妳架子比葛大廚還大嗎？」

江挽雲解釋道：「來報信的人給我說的是下午試菜，我還未到正午就到了，怎還算晚了呢？」

那人沒想到這個小村姑還敢回嘴，語氣更不好了。「是管事的親戚推薦妳，要不是有個廚子臨時病了也輪不到妳，進去了自覺點，給葛大廚打下手，咱們這次是請了尊貴的客人來的。」

江挽雲更無語了。「讓我來幫廚的？」

江挽雲最初一瞬間是很意外的，她以為是請自己來做席面師傅的。

但轉念一想，大戶人家辦酒席，客人多，菜品多，一個人確實忙不過來，而且他們有錢去請大酒樓的廚子來，叫她來打下手也是正常的。

活兒可比自己負責全部要輕鬆多了，而且工錢至少一百文一桌呢。

這樣一想她的心情瞬間好了。

「不然呢？」那人不屑的打量她。「看妳年紀還挺小的吧，讓妳有機會來我們顧府給葛大廚打下手已經是妳的福氣了。葛大廚妳知道是誰嗎？省城天香樓的大廚！妳能學到一點半點都是賺的。」

看在錢的分上，江挽雲保持微笑。是是是，你說的都是對的。

她笑道：「我懂的，還請小哥前面帶路吧。」

那人哼了一聲，扭頭往裡面走，邊走邊想，不知道推薦的人在想什麼，怎麼會找一個這麼年輕的女人來，還以為是個三、四十歲的呢，一個小姑娘能幹啥？

但人已經來了，先帶進去試試菜吧，技術不行再把人攆走。

江挽雲隨著他往裡走，一路上用眼角餘光打量著顧府。

顧府算是這鎮上最有錢的人家之一，是省城一名五品官員的老宅所在，別說是亭長了，就算是縣令也不敢得罪顧府。

顧府本就富裕，再加上家裡出了大官後又擴建了一番，如今占地面積很大，江挽雲從後門進去，走了許久才來到後廚。

這次辦酒席的原因是顧府嫡公子娶親，娶的還是縣城一名八品官的女兒，所以府裡很是重視。

一路行來，處處掛著紅綢，丫鬟家丁們忙忙碌碌的，待到了後廚就更忙了，搬東西的搬東西，切菜的切菜。

原本的後廚已經不夠用了，在廚房外面的院子裡搭了很多灶臺和案板。一個中年男人繫著圍裙，戴著袖套，手持鍋鏟在炒菜，旁邊許多人圍著他，讚嘆吹捧。

「不愧是省城來的大師傅，看看這顛勺的功夫，我就是練習個十年也練不出來。」

「這做菜也得有天賦不是？」

「我要是有這技術，何愁還待在一個鎮上的酒樓啊？」

江挽雲觀望了兩眼，看出來了，這個正在炒菜的中年人就是葛師傅，旁邊圍觀的應該是其他酒樓的師傅，合著光是幫廚的加上她就有八個人？

她小聲問帶路的人。「小哥，冒昧問一下，府裡這次準備了幾桌？」

「六十桌吧，怎麼？嚇得腿軟了？也是，你們鄉下最多不過十來桌吧，我們家老爺少爺和在省城為官的二爺，結識的朋友和來往的親戚比你們一個村的人都多……」

這人又開始說個不停了，耐心等他說完後，江挽雲才道：「我們該過去了嗎？」

「哼，隨我來，記住一點，葛師傅說什麼就是什麼，叫妳幹啥就幹啥，嘴巴閉緊點，手腳老實點。」

江挽雲只點頭，不吭聲。

葛師傅已經炒好一盤菜了，解下圍裙道：「試了試，你們的鍋和用具都還挺順手的。」

後廚管事連忙殷勤道：「您有什麼想要的，馬上吩咐下面人去辦，這兩個小廝是隨時聽命的。」

葛師傅點點頭，道：「你們找的幫廚都到了嗎？」

「到了到了，都在這兒了，全是鎮上叫得出名兒的師傅，辦酒席經驗都很豐富，您放心好了。」

管事扭身看了看，幾個眼熟的鎮上廚子都在呢，府裡本來有的兩個廚子也在，他數了數，怎麼少了一個呢？

他姪子推薦的那個，說是鄉下辦酒席味兒很不錯的席面師傅呢？聽說是個婦人來著。

他又看了看，附近的女人都是自己府裡的廚娘，而後他目光落在旁邊的江挽雲身上，眼皮一跳，不會就是這個小女娃吧？

這看著有二十嗎？

管事在心裡差點把姪兒罵死，不會是看人家小姑娘長得好看就啥也不顧了吧。

「就是他們……七個。」

想了想，終究還是不放心，把江挽雲給剔除出去，只報了七個。

葛師傅皺眉。「不是說有八個？」

「有個廚子臨時生病來不了，您看……」

葛師傅不滿了。「我早就吩咐了要八個幫廚，少了一個不知道去找人補上嗎？」

管事擦擦汗。「其他人廚藝不太行……」

這種宴席可不是隨便哪個廚娘都能上的，是要正兒八經能把大鍋菜炒得好吃的。

江挽雲是聽明白了，合著自己要白跑一趟了，說好的試菜，試都不試就把人往外趕？

見葛師傅還是很不滿，正要發火，江挽雲道：「管事的，你數漏了，是八個人。」

管事的頓住，看著她。「妳說什麼？」

江挽雲上前一步道：「我是生病的那個廚子找來的替補。」

她沒說自己是管事找來的，不然這樣不就說明他剛才騙了葛師傅。

葛師傅打量她幾眼，問：「妳多大年紀？」

「十六。」

此言一出，周圍人都嘻笑開來，幾個廚子都是四十來歲的，看江挽雲，橫豎都看不出她廚藝好的樣子。

「小姑娘，這辦酒席可不是家家酒，再說了這是顧府的宴席，搞砸了是要挨板子的。」

「是啊，是誰推薦妳來的啊？怕不是腦子進水了。」

「妳這身板，能拿得動鍋鏟嗎？哈哈哈哈。」

管事的冷汗涔涔，只能將錯就錯道：「妳是劉師傅找來的替補？那妳的廚藝如何？辦過酒席嗎？」

江挽雲淡定道：「自然，我又不是三歲小孩，孰輕孰重我還是分得清的，我敢來此，自然有我的本事。」

葛師傅抄著手，有些不屑道：「妳幾歲開始學廚的？」

他們這一行，從小開始，一直到二十幾歲才能出師，他不信這個小姑娘能有多大本事。

江挽雲道：「五歲。」

管事道：「那，要不，都開始試試菜？」

葛師傅點頭。「開始吧，你們每人負責一份，我會指定菜品。」

他開始分配。「你負責炒肉部分，做一個木耳肉絲；你負責糕點部分，做一份赤豆糕；你負責蒸菜部分，做一份粉蒸肉……」

他自己本人負責做大菜，像這種普通的菜就交給幫廚來做，否則六十桌怎麼忙得過來。

輪到江挽雲時，他眼皮塌下來，眼神掃過一院子的食材，突然想起什麼，道：「妳負責水產部分吧，我也不給妳指定什麼菜了，那兒有一筐子活蝦，妳做兩個菜出來吧。」

他是打定主意要給這個囂張的小姑娘一點顏色看看了，可不是隨便什麼人都會做蝦的，許多鄉下的廚子都沒見過這麼大的蝦，這是剛用船運來的海蝦，早晨才下了碼頭。

江挽雲還以為要給自己出什麼難題呢，原來就是做蝦？

旁邊的廚子也幸災樂禍的看著她，甚至有的覺得，一個女人不待在家伺候相公孩子，跑出來湊什麼熱鬧。

「怎麼？有問題嗎？」葛師傅還以為她不會「好心」開口。

江挽雲笑了笑。「沒問題，請問是現在開始嗎？」

葛師傅看她的樣子，噎了下，道：「一人一口鍋，去吧。」

管事的連忙領他們到自己的位置上去，並派打雜的把需要的東西搬過來。

輪到江挽雲的時候，管事道：「既然妳是我姪子推薦來的，那好歹也算走我的關係，可別給我丟臉啊。」

江挽雲繫好圍裙，笑道：「放心吧。」

她可不會讓馬上要到手的銀子飛了。

一個廚娘把一簍蝦子端來了，大概有兩、三斤重，蝦的個頭挺大的，有二十來隻。尋常市場上是沒有賣的，只有顧家這種財大氣粗的人家才吃得起。

原身在江家的時候自然也是吃過，只是根據她的記憶，大蝦的做法不外乎水煮和清蒸。因為坊間認為海鮮最重要的就是吃其原汁原味，儘量保持食材本身的鮮，所以清蒸是最流行的料理方式。

江挽雲把蝦洗乾淨，找了一根極細的竹籤來，把蝦線挑出來，留下三分之一全蝦，其餘的去除蝦頭，剝了蝦殼，再開背處理。

她準備做三個菜，一個是白灼蝦，一個是鳳凰蝦尾，一個是芙蓉蝦球。

旁邊的廚子已經開始熱火朝天的炒菜了，江挽雲還在慢慢處理蝦。

這時有人通報，顧府大夫人和三小姐來了。

大夫人是當家主母，將要成親的便是她兒子，她自然是要看著後廚的，聽說師傅們都到齊了準備試菜，便親自過來看看。

繞了一圈之後，她有些意外的看了看江挽雲，便把管事的招過來問：「怎麼還有個小姑娘？」

管事的又開始冷汗涔涔。「是、是劉師傅病了，他推薦的人，聽說廚藝不錯。」

大夫人倒沒說啥，便在一邊等著試菜了。

江挽雲把鍋底鋪上大蒜、薑片、蔥段和花椒，把蝦鋪上去，倒入點白酒，蓋上蓋子開始燜，而後把去了殼只留尾巴的蝦裹上調好的麵糊。

待白灼蝦燜好的同時，把蝦放進鍋裡炸，待鳳凰蝦尾炸好，又炒了個芙蓉蝦球，三個菜一起擺在托盤裡。

各廚子的菜都準備完畢，由廚娘和丫鬟端去給大夫人、三小姐和葛師傅品嘗。

葛師傅一一嘗了嘗，有的菜會令他皺眉，有的會讓他誇讚幾句。待吃到江挽雲做的菜，他頓住，眼中神色不明，只點了點頭，並沒說什麼。

倒是三小姐很喜歡江挽雲的芙蓉蝦球和鳳凰蝦尾，因她才八歲，正是喜歡新奇玩意兒的時候，平日裡山珍海味都吃慣了，只有看見這沒見過的菜才眼前一亮。

「娘，妳快嘗嘗這個！」

白灼蝦紅彤彤的，排排躺在盤子裡，中間是一小碟蘸水。芙蓉蝦球圓溜溜的，一團團堆成一座小塔，白裡透紅。鳳凰蝦尾金燦燦的，紅紅的尾巴翹得老高，酥酥脆脆。

大夫人順著三小姐的手指的方向，挾了幾筷子江挽雲做的菜，慢慢品嘗著，蝦肉脆脆彈彈，還帶著微甜，她點頭道：「葛大廚覺得如何？」

任是再不樂意，葛師傅也只能道：「蝦線和腥味去得乾淨，外在新奇，保持了食材鮮味的同時又不至於沒滋沒味。」

大夫人道：「我嘗著也很是不錯，還未曾吃過這種做法。」

在他們說話的時候，三小姐已經把分量不多的蝦球吃完了，又挾起鳳凰蝦尾，咯吱咯吱咬著。

其他幾個大廚面面相覷，有點難以置信，意思是這個小丫頭做的菜，得到了大夫人和葛大廚的誇獎？

大夫人問：「這菜是誰做的？」

管事的可開心了，江挽雲是他姪兒介紹的，江挽雲得寵，那他也能在夫人面前長長臉，連忙道：「是那個小丫頭，快快快，過來這兒。」

江挽雲走過來，不卑不亢的行了一個屈膝禮。

大夫人道：「妳的廚藝不錯。」

江挽雲頷首。「謝夫人誇獎。」

大夫人點頭，是個有禮的人兒，她臉上也浮現笑意。「二爺托人從省城送來許多海貨，不如就交給妳處理吧，菜式妳看著辦。我只有一個要求，要新花樣，是旁人沒吃過的，做得好自然有賞。」

她可不想再吃水煮的蝦和清蒸的螃蟹了，白白浪費了好東西。

江挽雲連忙應下。「是，民婦一定盡力而為。」

旁邊的葛大廚想說什麼，最後還是嚥了下去，他雖然是省城名廚，但到底不過是一個下人，還是不敢得罪主家的，但看這小妮子這麼得到器重，他心裡未免有些不舒服。

大夫人又嘗了其他廚子做的菜，都予以肯定，沒有什麼挑刺的情況，眾人都放下心來。

做菜是給普通人吃的，賓客們覺得好吃就行了，葛大廚不滿意又怎麼樣？

午飯隨便吃了點，一行人就開始準備明天主宴要用的東西了。

婚宴最熱鬧的是明天中午，今天也會有一些親戚先來，但自家人只有幾桌。

江挽雲分配到了一個灶臺，鍋碗瓢盆一應俱全，還派了一個廚娘和兩個小廝給她用。

「我們二爺在省城做官，有路子，隔三差五就會送些稀罕物回來孝敬長輩，剛好咱們鎮有碼頭，不過一天一夜就到了，那蝦和魚都活蹦亂跳的呢。」

小廝一邊引路一邊帶她去庫房看，巨大的池子裡灌著從附近海域運來的海水，裡面養著大量的水產。

江挽雲看著都走不動道兒了。

大蝦、螃蟹、魚就不提了，還有一些少見的，因為適應不了環境已經奄奄一息，有的深海物種直接死了，被放在冰塊上送來。

大夫人讓她做四個菜，她看了一圈，已經在心裡想了不下十個菜了。

「夫人吩咐了，這裡的食材都給您隨便用。」

江挽雲點點頭，走上前去打撈起一簍子螃蟹來，螃蟹的個頭都很大。如今這年頭除了沿海地區，其他地方吃海鮮的人少，海洋資源還很豐富，水產品的品質也好上不少。

她在心裡挑選了一番，決定做一個芙蓉蝦球和鳳凰蝦尾的雙拼，一個蟹釀橙，一個鯽魚豆腐湯，一個蒜蓉粉絲蒸扇貝。

像顧家這種重要的宴席，一般來說是有三十個菜左右的，要做得精緻好看，口味好，不追求分量，看著才有格調。

「姊姊，現在還能找到橙子嗎？」

廚娘聞言拍手道：「這妳可問對人了，咱們夫人陪嫁的一個果園去年產了好多橙子，吃不完，從去年秋天放到今年來了，前些日子夫人還賞了我們每人一個嘗嘗，說再不吃完就要爛庫房裡了。」

「吃不完為何不拿去賣呢？」

廚娘道：「橙子又不稀罕，鄉下家家戶戶都栽了幾棵果樹，賣不了幾個錢，夫人說留著自家人吃。」

江挽雲道：「那能不能向夫人申請點橙子來，六十桌的話，一桌八個人，得要五百來個橙子，還有這麼多嗎？」

「有有有，還多呢，那我去幫妳問問管事。」廚娘笑著去找管事了。

江挽雲讓兩個小廝幫自己撈水產起來，今晚府裡的主子們要試菜，確保每個菜的味兒可以才能送上餐桌。

裝了兩大桶運到廚房，三個人開始處理蝦和螃蟹。

廚娘也回來了，道：「夫人說讓妳隨便用，一會兒就有人把橙子送來。」

江挽雲放下心來，幾個人很快處理好了蝦肉，再把十幾個橙子的頂端給掀開，挖出大半果肉出來。把蟹肉、豬肉丁、荸薺丁加雞蛋液，和其他調味料攪拌均勻，倒進橙子肚子裡，蓋上橙子蓋子，上鍋開始蒸。

鯽魚由兩個小廝處理好，先下鍋煎得焦黃，倒清水開始煮，待魚湯雪白濃郁，放豆腐、菜葉、蔥花。

最後就是蒜蓉粉絲蒸扇貝，粉絲提前用清水泡好了，團在扇貝裡，放上扇貝肉，倒入蒜蓉蔥花上鍋蒸。

最後把芙蓉蝦球和鳳凰蝦尾做好，裝盤就完成了。

幫忙的廚娘和兩個小廝都感到驚奇，一是驚訝於江挽雲的菜式是他們從未見過的；二是驚訝於她竟然不避著人，畢竟一般大廚都是不允許別人旁觀這種獨門技巧的，照理說其他人只能幫忙處理食材。

江挽雲倒不怕什麼，畢竟她前世也是跟著網上的教學學的，又不是她獨創。

天色漸晚，府裡已經亮起了燈，其他廚子也做好了自己的菜，來來往往的丫鬟提著食盒將菜送到飯廳去。

飯廳擺了三桌，都是顧家的人用飯。

江挽雲與後廚的廚子廚娘們一同用飯。

有人好奇道：「妳是咱們鎮上的人嗎？看妳年紀這麼小，廚藝還不錯，家裡有長輩是大廚嗎？」

江挽雲笑道：「我夫家是桃花灣的，有空可以去玩，這會兒後山的桃子都熟了。」

她才不會傻傻的交底呢，她只想賺了錢就溜。

其他人又問了幾句，她都避重就輕的回答，對方沒興趣便也不問了。

吃罷飯，前院已經傳消息來了。有的廚子的菜，味道需要改進，有的做得不錯，都由管事傳話過來。

「粉蒸肉的花椒太多了。」

「燒白太鹹了。」

「蟹釀橙、蒜蓉粉絲蒸扇貝、芙蓉蝦球和鳳凰蝦尾做得不錯，明天這三個菜都要上。」

管事的照著小冊子念著主子們的意思，念完道：「諸位記住了嗎？明天可不能再出問題了。」

在場的人連忙應下。

晚上睡的是顧府安排的下人房，打掃得挺乾淨。江挽雲很滿意的一覺睡到天矇矇亮，院子裡已經開始忙起來了。

她也起身洗漱後開始準備菜。

今天要做六十桌的菜，一次三十桌，共兩輪。大桶大桶的食材被送過來，江挽雲把事兒吩咐下去，四個人有條不紊的行動。

整個廚房後院都是嘈雜聲，大夫人過來轉了一圈說了幾句話，就去前院招呼賓客了。

這時有四個陌生的男子抬著幾大桶魚過來，放在江挽雲面前道：「夫人臨時吩咐加一個菜，這是新送來已經處理好的魚。」

江挽雲正想應下，眼神掃過桶裡的魚時卻頓住了。

她心裡咯噔一下，這不是河豚嗎？最重要的是，這是已經被殺了的河豚。

河豚的宰殺必須依照嚴格的程序，否則吃了很容易中毒。而這河豚，看樣子只是像殺普通的魚一樣處理，毒素已經深入魚肉，吃了絕對會十個人倒九個。
她感覺自己腦門都要冒汗了，穿越以來還沒遇見過這種情況。
別的水產到她手裡時候都是新鮮的，為何河豚就是殺了才送來？對方知道河豚有毒嗎？
這真的是大夫人要求加的菜嗎？
她腦子裡瞬間閃過各種宅門劇情。
「欸？跟妳說話呢！聽到沒！」來人粗聲粗氣道。
江挽雲收起心思，道：「是，民婦記住了。」
那四個人把木桶放下就離開了。
廚娘道：「這是什麼魚啊，沒見過呢，要怎麼做呢？」
江挽雲道：「先把其他的處理了，最後再來弄這魚。哎呀，我突然覺得肚子有點痛，我想去方便下。」
廚娘不疑有他，指著一個方向道：「那妳快去吧，我們先把蝦弄了，等妳回來再說。」
江挽雲裝作要拉肚子的急迫模樣，小跑著離開了。
一旁正在處理食材的葛大廚看著江挽雲的背影，不著痕跡的笑了下。
江挽雲跑出了院子，轉過幾道彎才停下來。她把圍裙扯下，塞到一個地方藏起來，理了理頭髮，抬頭挺胸走出去，問一個丫鬟，道：「妳們大夫人在哪兒？」
今天府裡的客人很多，有不認識的賓客很正常，丫鬟連忙道：「大夫人在花廳呢，往這條路一直走，右拐就是。」

江挽雲謝過她，淡定從容的大步走到花廳，對守門的丫鬟道：「去告訴妳們夫人，她的一位故人來了。」

丫鬟看江挽雲的容貌和氣度，以為她是哪個人家的小姐，忽略了她的穿著打扮，沒有懷疑就進去稟報了。

很快大夫人就出來了，她正在回憶是哪位故人，卻見江挽雲站在門口。

「妳怎麼在這兒？是宴席出什麼問題了？」

江挽雲搖頭，看了看周圍，湊近小聲道：「夫人先別慌，我就是那位故人，我來是有要緊事兒要說。」

大夫人情緒幾變，問：「什麼事？這周圍的都是我的人。」

江挽雲道：「我懷疑有人想在宴席裡下毒，特來求證一下。」

「下毒？」大夫人的貼身丫鬟驚呼出聲，又連忙用手捂住嘴巴，眼神驚慌。

大夫人心裡也震驚萬分，但她好歹保持住面上的冷靜，沈聲問：「什麼下毒？妳隨我進屋細細說來。」

江挽雲跟著她進屋，大夫人讓其他人守在門口，才道：「妳說吧，究竟出了什麼事？」

江挽雲說：「方才有幾個人抬著很多已經宰殺好的魚過來，說是夫人您吩咐加的菜。恰好我認得這種魚，雖然可以吃，但一定要處理得很乾淨才行，普通的殺魚方法只會讓吃魚的人中毒無疑。」

大夫人聞言眉頭狠狠皺著，肯定道：「我沒下過這種命令。」

江挽雲道：「我正是有所懷疑，因夫人您讓我做菜，食材都是去庫房自取。像這種魚，分明可以養活的，沒道理殺好了才送來，所以我假借肚子痛的名義跑了出來。」

大夫人越聽越心驚，腦子裡似乎想到了什麼，輕吁一口氣道：「此事妳很機靈，我大概知道是誰幹的了。妳想辦法把那幾個送魚的人引出來，我會派人盯著，待事成之後我重重有賞。」

江挽雲點頭。「謝夫人，那我先回去了。」

目送江挽雲快步離開後，大夫人眉頭仍未舒展，她叫了自己的丫鬟來，叮囑了幾句。

第二十二章

江挽雲淡定的原路返回，把藏起來的圍裙掏出來繫上，走回灶臺時，不動聲色的看了看周圍，果然見幾個人在角落裡看著這邊。

「妳回來了呀，蝦和螃蟹都差不多了，剛前院來人，說再過一個時辰上菜。」

江挽雲洗了手，拿著小刀開始處理扇貝。「粉絲泡好了嗎？」

廚娘道：「泡了，用滾水泡的。」

「準備一盆大蒜，一會兒剁成蒜泥。」

整個露天廚房都忙得熱火朝天，葛大廚一邊忙碌，一邊看著江挽雲那邊的動靜，這時，只見江挽雲直直的向他走了過來。

「葛大廚。」

他皺了皺眉頭，問：「何事？」

江挽雲手裡提著一條魚，笑道：「方才大夫人送了兩桶這種魚過來，我沒見識，未曾見過，想請教一下，這魚怎麼做？」

葛大廚臉皮繃得緊緊的，掃了魚一眼。「看草魚怎麼做，妳就照樣做吧。」

江挽雲點點頭。「我知道了，不過我還是想請教您，您認識這魚嗎？叫什麼名兒啊？」

葛大廚冷漠道：「不認識。」

「啊，您都不認識？那我怎麼敢做來吃啊，萬一……」她故作糾結。

她就是故意來試探他的。果然，這人有鬼。

她不信葛大廚不認識河豚，不然不會是這反應。而且他是總廚，上菜前每道菜都要他過目和品嘗了才能上桌，其他人想要利用河豚下毒，就不能避開他這一關。

唯一的可能就是他也被收買了。

葛大廚道：「夫人吩咐的，妳做了便是。」

江挽雲假裝啥也不知道，應了下來。「好，謝謝葛大廚的指點。」

她提著魚往回走，假裝數了數，大聲道：「哎呀，不對啊！」

廚娘聽了連忙過來問：「怎麼了？」

江挽雲道：「這魚不夠啊，六十桌，怎麼只有五十六條？妳趕緊去找管事的，讓他去找大夫人問問，還有沒有多的魚，趕緊送來。」

廚娘一聽還有這事，也慌了，馬上準備找管事的去。但今天管事也忙得不見蹤影，估計在前院幫忙擺桌子，後廚是葛大廚負責的。

江挽雲用眼角餘光留意著那幾個可疑人的動靜，果然見他們跟著廚娘走了。

很快廚娘就回來了，江挽雲問：「怎麼樣？找到大夫人了嗎？」

廚娘搖頭。「一個小廝把我攔住了，說是負責通傳後廚和前院的，讓我先回來幫忙，他去找大夫人。」

江挽雲假裝無事。「成，那快些把橙子挖好，蟹肉弄好了嗎？」

兩個幫廚的小廝道：「弄好了！」

江挽雲把扇貝處理好，找出盤子來，開始擺盤。

她負責的菜料理起來都挺簡單的，只是前期處理食材時花的時間多。

第一輪三十桌，超大的蒸籠共五層，每層六盤，另一個蒸籠擺上蟹釀橙，同時起鍋燒油，開始炸鳳凰蝦尾。

這時方才送河豚的小廝來了，有模有樣的對江挽雲道：「大夫人吩咐，沒有方才那魚就用其他魚代替。」

江挽雲應下。「是，民婦知道了。」

小廝轉身離去。

江挽雲看了看四周，果然見兩個身材高大的家丁從暗處大步走出來，從小廝背後伸出手來捂住他的嘴，另一人反剪他的雙手，迅速把人拖走了，快到附近忙碌的人都沒留意到。

看來是大夫人派來蹲守的人。

葛大廚還在忙著做自己的事，絲毫不知道自己已經暴露。

江挽雲放下心來，開始安心做菜。

太陽快要升到頭頂時，前院傳來鞭炮聲，迎親的隊伍到了，花轎進門。拜堂後，便有人跑來高喊道：「開席了！上菜！」

十幾個丫鬟魚貫湧進來，把已經擺好的、葛大廚嘗過的菜端出去。

先上的是糕點和涼菜，炒菜正當開火，保證上桌的時候是最熱乎新鮮的。

江挽雲也開始炒芙蓉蝦球。

這時葛大廚走了過來，看到江挽雲的灶臺旁邊木桶裡的河豚時，大驚失色，臉色難看的訓斥道：「都什麼時候了，這魚為何還未開始做？」

江挽雲笑了笑，道：「不準備做這個了。」

「什麼？」葛大廚震驚的看著她，怒氣直沖腦門，這小妮子方才還來請教他怎麼做，怎麼現在突然說不做了？

「為何不做？我都說了像草魚那樣做，妳聽不懂人話嗎？」

江挽雲聳聳肩，貌似很無奈。「可是人手不夠，時間也不夠。」

「這能費多少時間，我讓妳做就做，必須做！」葛大廚氣得牙癢癢，恨不得自己上手操作。但是他不能，那樣他就不能嫁禍給江挽雲了。

這時一行家丁衝了進來，把葛大廚箝制住了。

葛大廚還未反應過來，掙扎道：「你們幹麼？放開我！知不知道我是誰？」

「別動！抓的就是你！」

葛大廚心裡開始恐慌起來，難道事情已經暴露了？

不，不會，他很確定這種魚別說是顧府，就算在省城也沒幾個人認識，這還是他多年前去海邊遊玩時，認識一個老漁夫告訴他的吃法，普通漁民都認為這魚有毒不能吃。

「大夫人呢？我要見大夫人！席還沒上完！我的菜還在鍋裡！」

但是沒用，他還是被人拖走了。

大夫人隨後趕到，很快控制了有些混亂的場面，命令大家繼續上菜，讓另一個廚子代替葛師傅做剩下的菜，自己則來到江挽雲面前，小聲道：「事兒已經解決了，妳先把席辦完，如今府裡人多，不方便細說，此事不可外傳。」

江挽雲點頭。「放心吧，民婦知道的。」

大夫人沈著臉走了。

方才她命令人蹲守著，抓到那個送毒魚的小廝，這小廝根本不是顧府的人，不過小廝嘴不硬，軟硬兼施，幾下就交代了。

原來他是顧府三爺派來的，也就是大夫人的小叔子。

顧府大爺留在顧家看守家業，二爺在省城為官，偏三爺從小頑劣，欺男霸女不說，長大後更是差點偷了家裡的地契去賭場，為了不連累二爺的名聲，顧家家主將其逐出宗族。

這次顧三爺便是懷恨在心，想要回來破壞婚禮。

很快葛大廚也嚇得屁滾尿流，交代了事情的全部。

顧三爺找上他，開出高價，想要他在飯菜裡下毒。他一開始拒絕了，畢竟這是要掉腦袋的事，再說那麼多人在，他沒有機會。

後來禁不住銀子的誘惑，他想到曾經見過的毒魚，江挽雲的到來讓他更加有把握，一個小村姑，嫁禍給她豈不是輕鬆？

於是他讓人把魚殺好了才搬到江挽雲面前，庫房的水池裡魚很多，想來江挽雲並不知道究竟運了哪些種類的魚來。待事後追究起來，他就把責任都推到江挽雲身上，稱是她技術不好，識魚不清，處理不到位，才導致賓客中毒。

若是問起他是否知道此事，他可以推說自己太忙了，並沒有留意江挽雲用了什麼魚，說這魚其實處理好是沒毒的。到時候他用這魚親自做一道菜，親口品嘗之後證明自己做的魚無毒，徹底洗清自己的嫌疑，坐實江挽雲技術不好，害了顧府的事實。

若江挽雲說是有人把魚殺了才送來的，但口說無憑，她有什麼證據？送魚的四個小廝都不是顧府的人，這只不過是她為自己開脫找的藉口。

一個小村姑，有什麼能耐，還不是得乖乖做替罪羊。

所以從頭到尾，葛大廚就計劃好了把自己摘出去，哪怕最後因為他的「失職」沒有拿到顧府的報酬，顧三爺承諾事後給的報酬也足夠他瀟灑幾年了。

一切計劃得這樣好，他不知道自己是怎麼暴露的。

這時他突然想起，江挽雲為何好端端的跑來問他魚怎麼做，為何問了之後又不做了……

果然，大夫人冷聲開口。「就算你再抵賴也是沒用的，你早就被識破了。給你機會問你怎麼做這種魚，你卻不思悔改，這是你自尋死路，你和那顧三還是到大牢裡去敘舊吧。」

葛大廚聞言渾身抖若篩糠，臉色發白發青，整個人像一隻鬥敗的公雞一樣垂下頭來。

就在他悔得腸子都要青了的時候，前院一盤盤精緻的菜餚像流水一樣端上桌。

水靈靈的丫鬟笑著報菜名。「蟹釀橙來了！芙蓉蝦球、鳳凰蝦尾來了！」

「這是什麼菜？聽著倒是新奇。」

上菜的丫鬟都是經過訓練的，對菜品有一定瞭解，笑咪咪道：「是將橙子挖空，將蟹肉和其他食材放進去一起蒸出來的，故名蟹釀橙。」

一桌八個蟹釀橙，橙子黃澄澄、圓滾滾的，看著格外可人，深得婦女小孩的喜愛。

揭開蓋子，裡面是滿滿蟹肉，香氣撲鼻，用小勺子舀一口品嘗，螃蟹和橙子融合的香甜迸發開來，入口即化的口感，回味無窮。

「我從未想過螃蟹還可以這樣吃。」

「往日只見在南瓜肚子裡塞東西蒸，想不到還可以在橙子肚子裡塞蟹肉，回去也讓我家的廚子做來試試。」

「這蝦球也好吃，脆脆甜甜的！」

「蝦尾好吃，好脆！」

「哎，一人一個，你怎麼多挾啊！」

「這是啥？粉絲和蚌殼？」

「這叫蒜蓉粉絲蒸扇貝，方才我聽那丫鬟說的，是沿海那些漁民的叫法吧，咱們這些地方少見這些海貨。」

「這次顧家可花大錢了。」

「肯定啊，也不看顧二爺是誰……」

終於，炒完最後一鍋菜，後廚幾十個人都停下來歇息，江挽雲抹抹腦門，全是油煙和汗水。

但她不覺得累，甚至很興奮，她知道，自己這次得的賞賜肯定不會少，說不定可以直接租個鋪子了。她還不準備在鎮上買鋪子，鎮上不是她的目的，至少也要去縣城買。

歇下來的人這才有空開始議論起方才的事兒了。

「可太嚇人了，葛大廚怎麼突然被拉走了？」

「是犯什麼事兒吧？」

其他幾個大廚都膽戰心驚的，害怕自己被牽連。

「可別瞎打聽，這富貴人家，水深著呢，知道多了不是好事。」

「會不會連累我們啊？我這心怦怦跳的。」

只有與江挽雲一起的廚娘和小廝不擔心，畢竟明眼人都看得出來，大夫人對江挽雲的看重。

歇了一會兒，前院的人來口信，叫眾人去偏廳吃飯。

今天是婚禮，哪怕是府裡的下人們，也會留幾桌席給他們吃。

「快走，我都餓死了，一會兒還要回來洗碗。」

眾人紛紛起身，江挽雲也跟著他們走，來到一處院子。此處擺了七、八桌席，是給下人和廚子們吃的。

管家道：「大夥兒都餓了吧，今天主家高興，賞賜我們一同用席，快些入席吧。」

江挽雲隨著眾人一同坐下開始吃飯，這還是她穿越後第一次吃席。平心而論，其他幾個廚子的技術都是不錯的，味道中規中矩，挑不出毛病來。

吃罷飯管家抱著匣子來了，給眾人結工錢，卻跟江挽雲說讓她去後院見大夫人。一個小丫鬟為她引路，行了一段時間後，來到大夫人居住的院子。

大夫人如今面色平靜，看不出情緒來。

方才她手下的人已經在府裡找到了混進來的顧三爺，她的想法是把人送官府去。

若不是江挽雲機靈，今天別說她兒子的婚禮被搞砸，賓客若中毒，輕則賠個傾家蕩產，重則吃上官司。更會連累到省城為官的二爺，顧家可能從此跌入泥坑，再無翻身可能。

想起來就後怕。

但是，顧大爺心軟，想要私了，說是自己的同胞兄弟，報官，豈不是絕對要判重刑。總要留他一條命，才好跟死去的爹娘交代。

再說了，最後也沒出啥事。

大夫人氣得直哆嗦，與顧大爺關起門來大吵一架，最後雙方妥協，寫信去問問顧二爺的意見。

至於江挽雲這個大功臣，自然是要好好感謝的。

顧大爺說賞賜江挽雲六十兩銀子，外加雙倍工錢。

六十兩銀子，可以在鎮上買一個不大不小的鋪子了。工錢的話，算起來本來該是每桌一百文，六十桌共六兩，兩倍就是十二兩。

但大夫人覺得不太滿意。「你別看她沒費什麼勁，但她能夠發現毒魚，還能保持鎮定不打草驚蛇，私下找機會告訴我，就可見其魄力和心志了。」

顧大爺道：「一個村姑，確實難得。」

大夫人道：「怎麼？你看不起村姑？村姑也比你那沒人性的三弟強。」

顧大爺被噎住，黑著臉道：「那妳想怎麼樣？送她一間鋪子？送她家良田？」

大夫人哼了聲。「這事你就不用管了。」

待見到江挽雲後，她道：「今天的事兒妳做得很好，我們顧家全家都銘記在心，妳不但救了那些賓客，也救了我們顧家，這是一點小心意，希望妳能收下。」

江挽雲笑道：「大夫人不必客氣，我相信每個有良知的人都會這麼做的，況且這也是救我自己，不然我就是罪魁禍首了。」

說著她接過大丫鬟抱過來的匣子，沈甸甸的，想來獎勵不少。

大夫人也露出笑意來，道：「我很是喜歡妳，妳住在哪裡，家裡有哪些人？」

江挽雲簡單交代了，大夫人聽到她說自己的夫君是秀才的時候，頓了下，道：「我家二爺是在省城為官的，日後可讓他為妳相公寫推薦信。」

一個沒有背景的寒門學子，若是有了五品官員的推薦信，無異於在科舉路上開了方便之門，進省城的書院，拜入名師門下，甚至於日後高中，結識其他官員，都有很大好處。

大夫人之所以提出來，便是她除了金銀之外，另外給江挽雲的答謝。

「當然了，以後妳遇見什麼難事，都可以來顧府尋我，我定盡力幫妳解決。」

江挽雲謝過她，並不過問葛師傅和幕後下毒的人的事，她還是不知道的好。

大夫人還要去前院送賓客，沒與江挽雲說太久的話，派了下人給江挽雲準備客房，讓她休息一會兒，並安排人晚些送她回家。

今天的客房與昨晚睡的下人房相比，環境好多了，還有兩個丫鬟隨身伺候著，替她準備了熱水和新衣服。

洗漱完後江挽雲把匣子打開，入眼全是白花花的銀子，一錠小銀子一兩，她數了數，足足有六十個，下頭還放著幾張地契，是桃花灣附近的十幾畝良田。普通的地一畝能賣一兩銀子左右，良田還得翻倍。

她豈不是一下子成了富婆了？再不濟也是地主級別的了。

大夫人算是給足誠意了。畢竟顧家家大業大，這點小錢不放在眼裡。

另外還有一個錢袋子，裡面裝的是她的工錢，有十兩，足足多給了她四兩。

江挽雲差點笑出聲，這還是她穿越來賺的第一筆大錢，和這比起來，以前擺攤一天賺的幾百文算啥。

這下真是作夢都能笑醒了，還當啥席面師傅累得要死要活的，直接開店去了。

她睡了會兒午覺，醒來後穿上顧府準備的衣服，就準備回家去了。

丫鬟帶著她來到後門，馬車已經等著了，車上還放著兩個木桶，丫鬟道：「這是大夫人讓您帶回去嘗嘗的。」

是做酒席剩下的大半桶螃蟹和大半桶大蝦，江挽雲謝過，爬上馬車。

此時的大夫人也送走大部分賓客了，正坐在椅子上歇息，她問道：「江挽雲走了嗎？」

「走了，剛上馬車。」

大夫人點點頭，抿了口茶。

她方才其實派人去查了下江挽雲的底細，不查不知道，一查嚇一跳。她就說，怎麼一個鄉村姑娘能有這樣的容貌和氣度，原來是縣城江家的嫡女，江家的事她或多或少知道一點。再來江挽雲的相公陸予風也是個名人，當年的小三元，鎮上的人都知道。

大夫人是存了點心思的，自己的兒子不爭氣，科舉一路走不通，以後只能吃老本，若是扶持一下江挽雲的夫君，未嘗不是一件好事。

顧二爺雖已是五品官，但二夫人的娘家在省城，看不上她這個縣城出身的大嫂，待顧大爺或者顧二爺去世，兩家人的關係越來越遠是必然的。

何況顧二爺的兒孫再能幹，也不過是能照應一下顧大爺家，是施捨，可沒有自己培養一個舉人來得安心。

第二十三章

江挽雲坐著馬車搖搖晃晃的回村時，太陽已經偏西了。

離開了兩天，陸家院子還是老樣子，大家都在忙著幹活，卻一點都不嘈雜，一切井然有序，而陸予風正在屋裡看書。

每個人臉上都洋溢著笑容，充滿幹勁，場面溫馨又美好。

馬車在陸家門前停下，車夫熱心的幫江挽雲搬東西。

陸家人聽到動靜，紛紛站起身來，柳氏拍手道：「剛還在說三弟妹什麼時候回來，這可不就盼到了。」

王氏擦擦手道：「那我趕緊做飯去了。」

陳氏囑咐道：「多放點油啊，別捨不得！肉也多割點！」

王氏道：「欸！曉得了！」

江挽雲跨進院門，道：「大嫂等等，我這兒帶了些海貨回來，今晚吃了吧。」

車夫把東西放門口後駕著車走了，江挽雲招呼陸家人過來看。「辦酒席剩下的，主人家送的。」

傅林道：「肯定是三嬸的廚藝征服了他們！」

「好大的螃蟹和蝦啊！這得是海裡才能長出來的吧。」

他們附近的河裡也有螃蟹和蝦，但都很小，螃蟹吃個香味，蝦只能抓來餵雞。這螃蟹可有一個巴掌大了，蝦也有食指長。

「天啊！我還是第一次見。」

江挽雲笑道：「今天先吃螃蟹吧，蝦放井裡冰著，明天吃。」

陸予風聽到了動靜，也開門來看，江挽雲把背簍遞給他。「幫我放屋裡去。」

她提著螃蟹進廚房，王氏和三個孩子都跟了進來，王氏煮飯洗菜，江挽雲幾個人開始清洗螃蟹。一半清蒸，一半做香辣蟹塊。

「這螃蟹好大啊！我好怕牠夾我。」傳林說著，小心的在螃蟹身上綁繩子。

「你按住牠的背就沒事的。」江挽雲示範了一下。「然後這些地方要清理乾淨。」

王氏一邊淘米，一邊看江挽雲認真的教著幾個小傢伙，感覺自己心裡很複雜，她以前真是太小家子氣了，總想著從三弟妹身上討點什麼好處。現在她明白了，依靠別人是一時的，別人給的東西也是有限的，只能靠自己。一家子心往一處想，勁往一處使，才能把日子越過越紅火。

螃蟹處理好，放上蒸鍋開始蒸，另一半剁成塊，裹點麵粉開始炸。

暮色降臨，天空還剩淡淡的餘暉，水田裡已經開始有蛙叫了。

餐桌上，原本青色的螃蟹變得通紅的躺在蒸籠裡，顏色喜人。大大的盤子裡堆滿蟹塊，看起來香辣誘人。

陳氏給每個人都分了一份，多出來的幾塊給了陸父、陸予風和江挽雲。

陸家人都吃得很仔細，連蟹腿都咬開，吸得乾乾淨淨。

待快要吃完時，江挽雲道：「我有一件重要的事情要告訴你們。」

聽說江挽雲有大事宣布，陸家人都停下筷子看向她。

江挽雲看他們這麼鄭重，輕咳一聲緩解氣氛。「也不是什麼大事，就是這次我無意中幫了主人家一個忙，她給了我一些謝禮……」

她沒打算瞞著，畢竟錢放在手裡是不會自己生子兒的，只有拿去投資才能創造更多的財富。若是買鋪子開店，那也要請幫手吧，還有比陸家人更好的選擇嗎？

況且還有那十幾畝地契，放她手裡可以，總要讓陸家人知道。她不會種地，也不懂土地的事兒，陸家人和土地打了一輩子交道，交給他們打理也穩妥。

或許她可以用來種植辣椒、香料之類的，畢竟市場上的調味料價格不低。

一聽是謝禮，在座的人都很高興，不是壞事就成，陳氏和藹的問：「什麼謝禮？」

「就是……六十兩銀子……十五畝地……」

她沒把工錢算進去，那十兩銀子她準備自己當私房錢，以備不時之需。

「六十兩？」在場的人簡直驚掉下巴。

江挽雲出去兩天就賺了六十兩？六十兩什麼概念，他們就算每天擺攤賺三百文，也要大半年才夠，何況擺攤多累啊，誰能堅持兩百天不休息。

單說蓋青磚大瓦房，也不過二十來兩銀子，鎮上買個鋪子也不過幾十兩。

何況還有地契，十五畝良田？他們陸家一共也才幾畝。

陳氏等人筷子都要拿不穩了，用炙熱的眼神看著她。「發生了什麼事？快說來聽聽。」

他們倒不是眼紅銀子，只是真的很想知道，到底是因為什麼，才讓主家給了這麼豐厚的謝禮。

陸予風也緊緊捏著筷子，微微側頭看著她。

江挽雲笑著簡單說了一下發生的事兒，當她講到她發現毒魚，偷偷跑出去找大夫人的時候，陸家人的心都要提起來了。要是當時被蹲守的壞人發現了，把她殺人滅口怎麼辦。

江挽雲繼續講述，講到後面，陸家人越聽越氣，恨不得把那個葛大廚抓過來亂棍打死。

「怎麼會有這麼壞的人！他不怕遭報應嗎？」

「天殺的，這是不是就叫引狼入室啊！」

「若不是三弟妹機靈又見識廣，是不是最後……」

「謀害朝廷命官的家人，我們一家會不會都……」

待陸家人義憤填膺完，江挽雲才道：「我也是因禍得福，得了這麼多賞賜。我想著錢放我手裡也沒太大用處，不如用來租縣城的鋪子吧，待相公參加鄉試時也方便照顧他。」

柳氏興奮道：「我覺得不錯，以弟妹的手藝，去縣城開個大酒樓完全不成問題！」

陸予山道：「我覺得去省城、去京城都沒問題！」

陳氏道：「前些日子不是還說予風要不要回書院嗎？我主要擔心書院裡的人害他，這下可以一起去縣城了。住家裡我瞅著也不行，我們這成天忙活，吵吵鬧鬧的，哪適合念書啊。再說過些日子還要蓋新房，搬出去住，家裡也沒那麼擠。」

說罷她又道：「阿海、山兒也要快些攢錢，待房子蓋好了，你們也可以在鎮上租個鋪子賣吃食了，免得日曬雨淋的。」

江挽雲道：「這天兒熱起來了，我可以教你們賣涼食，什麼冰粉、涼蝦、涼麵啊，肯定有銷路。鎮上畢竟太小了，不如我們都去縣裡開店吧，縣裡有夜市，晚上生意可好了。」

「我和大哥上回送三弟去縣城，那兒晚上沒宵禁，街上全是人，兩邊都掛著花燈，賣吃的玩的、胭脂水粉的多得很，眼睛都看不過來。」陸予山回憶著。

王氏和柳氏這輩子只去過幾次縣城，省城就別提了。聽他這樣說，兩人和孩子們都心生憧憬，傳林、繡娘和玉蘭都未去過縣城呢。

陳氏看他們一個個心動的樣子，笑道：「去去去，都去縣城，去長長見識，還能幫幫挽雲，她跟風兒兩個我還擔心呢。我和孩子他爹兩個老東西就在家看家種地，等你們賺了錢回來孝敬。」

確實是，除了書念得極好的，其他人根本沒有機會走出鎮子到外面去，一沒學問，二沒技術，三沒門路，去了說不定還要餓死在異鄉。況且家裡上有老下有小，總不能全帶上，不帶上的話又照顧不到家裡。

陸予山咋呼道：「娘，看妳說的，當然是要帶你們一起去享福啊。」

陸父沈聲道：「能往外面走是好事，幾個娃娃也能更有出息些，家裡房子我跟你娘張羅著，你們過年過節回來看看就是。」

江挽雲聽他們說完才道：「哎呀，不如咱們別蓋房子了，直接去縣裡買房子，家裡的地租出去給別人種，爹娘操勞了一輩子，是該去享享福了。況且，縣城又算什麼呢，日後相公高中了，我們還要去京城呢！」

雖然劇情變了，但陸予風的才華沒變，他就算不是狀元，也不會差到哪裡去。

陸父和陳氏卻為難了，他們當然想去外面看看，但家裡的房子怎能不要了呢？再說他們只會種地，去了能幫什麼忙？

土地才是他們的命根子。

陸予風聽江挽雲這麼說，心裡又泛起了奇怪的情緒，她似乎很篤定自己一定能高中。

陸父道：「家裡的房子還是要蓋的，只是縣城也要有落腳的地方。」

陳氏贊同。「你們先去縣城安頓吧，待房子蓋好，我們再去縣城玩幾天也是可以的。」

江挽雲見他們堅持，便不再多說，確實事兒應該一步一步來才行。

吃罷飯，洗了碗，洗漱整理一番，便熄燈就寢。

她正要睡著的時候，陸予風突然道：「妳想去京城嗎？」

江挽雲聞言一下醒了，問他。「什麼？」

陸予風道：「我是說……妳想去繁華的地方嗎？」

「當然想啊，我還想賺很多很多錢。」江挽雲側過頭。「你為什麼這麼問？」

陸予風說：「沒事，就問問，快些睡吧。」

他只是害怕，害怕她如今做的事都是在為將來離開陸家準備。

她若真想去京城，他也定當努力，去京城安家落戶，也算是唯一可以報答她對陸家做的一切的方式。

接下來的日子陸家蓋新房的事兒便提上日程了。

先請風水師傅來看風水，確定大門朝向和房間布局，再聯繫瓦匠、磚匠，預定瓦片和青磚，以及去山上砍樹做橫梁，去河邊挖泥沙，上山搬石頭打地基等。

陸家預計在原本的老房子旁邊建新房，若是直接把老房子拆了，那大家就沒地兒住了。

江挽雲與陸予風則收拾了東西，租了一輛馬車，往縣城去了。他們先去看看情況，把暫住的房子和鋪子租下來。

主要是家裡開始蓋新房的話太吵鬧，需要給陸予風一個安靜的學習環境。

如今家裡事兒多，陸予海和陸予山兩對夫妻是肯定要留在家裡的，他們還要擺攤才能保證蓋房後續的金錢供應，同時還要幫忙處理蓋房的事。

臨走前陳氏讓江挽雲兩人放心在縣裡待著，鋪子的事兒不用急，主要是讓陸予風好好念書，距離鄉試只有幾個月了。

陸予風幾年前在縣城待過，還算熟悉，知道哪個地方住宅多，環境安靜，也知道哪個地方熱鬧，商鋪多。

兩人坐了一天的馬車，先在客棧住下。

沒了外人在，江挽雲感覺自己終於可以放飛自我了，直接大手一揮，開了兩間房。

這次出來，她兜裡揣著七十幾兩銀子，顧府送的地也過戶了，因為他們還沒分家，過戶就過到了陸父頭上，反正不管自己種還是租出去，收穫的東西都是一家人一起分的。

陸予風見她開了兩間房，提著包袱站在後面一言不發，他心裡掙扎著要不要開口，最後還是忍耐住了。

他沒錢沒勢，有什麼資格發言，況且他早就知道，她是不屬於自己的。

江挽雲還不知道陸予風如此「識時務」的內心活動，道：「進屋吧，等會兒叫小二把飯菜送上來，坐了一天的馬車，我都要散架了。」

陸予風提著兩個人的行李跟著她走，江挽雲也沒反對，畢竟前世社會，男人幫女人提提行李挺正常的，她不覺得有啥。

小二拿鑰匙開了門，江挽雲探頭看了看裡面的環境。「這間挺不錯的，那你住這兒吧，我住隔壁。」

她把自己的行李提了過來，開了隔壁屋的門，剛要進屋，想起陸予風會不會是第一次一個人住客棧，道：「若是你半夜害怕……嗯，你就克服一下。」

小二跟在他們身後。「熱水是隨時備著的，需要的話叫我們一聲就行。兩位客官要吃點什麼，馬上炒了送上來。」

江挽雲接過菜單看了看，隨便點了幾個菜，又問陸予風想吃啥。

陸予風依然很識時務，表示自己吃啥都行。

小二有些奇怪的看了看兩人，心想這兩人到底什麼關係。

很快飯菜就送上來了，江挽雲讓小二把菜送陸予風房間裡去，她也去隔壁一起吃。

陸予風很規矩的坐在書桌前，見小二進來了，他起身迎接，幫忙端盤子。

晚上的菜是紅燒鯽魚、炒白菜、烏雞湯、兩碗白飯，送了一碟蘿蔔乾。

「兩位客官請慢用，若是待會兒不方便我們進來收盤子，把盤子放門外就行。」小二說著退出去了，還很體貼的關上門。

陸予風有些緊張的坐著，雖然以前晚上都睡一起，但中間隔著桌子，隔壁就是陸家人，他沒有太緊張。如今是兩個人獨處，他還有些不太適應。

江挽雲就不一樣了，她感覺離開了陸家，自己就不用保持溫柔善良的樣子了，要不是陸予風在，她甚至想把腿搭椅子上。

她奇怪的看著他。「快些吃呀！還要我餵你？」

陸予風馬上拿起筷子表示自己不需要人餵，他的身體已經好得差不多了。

客棧的飯菜實在一般，但兩人趕路一天了，早就飢腸轆轆，把飯菜吃得乾乾淨淨。吃了飯陸予風從袖子裡摸出一個錢袋子來，很鄭重的交給她。

江挽雲不明所以的接過。「給我的？」

陸予風道：「這是我前些日子抄書的錢，都放裡面了。」

他總不能一直吃她的用她的，儘管他現在賺得少，但總能彌補一下內心的愧疚。

江挽雲提著這輕飄飄的錢袋子，估摸著只有一兩銀子，笑道：「你就這麼點，還全給我了？」

陸予風垂眸，慢慢道：「目前只有這麼多。」

江挽雲笑道：「別誤會，我可沒說你的錢少，只是如今來縣城了，買筆墨紙硯那些肯定要花錢，你身上沒點錢怎麼行。先留著，等你以後賺大錢了，我可不會客氣。」

她歪著頭看他，笑咪咪道：「你說怎麼樣？到時候不會賴帳吧？」

陸予風輕咳一聲。「自然不會。」

江挽雲點點頭，把錢袋子放桌上，端起餐盤出門，順便把門帶上了。

「小二，接下盤子！」她見小二剛好在樓下，便叫道：「順便準備點熱水送到我們兩個房間來。」

「好哩！」小二麻溜的跑了上來，江挽雲摸出十文錢放在托盤上當作他的小費，問道：

「跟你打聽下，若是要租安靜點的房子，應該去哪兒合適？」

「客官您可算問對人了，我有個表叔就是幹這一行的，他知道的房子多，您若想租，我明兒幫您跟表叔說一聲。」小二樂道：「您放心好了，不會多收您的錢，這一行都是有官府管著，要是亂收錢，要吃牢飯的。」

江挽雲也知道這一點，類似房屋仲介。「行，那就謝謝你了啊。」

她回到屋裡，把自己的小箱子打開，摸出一張二十兩的銀票來，銀子帶著太重，出發前在鎮上換了銀票。

次日江挽雲醒來時，陸予風已經把早飯買回來了。她洗漱完後，吃了他買的包子，帶上租房必備的東西就下樓去叫小二了。

這時陸予風拿出一頂小巧的斗笠來，是用竹條編織的，上面罩著紗，還繡著花兒裝飾，是如今很流行的遮陽工具，很多街上行走的女子都戴著。

「這個好，我喜歡。」她很開心的接過來戴上，三人一起爬上店小二表叔的馬拉板車，朝著城西的住宅區去。

店小二的表叔姓吳，很健談，一路上把縣城的情況介紹了一番。

哪裡房子好，哪裡房子貴，哪裡安靜，哪裡住富人，哪裡住窮人，他都瞭若指掌。

「陸相公是要考科舉的吧？那我領你們去春熙巷看看，那兒有縣城最大的書鋪，旁邊還有一個學堂，離棲山書院也只有幾里地，住了很多的學子和秀才。」

江挽雲問：「那兒離夜市遠嗎？我還要去夜市租房子做生意。」

「近的近的，咱們縣城分為東城和西城，東城都是達官貴人的大宅子，不許吵嚷。西城則是平民百姓生活的地方，人多熱鬧得很，棲山書院就在西城外的山上。」

吳叔指著一個方向道：「那邊就是最大的夜市了，離春熙巷走路差不多半個時辰。」

江挽雲琢磨著，日後開店了不光得請店員，還得買個座駕才行。

很快到了春熙巷，一路行來，行人越來越少，走在路上的人也多做書生打扮，看來這裡確實是學區房了。

吳叔道：「有許多棲山書院的學子帶著妻兒就住這裡的。」

馬車停在巷子外，三人下車走路進去。

「那邊有條街是商鋪，還有個小菜市，買菜做飯都很方便。」

吳叔邊走邊介紹，領著他們到了一戶人家門口，道：「這戶人家是昨兒才掛出來準備出租的。他家有五間房帶院子，兒孫輩去省城做生意了，只有一個老人家在，她找人在院子裡隔了堵牆，分出三間房出租。」

說罷吳叔走上前敲門。「周家嫂子，我帶人來看房了！」

半晌，院子裡傳來動靜，來開門的是一個頭髮花白的老婦，她看了看江挽雲幾人，和藹的招呼他們進去。

院子挺大的，中間用牆隔開，在另一邊院牆開了進出的門，房子看著不新不舊，也沒什麼破了的地方。家具齊全，有三間房，一間堂屋，一間臥房，一間儲物間，另外還有廚房。

周嬸住的那兩間房不帶廚房，她讓人給自己在院子裡搭了個棚，砌了個簡易灶臺。

江挽雲看了一圈，感覺還不錯，問陸予風的意見，陸予風自然沒意見。

一個月八百文，倒也合情合理，交了租金和押金後，吳叔便坐下開始寫字據。

寫好後雙方簽字畫押，各留一份。

江挽雲笑咪咪的把字據收在懷裡，這下他們也是有落腳地方的人了。

吳叔搓搓手。「方才妳不是說還要租鋪子嗎？不如我帶你們去看看，免得你們再租馬車過去。」

江挽雲也不擔心他坑人，夜市那邊她以前和陸予風、陳氏來治病的時候去過。「那你可要給我找最便宜的，地段最好的。」

吳叔道：「這妳放心好了，再說了有妳相公在，妳還怕什麼。」

做牙行的都賺點提成，自然是能拉一個是一個。

江挽雲道：「成，順便去那邊吃個午飯，下午再過來這邊交錢和打掃屋子。」

周嬸送他們出了門，江挽雲覺得現在更喜歡這遮陽帽了，太陽真的很毒辣。

她扭頭看了看陸予風的臉，他經常待在屋子裡，又久病，臉白沒有血色，多曬曬太陽也好。

爬上吳叔的露天馬車，吳叔帶著他們先去了牙行，進去登記了資料，取了他的牙行記錄冊來給江挽雲看，好確定先去哪家。

「根據你們的需求，我給你們選了兩家。」

吳叔指著一頁說道：「夜市那邊你們也知道，人多熱鬧，那邊的鋪子都貴得很，一個月沒有五、六兩銀子拿不下來，而且房東想漲價就漲價。儘管這樣，那邊的房子還是供不應求的，基本沒什麼鋪子需要掛牙行來租。」

江挽雲聞言道：「那方才你說的那兩家是什麼情況？」

吳叔道：「正因為我說房子少，掛到牙行來的更少，所以這兩家自然是有特殊情況的。妳看這家，地段很好，在正街，店裡也是裝修好的，桌椅板凳俱全，問題是它名聲很臭，每個來租房開店的開不了幾個月就要出問題。開飯館的客人經常吃了肚子疼，開雜貨鋪的糧食發霉什麼的，開成衣店的衣服經常莫名其妙髒了、破了，總之就是很晦氣。」

吳叔又道：「後來就越傳越玄乎了，說這家店後院的井裡淹死過人啊啥的，連帶著它隔壁幾家鋪子的生意都不好了。」

「還有這種事？」江挽雲道。「會不會是有人搞鬼？」

陸予風也皺了皺眉。

吳叔說：「這誰知道呢？說不清啊。」

江挽雲道：「另一家呢？」

吳叔翻了一頁記錄冊，道：「這一家也是麻煩，這家在夜市的正街後面，還算熱鬧。只是這家不是房東自己掛出來的，是房東兒子跟人打架，把人打死了，沒錢賠，官府就把鋪子收走，賣給別人抵債。但這原來的房東是不講理的一家人，有事沒事就跑去搗亂鋪子生意，還當鋪子是自家的呢。」

「沒別的了嗎？」

吳叔搖頭。「沒了，別的就離得很遠了，生意不行。」

江挽雲道：「兩家的租金分別是多少？」

吳叔道：「都挺低的，正街那家三兩半，後街那家三兩，都比別的鋪子便宜一半。」

鋪子一般至少三個月起租，那一次就要花十兩，加上裝修、請員工，前期經營投入，那至少要砸二十兩進去才行。而且江挽雲不打算只租一個鋪子，她還想給陸家人也租一個，待房子蓋好，把他們接來縣城。

日後陸予風去京城了，她肯定要跟著去的，縣城的生意就先交給陸家人打理。

江挽雲思索了一下，問：「照你這麼說，這鋪子就沒人願意租了？」

吳叔連忙道：「當然不是啊！畢竟地段好生意就好，還是很好租的，只不過不穩定，經常換租客，房東想要留住租客才降價的。興許今天下午就有其他人租了，這麼低的價錢，縣城哪兒租得到呢，機不可失，失不再來啊。再說陸相公是棲山書院的，又是秀才，那可了不得，旁人不敢得罪的，那鬧事的完全不用放在眼裡。」

秀才不像平民百姓，是受官府保護的，且這個朝代的限制不嚴格，沒有規定考科舉的人家裡不能經商。

江挽雲自然知道他說這話五分真五分假，道：「那帶我們去鋪子看看再決定吧。」

吳叔看他們有意願，連忙起身。「成啊，順路用午飯。」

馬車很快到了夜市區，雖說是夜市，但中午時分也很熱鬧了，只不過是晚上沒宵禁才叫夜市。

吳叔道：「這一條街都是商鋪，你們想吃酒樓，還是飯館，還是小攤？」

江挽雲道：「吃飯館吧。」

酒樓吃大菜，飯館吃家常菜，小攤吃小吃，中午還是吃家常菜吧。

「我知道有家飯館，味兒絕對正。」

吳叔把馬車停好，領著他們穿了幾條街，來到一家夜市邊緣的小飯館。正值中午，飯館人很多，三人勉強與人併桌坐下，小二把菜單遞過來。

江挽雲和陸予風正在選菜的時候，旁邊桌的人道：「你聽說了嗎？前天在清江沈了條大船。」

「清江？前天大暴雨啊，那船被吹翻了嗎？」

「不是被吹翻的。」說話的人幸災樂禍道。「是船裝的東西太多太重了，船又老舊沒修護，遇上大風浪，船底破了，進水了。」

「啊？這麼嚴重？哪家的船啊？」

「還能哪家？你希望是哪家？」

「嘿嘿嘿，我希望是江家。」

江挽雲聞言一頓，不動聲色的豎著耳朵聽起來，江家出事了？

「還真讓你說對了，正是江家。江家以前多好啊，江老爺去世前可是經常給孤寡發糧食發衣服，江家糧行的米麵一直價錢穩定不偷兩。誰知道江老爺一走，他那個婆娘還有那個女婿又是漲價又是摻假，這次一沈船，我看江家是要被他們敗得差不多了。」

「唉，為富不仁總要遭報應的。」

江挽雲聽著他們的談話，看了看陸予風。恰好陸予風也回看她，他眼裡情緒不明，但江挽雲是開心的。

還沒到她發達了親手收拾江家的時候呢，江家就把自己作死了。

想到這裡，她又給自己加了個菜。

——未完，待續，請看文創風1121《掌勺千金》下

2022年11月出版

金蛋福妻

文創風 1117～1119

一個人甜不夠，全家一起甜才是好滋味！
看她巧手生金，無鹽小農女也可以擁有微糖的幸福～～

明珠有囍，稼妝滿村／芝麻湯圓

家貧貌醜又被吃軟飯的未婚夫退親，再被流言逼得投河？這種人設要氣死誰啊！穿越的唐恋火大，忘恩負義的渣男豈能輕饒，使計討回十兩銀子還是吃虧了耶。孰料唐家人窮歸窮卻是標準的女兒控，竟揚言要替她招新婿出氣，令她好生感動，既然能種出頂級作物的隨身空間也跟著穿到古代，翻轉家計的任務就交給她啦！前世她可是手工達人兼廚藝高手，變著花樣開發新菜讓唐家廚房香飄十里不說，再用空間裡的青草和竹子編出草編小物和竹扇賺得高價，攢足本錢開了雜貨鋪；又做油紙傘賣給書鋪當鎮店之寶，身價一翻數倍，簡直是會下金蛋的金雞母～～如今家人吃喝不愁，她便想試試被村民當成毒物拒食的野菇料理，出門採菇去，卻遇見戴著銀色面具的神秘男子攔路買菇，還說這是好吃食，不由大為疑惑——全村能辨認美味野菇的只有她，難道這人也懂菇，還同是深藏不露的吃貨不成？

2022年11月出版

姑娘深藏不露

文創風 1115~1116

七妹剛從村裡逃出來，初出江湖，自是不知險惡，
遇到有人求助，她定是二話不說，伸出援手，
但世上的人，不是每一個都像她那般單純。
於是她懂了，凡事不可輕信，在這險峻江湖，她要靠自己！

有一種愛情叫莫顏，有笑也有甜／莫顏

安芷萱一開始並不叫這個名字，而是叫七妹。
七妹出生在溪田村，爹娘死後被二伯收養，
誰知無良二伯和村長勾結，一心只想把她賣了賺錢。
她才不願讓他們得逞呢，天下之大，何處不能容身？
她乘機逃脫，路上偶然得到法寶幫忙，
原以為靠著法寶，她可以美滋滋過著自己的小日子，衣食無憂，
誰料得到，竟是將她拉進一連串驚心動魄的旅程……
易飛身為靖王身邊的得力護衛，什麼江湖高手沒見過？
誰知一個看似無害的姑娘，竟讓他有如臨大敵的感覺。
易飛覺得安芷萱很可疑。「她一路跟蹤我們，神出鬼沒。」
好夥伴喬桑狐疑道：「可是她沒有內力，也沒有武功。」
安芷萱趕緊附議。「我是無辜的。」
易飛認定這姑娘有問題。「她掉下萬丈深淵，竟然沒死。」
軍師柴子通捋了捋下巴的鬍子。「丫頭，妳怎麼說？」
安芷萱回答得理直氣壯。「我吉人自有天相，大難不死！」
一旁的護衛們交頭接耳，還有人說她是東瀛來的忍者……
安芷萱抗議。「怎麼不說我是仙子？」
靖王含笑道：「小仙子是本王的救命恩人，不可無禮。」
安芷萱眉開眼笑。「殿下英明。」
易飛冷笑，一雙清冷眉目瞪著她。妳就裝吧，我就不信查不出妳的秘密！
安芷萱也笑，回瞪他。你就查吧，看我怎麼玩你！

流浪貓狗介紹所

為流浪貓狗加油 和貓寶貝 狗寶貝 廝守終生(一定要終生喔！)的幸福機會

對人來說，貓寶貝狗寶貝只是生活的一部分，
但妳（你）對牠們來說，卻是生活的全部，領養前請一定要考慮清楚——

▲ 冠上名為「勇氣」的王冠 辛巴

性　　別：男生
品　　種：米克斯
年　　紀：2個月
個　　性：活潑親人、不怕犬貓、喜歡抱抱
健康狀況：近期規劃打預防針；有癲癇，已藥物控制穩定治療中
目前住所：台中市

本期資料來源：等一個幸福-喵喵中途之家
https://www.facebook.com/profile.php?id=100064110635130

『辛巴』的故事：

今年七月初，在二手市集網上有好心人士撿到一隻約兩週大、被貓媽媽遺棄的奶貓，失溫且營養不良的辛巴已毫無生氣，處在一個隨時會被死神接走的狀態，但求生意志強大的辛巴在我們接手照顧後日益強壯了起來，成為一名勇敢的生命鬥士。

興許被人工奶大的關係，很輕易跟人類打成一片，喜歡在我們做飯時像無尾熊抱著尤加利樹一樣抱著你的腳；睡覺時不願睡自己的窩，喜歡窩在你的脖頸旁入睡；抑或是在你洗完澡，從浴室出來時總是能看到一團小毛球在踏腳墊上迎接，然後撒嬌討抱，蹭得你不得不再洗一次澡。

看似快樂的辛巴，其實也有自己的生命課題要面對：癲癇。我們猜測應是在資源有限的野外，因為小辛巴患有癲癇，迫於無奈下才被貓媽媽遺棄。中途接手後約一個月多，小辛巴第一次發作。發作時會不自主地抽搐、亂衝、嚎叫，發作後辛巴總是會虛弱地舔舔我們，似乎告訴我們別擔心，牠會好起來的。所幸在藥物的控制下，現在幾乎不再發作（過去一個月僅一次），目前正在慢慢減低藥量中，未來有機會不用再服藥。

縱使發生了種種不如意，辛巴還是很勇敢面對生命，嚥下每一包醫生開給牠的藥，在貓砂盆裡處理好自己的大小便，珍惜每次遇到其他貓貓的機會交朋友，認真踏實過好每一天。正如我們為牠取名「辛巴」，而牠正在賦予這個名字新的意義——在自己的生命中做一隻雄偉的獅子王。辛巴的好朋友呂小姐，歡迎大家至FB發送訊息或是Line ID：0988400607，讓我們一同幫助牠迎接嶄新的未來。

認養資格：

1. 認養人須年滿25歲，有穩定的經濟能力，若非獨居，請徵求同居人（包含家人、伴侶等）同意。
2. 不關籠、不遛貓、不放養，必須同意施做門窗防護。
3. 須同意簽認養寵物切結書。
4. 須同意送養人日後以照片方式定期追蹤探訪，對待辛巴不離不棄。

來信請說明：

a. 個人基本資料：姓名、性別、年齡、家庭狀況、職業與經濟來源等。
b. 想認養辛巴的理由。
c. 過去養寵物的經驗，及簡介一下您的飼養環境。
d. 若未來有結婚、懷孕、出國或搬家等計劃，將如何安置辛巴？

文創風 1120

掌勺千金 上

國家圖書館出版品預行編目資料

掌勺千金 / 江遙著. --
初版. -- 臺北市 : 狗屋出版社有限公司, 2022.11
冊 ; 公分. --(文創風 ; 1120-1121)
ISBN 978-986-509-379-2(上冊 : 平裝). --

857.7　　　　111016561

著作者　江遙
編輯　黃暄尹
校對　黃薇霓
發行所　狗屋出版社有限公司
地址　台北市104中山區龍江路71巷15號1樓
電話　02-2776-5889～0
發行字號　局版台業字845號
法律顧問　蕭雄淋律師
總經銷　知遠文化事業有限公司
電話　02-2664-8800
初版　2022年11月
國際書碼　ISBN-13　978-986-509-379-2

定價280元
狗屋劃撥帳號：19001626
網址：love.doghouse.com.tw　E-mail：love@doghouse.com.tw